◇美索不达米亚社群私人董事会暨战略共边发展联盟——活动

▲左起：美索云南分站伙伴、纳百川文化传播董事长张定员（花名：定远）；美索常务理事长、滴水维道创始人兼 CEO 曹明修（花名：一休）；美索广东分站副理事长、帅彪萌奇董事长许彬彪（花名：彪少）。

◇美索不达米亚社群、猪八戒网合作讨论

▲左起：美索北京分站伙伴、鑫浅创媒创始人刘艺鑫（花名：小鑫）；美索北京分站伙伴、马上电影工作室创始人李正超（花名：花露水精）；美索北京分站伙伴、金灿影视董事长、制片人杨程成（花名：杨导）。

◇美索不达米亚社群、猪八戒网合作讨论

▲左起：美索云南分站伙伴、纳百川文化传播董事长张定员（花名：定远）；美索浙江分站伙伴、3X联盟创始人谢静（花名：小懒）；美索山东分站理事长、佳贵聚优电商平台创始人张宝营（花名：子龙）；美索广东分站副理事长、帅彪萌奇董事长许彬彪（花名：彪少）。

◇美索不达米亚社群伙伴康纳雷克集团董事长徐世东（花名：霸道总裁）出席中国与全球化智库（CCG）活动

◇美索不达米亚社群伙伴叮叮短租创始人丁仕源（花名：丁叮）出席中国与全球化智库活动

◇美索不达米亚社群伙伴CM男装定制创始人邱泽西（花名：Jersey）出席中国与全球化智库活动

◇美索不达米亚社群伙伴科职乐职业教育创始人胥雅丽（花名：高汤）出席中国与全球化智库活动

▲左起：本书发起人、美索不达米亚社群广东分站理事长、吉冠网络科技董事长李远哲（花名：李谋）邀请新成员狮域灵智创始合伙人冯小龙（花名：小龙哥）加入美索不达米亚社群。

▲左起：美索不达米亚社群创办人、财经作者、参明咨询董事长高佳奇（花名：文匪）与美索云南分站理事长、云运网约车董事长李学贵（花名：贵哥）共同拜访滴滴副总裁张贝。

▶左起：美索不达米亚社群联合创办人兼CEO金昊锋（花名：小明）、美索不达米亚社群海南分站理事长张卓宇（花名：老卓）、美索不达米亚社群北京分站副理事长郭安（花名：小炮儿）海南相聚。

▼左起：美索不达米亚社群北京分站副理事长、华润捷企业总经理郭安（花名：小炮儿）；美索不达米亚社群北京分站伙伴、鑫浅创媒创始人刘艺鑫（花名：小鑫）；准脉社群联合创始人邓光东；美索不达米亚社群创办人、财经作者、参明咨询董事长高佳奇（花名：文匪）；美索不达米亚社群北京分站伙伴、凤凰中企资本合伙人李亚飞（花名：小飞）；美索不达米亚社群北京分站成员、君生企业董事长潘淑敏（花名：元宵）；美索不达米亚社群北京分站伙伴、准脉社群创始人陈正军（花名：守正出奇）、美索不达米亚社群联合创办人兼CEO金昊锋（花名：小明）。

◇美索不达米亚社群广东分站副理事长、信为上 CEO 许彬彪（花名：彪少）在 Zip Fashion 品牌发布会上邀请美索伙伴参与

▲前排左起：八月情感创始人兼董事长祁一航（花名：八月）；鑫浅创媒创始人刘艺鑫（花名：小鑫）；美索不达米亚社群创办人、本书作者、参明咨询董事长高佳奇（花名：文匪）；信为上 CEO 许彬彪（花名：彪少）；奇迹娱乐运营总监康凯；美索不达米亚社群 CEO、参明咨询 CEO 金昊锋（花名：小明）。

后排左起：鑫浅创媒联合创始人如斯坦江；华润捷企业总经理郭安（花名：小炮儿）；平行猫咖联合创始人卢博文（花名：阿文）；墨工九绞工作室创始人张心雨（花名：九娘）；小鹿乱撞传媒产品总监钟振浩（花名：黄药师）；车艺志总编刘瀚文（花名：泡芙）。

Zip Fashion 品牌由彪少收购自美索不达米亚社群北京分站前理事长、ZF 口红品牌创始人、BN 街舞名誉团长、美拍首批数十万粉丝网红张帆远航（花名：Pandora）。

▼前排左起：美索河北分站伙伴、艾木传媒创始人白锦明（花名：大小白）；美索不达米亚社群联合创办人、美国分站理事长、H travel 创始人何彦聪（花名：葱哥）；美索不达米亚社群创办人、财经作者、参明咨询董事长高佳奇（花名：文匪）；美索美国分站伙伴、吉成集团董事陈思源（花名：思源）；美索云南分站伙伴、纳百川文化传播董事长张定员（花名：定远）；美索常务副理事长、潇扬电商 CEO 姜于潇（花名：小鱼）；美索常务理事长、滴水维道 CEO 曹明修。

后排左起：美索北京分站伙伴、准脉社群创始人陈正军（花名：守正出奇）；美索海南分站伙伴、海口市互联网协会秘书长何瑞文（花名：瑞雯）；美索山东分站理事长、佳贵聚优电商平台创始人张宝营；美索北京分站伙伴、鑫浅创媒创始人刘艺鑫（花名：小鑫）；美索北京分站成员、太平洋保险最年轻内部创业团队主任卜天雨（花名：雨神）；美索海南分站理事长、欧椰负责人张卓宇（花名：老卓）；美索云南分站理事长、云运网约车董事长李学贵（花名：贵哥）；美索广东分站伙伴、喵创创始人、威虎洞创始人孔庆勋（花名：猫虎）；美索广东分站理事长、吉冠网络科技董事长李远哲（花名：李谋）；美索不达米亚社群联合创办人、安徽分站理事长、徽狼科技董事长赵言（花名：党哥）；美索云南分站伙伴、云南 K 学团创始人郭骏（花名：俊哥）；美索北京分站伙伴、游戏设计师杨克飞（花名：队长）；美索北京分站副理事长、华润捷企业总经理郭安（花名：小炮儿）；美索广东分站副理事长、信为上 CEO 许彬彪（花名：彪少）；美索云南分站伙伴、遇见女神品牌创始人陶建平（花名：老陶）；美索不达米亚社群联合创办人兼 CEO 金昊锋（花名：小明）。

◇聚是一把火，散是满天星——美索不达米亚社群 2017.7.29 创业者节

▲左起：美索不达米亚社群创办人、财经作者、参明咨询董事长高佳奇（花名：文匪）与美索云南分站伙伴、极简科技 CEO 管尤阳（花名：凤凰）、马来西亚分站理事长朱朔海（花名：老猪）。

美索不达米亚社群

从0到亿

创业从失败开始 >>>

高佳奇 薛 丰◎著

天津出版传媒集团

天津人民出版社

图书在版编目（CIP）数据

从 0 到亿：创业从失败开始 / 高佳奇，薛丰著 . --
天津：天津人民出版社，2019.8
ISBN 978-7-201-15009-3

Ⅰ . ①从… Ⅱ . ①高… ②薛… Ⅲ . ①报告文学—作
品集—中国—当代 Ⅳ . ① I25

中国版本图书馆 CIP 数据核字 (2019) 第 172325 号

从 0 到亿：创业从失败开始

CONGLINGDAOYI CHUANGYE CONG SHIBAIKAISHI

高佳奇　薛　丰　著

出　　版　天津人民出版社
出 版 人　刘　庆
地　　址　天津市和平区西康路 35 号康岳大厦
邮政编码　300051
邮购电话　（022）23332469
网　　址　http://www.tjrmcbs.com
电子信箱　reader@tjrmcbs.com

责任编辑　谢仁林
装帧设计　张合涛　苏洪涛

制版印刷　艺堂印刷（天津）有限公司
经　　销　新华书店
开　　本　710 毫米 × 1000 毫米　1/16
印　　张　18.5
字　　数　217 千字
版次印次　2019 年 8 月第 1 版　2019 年 8 月第 1 次印刷
定　　价　68.00 元

| 目 录 |

CONTENTS

后 记

附 录

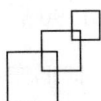

推荐序一
创业，是这一代年轻人的修行

挚友佳奇兄大作即将面世，邀余作序，不胜荣幸，诚惶诚恐，并无八斗文才，但有些许肺腑之言，挥笔而就，以飨读者。

我真正认识佳奇，其实也不过是一年多时间，反倒是因为我常常以创业者的身份活跃在各大社交网络，所以他认识我的时间更长一些。2017年初，我在公众号后台看到了一条留言，他表达来意后与我取得了联系。而后，一个满头卷长发的同龄人添加了我的微信，我和佳奇从此相识。

一开始我们只是聊过两次微信，打过一通电话，不过后来就越聊越投机，对彼此的了解也越来越深入。一开始我以为他和我一样，是个"草根创业者"，后来才知道自己只猜对了一半，他的家境其实很优渥，但却有着一个草根创业者的踏实和江湖气。还记得一个晚上，佳奇为了见我，不顾自己几天的会议，连夜从昆明飞到广州，第二天早上还要飞回昆明开会。我赶紧赶到白云机场，要给他订个酒店，他表示时间宝贵并无休息之安排，执意不肯。我和他竟然就坐在机场的麦当劳里，聊了整整一夜！我们聊过去、聊现在、聊未来、聊创业、聊感情、聊家庭，聊这个国家、这个民族的年轻人的使命……我们一夜未眠却毫无倦意，反而是热血沸腾，虽是初次见面，却胜似久别重逢的兄弟。

后来，我加入了佳奇兄发起的美索不达米亚社群，这是一个属于 90 后创业者的圈子。在这里，我又认识了很多志同道合的创业小伙伴，他们性别年龄不同、做的项目不同、方向不同，有的已经融资几轮，有的尚在初创阶段，但共同点是：都有着改变世界，哪怕只是一点点的决心和勇气。和他们交流的越多，越让我有一种归属感。创业不易，创业维艰，无论多难多苦，想到还有一群兄弟在和你并肩作战，心中就又多升腾出一分力量。

我自己的第一次创业是在 2014 年，那时还在上高中，带着改变世界的梦想和几个朋友一起做了一个"高中生的校园 O2O 平台"。结果问题频发，用户体验差、亏损严重、融资更是无从谈起……然而，那次创业让我收获了最好的兄弟和合伙人，而且一路走来并肩作战，直到今天。

2015 年，我怀着为创业者服务的情怀，创办了"一站式创业平台"创业猫和 U25 创业社群。最终，因为经验的不足和资金的短缺，情怀还是没能敌过现实。这次创业给我最大的欣慰，就是自己真的帮助到了一些创业者，其中的很多人变成了我今天的合作伙伴。

2016 年初，我转型新媒体，拿下了创业大赛冠军并获得了一位投资人近百万的投资，然而在这一刻我开始意识到，融资到账只是创业的开始。

后来公司资金链断裂，再度折戟。

那时也是我最难熬的一段时间。为了争取新一轮融资，我开始转战深圳的会场，大会早上就开始，我和合伙人又买不起 80 元一张的高铁票，只好买早上五点半的硬座车。5 点钟还没有地铁，我们只能前一天半夜来到广州站前广场，然后在站前广场露宿一宿。乍暖还寒的羊城，夜晚的风打在身上，带来丝丝寒意，我们终于撑到了 5 点钟，上了车才发现列车老旧得几乎淘汰，整列车只有我们两个人，那一刻我们对视了一下，然后笑得像个傻子。

那段时间很苦，但我也一直怀念那些个痛并快乐着的日子。

最终我放弃了这个项目，然后把还没有到账的融资退还给了投资人，开始了再次转型，这一次，我迎来了人生的转折点。当我赚到足够多的钱时，我做的第一件事情就是找到了当时的那个投资人，将之前亏损的全部投资款如数归还。

接下来的日子依旧坎坷，每天都会遇到不一样的挑战。团队、资本、市场、客户……对于一个年轻创业者来说，迎接你的是数不完的教训和交不完的学费。还记得那之后不久，我遇到了一次很严重的打击，当时很多人都说我这辈子起不来了，而我自己也灰心丧气，甚至站在 16 楼办公室的窗口想过轻生。一周之后，我在白云山崖一跃而下，只是后背上多了一条蹦极绳，命悬一线的瞬间，惊心动魄的感觉总会刺激一个人的求生欲，我挺了下来，并在那一年为公司创造了 5 倍的业绩增长……

每个人都有自己的故事，每个创业者经历的故事都能写成一部小说，而浮躁的创业圈，也的确需要一种仪式感，把这些年轻人的故事记录下来，作为一种沉淀，一种对时代的记录。从这个意义上讲，我也特别佩服佳奇，

●●●

愿意花费时间和精力，甚至自掏机票辗转各地，不求回报地完成这件事情。当我看到一个个熟悉的名字，远哲、郭安、学贵、建平……当我一字一句看着这些兄弟们背后的故事时，我真的没有办法用语言表达我的心绪，感慨万千过后还能剩下的，唯有感动。

这个时代很浮躁，诱惑很多，很多年轻人常常会迷失自己，包括曾经的我。庆幸的是，我守住了自己的初心，并且坚持在做有价值的事情。同样，书中的主人公们也守住了自己的初心，而且和佳奇和我并肩走在勇攀高峰的路上。所以我诚心地将这本书推荐给每一位遇到了困难想放弃、遇到了诱惑想纵欲、遇到了失败想逃离的创业者们，愿你们读一读这本书。它能给予你的，也许就是能让你走出舒适区、突破天花板、回归初心、成就自我的力量！

创业，是注定属于我们这一代年轻人的修行。哪怕在向着未来前进的路上，我们还会遇到无数次的挫折与失败，但我们更应明白，创业，就是先从失败开始的，创业者也因失败而伟大而悲壮。没有昨天的失败，就没有明天的精彩！没有迎面而来的挑战，就没有凤凰涅槃的辉煌！

威虎洞创始人兼 CEO、知名 95 后创业者　孔庆勋

2018 年 3 月

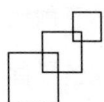

推荐序二
创业从失败开始

21 世纪的今天是一个"造神"的时代，但人们似乎都忘记了浮躁的背后，是一个又一个九死一生的故事。我相信，提起创业绝大多数人想起的第一个代表就是马云和他的阿里巴巴，可能年轻一点的朋友会想起程维和他的滴滴出行。无数人研究阿里巴巴和滴滴这样的巨头创造出来的一个又一个奇迹，但是我所聚焦的地方并不是那里，我一直以来都在学习"失败"。包括我自己，也是一位"连续失败创业者"。

我悸动于马云第一次来北京创业铩羽而归的故事里，我震撼于拉手、快的打车以及小蓝单车们在正确的赛道上陨落的传说里，我也成长于自己一次又一次的砥砺尝试之中。我常常会想，一个企业家究竟要经历多少失败，坚持多久不起眼的努力才能真正修炼成一个具备坐享果实的条件的人？我不知道答案，但至少我李远哲是一个比同龄人更加懂得失败的滋味的人，我一路走来，也曾享受过一时的风光以及无两的彷徨。不过我始终坚信"掉在水里不会淹死，只有待在水里才会淹死"，不迷信运气，在我胜利的时候以战养战，碰壁了之后屡败屡战！

成功的秘诀，在于确认出什么对你是最重要的，抱着一种不达到目的决不罢休的精神，然后拿出行动来证明自己。据说肯德基的创始人哈兰·山德士一生中经历了 1009 次失败，但他却说"一次成功，就够了"。直到他 88 岁时，他才第一次证明了自己，全世界都知道了他的名字，也知道了肯德基。他还说："人们经常抱怨天气不好，实际上并不是天气不好，只要自己有乐观自信的心情，天天都是好天气。"

创业，从失败开始。这个世界没有所谓的神话，只有学会从容对待失败，在失败中不断历练、不断总结，方可化茧成蝶。

从一个草根的创业者，蜕变成一个出色的企业家，要经历一个极度疼痛的过程，哪怕有一丝的动摇，也许就要从头开始。

美索不达米亚社群有一个花名叫党哥的伙伴，他曾有一个创业项目叫"徽狼"，他经常跟别人讲 90 后要充满狼性，我们这些一路披荆斩棘的创业者，更是要有点儿头狼精神。我作为一条头狼，想借着这本书讲讲我六次大起大落的故事。另外，我认为创业者们与其学习传奇人物的成功轨迹，不如去研究那些创业从失败开始的同路人，为此我也请到了美索不达米亚的一号，号称能写出比张小娴还要矫情却又带有浓浓匪气文字的高佳奇来帮我记录并修改这本书的内容。

我邀请高佳奇合力出版此书，致力于引导你通过阅读真实的创业故事，减少在事业规划上的迷茫，从而使你从"身""心""灵""能"四个方面得到提升，提高你创业的成功率。

虽然我们不能代替当下的你，去承受事业之路的苦，但是我们可以通过真实的故事给予你们深度的思考，不断碰撞出交流的火花，最终将我们这一撮人的力量凝聚起来，这也是美索不达米亚这个90后创业者社群创立的初衷。

现在，为你打开天空。

吉冠网络科技董事长、本书发起人　李远哲

2018 年初

推荐序三
90后，新时代创业主力军

一年前，我着手研究基于互联网模式的未来企业形态和就业形态时，才真正开始认真了解、理解 90 后这个群体。

说起创业，我们自然首先看重技术、产品、模式的创新，但，我们必然同时审视创业者的资金、资源、专业程度和社会能力等硬性指标。于是，我们都习惯了从资本的视角看问题，大的、成功的创业者成为我们研究、学习、标榜的对象。而众多的小微创业者，却一直在被主流的忽视中自生自灭——即使这个庞大的群体整体对社会的贡献度很高。90 后创业者作为国家倡导"双创"以来最年轻的创业群体，更是一直被冠以"脆弱""不理性""难成功"的偏见，甚至他们刚刚在商业大环境的舞台上崭露头角时，也会被负面的舆论和无情的声讨包围……

其实90后创业的真相并非如此。

从创业所需的先决条件和后天要素来看，90后创业者群体才真正会是引领我们这个时代的创业主流群体。创业的先天要素包括创业的初心、冒险的精神和时代的基因，90后创业者无疑在这些先决条件中比老几辈人占有无可比拟的先天优势。年轻人天生就具有创业者应有的精神，他们更加追求实现自我价值，他们创业的初心更具有理想性。

年轻是90后的资本，他们不惧怕失败，饱含冒险精神。90后生于互联网时代，在新经济的发展中成长，各种在我们看来需要认识研究突破的创新模式，在他们的思维里早已顺理成章、信手拈来。在诸多创业的后天要素中，我们一直担心90后欠缺些许学习能力、欠缺些许坚韧不拔的意志。目光扫过90后整体，因为岁月的沉淀还不够深，他们身上这两种后天要素的缺失确实比较普遍。但，90后中那些逐渐脱颖而出的精英群体，已经显现出他们在学习力和忍耐力方面巨大的能量。佳奇所著的《从0到亿：创业从失败开始》这本书，就是通过记录十余位90后起起伏伏的创业故事，让我们看到90后创业精英身上可贵的坚韧，以及90后创业群体集体的理性思考。

更为重要的是，因为互联网时代的到来、因为共享经济的兴起，这个时代的创业模式正在发生着根本性的变化，资源和能力的不足将不再是创业的障碍。倘使90后群体可以善用共享模式并发挥互联网原住民的先天优势，借着平台经济的大势，自然能够把其他次要的资源和能力化为己用。传统意义上组织架构完整的企业和创业要素的齐备将不再必要，创业的门槛大大降低，90后的时代基因让他们自然而然地站到了时代的潮头。

从0到亿

创业从失败开始

我们有幸身处创业的最好时代开端，有幸能够迎接大时代的到来。虽然目前创业浪潮中的90后群体还显弱小势微，但凭借时代赋予他们的天赋，以及新经济环境的日益完善，他们将迅速成长为引领开创新时代的主导力量。

《从0到亿：创业从失败开始》一书以及美索不达米亚社群，以90后的视角率先为我们勾画了90后创业群体的典型画像，将唤起社会对90后创业群体的正确认识和积极研究，主动营造共享经济的创业环境，发挥90后的创业禀赋和时代优势，打造我们新时代创业引领的主力军。

猪八戒网集团副总裁、八戒研究院院长　周勇

2018年4月

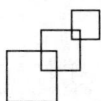

推荐序四
蓝海中扬帆起航

由美索不达米亚社群记录、好友阿哲发起的新书《从 0 到亿：创业从失败开始》即将出版发行，邀我为本书作序，同为 90 后创业者的我，自然义不容辞。这本历时一年多才完稿的书讲述了十余位草根创业者的故事，在这些创业者中，有的刚刚起步，有的已经成为行业中很有名气的佼佼者，还有的开始准备二次创业……

虽说现在他们大多数都是名不见经传的年轻人，但我相信，下一个独角兽极有可能就出现在他们之中。如果不是有幸接触到美索不达米亚社群，我想我是永远也不会知道世界上还有这么一群激情澎湃充满活力的 90 后创业者的，他们的热情、朝气，对未来永远抱有美好期许的心态深深吸引并影响了我。现在，我也粗浅谈一下我的创业经历，可能讲述的并不如阿哲他们的故事那么生动精彩，但我仍旧希望对正在阅读此书的你产生一定的正面影响。

掐指一算，距离我上次创业已经过去三年半了，在这个过程当中经历的每一个画面至今都令我记忆犹新，犹如昨天刚刚看过的电影一样，喜怒哀乐，哭笑嗔怪，一帧帧一幕幕，只要你能说出一个关键词，我马上就能把这个节点上所对应的所有事情如数家珍地跟你娓娓道来。不是因为我记性有多好，而是因为这段经历着实令人太难忘！

当时我操盘的项目名称叫作"罕宝"，意为"罕见的宝贝"，主打高端小品种食用油。我带领一支操盘团队跨界到这个项目上，尽管此前没有操盘过类似的项目，但我相信没有人生来就是多面手，做任何事情都有一个套路，要么顺着套路，要么就反套路，总有一种方法是通往罗马的。从市场调研、竞品分析、消费者分析、品牌策划设计，到产品包装设计、互联网传播以及面向市场的运营，在我的精心策划下，项目按照原定的计划有条不紊地进行着。到最高峰时，"罕宝"在广东省的线下终端实体门店已经高达 100 余家，全省的代理商也有 50 多家，这对当时的我来说是一个不小的成就，但是也因种种原因限制了"罕宝"的发展，在操盘了一年后，我果断停止了这个项目。

究其根源，让我放弃的原因有以下两点：第一是消费者对于"罕宝"产品的认知不够。我们的供应链是国内最大的小品种食用油出口商，国内市场范围很小，这源自国民对食用油的认知一知半解，对高端食用油的了解更是少之又少，人们对食用油的要求就是"不是地沟油就行"。在这种情况下人们往往会受品牌广告的影响，消费者对于食用油本就浅显的认知被电视广告影响得根深蒂固，哪家广告传播度高，就买哪家的油。第二是该项目商业模式过于传统。从产品研发、灌装生产、品牌建设到渠道拓展、市场营销等整个环节链过于冗长，属于先生产后销售的模式，会产生一些库存，终端渠道因为保质期的新鲜程度频繁更换，又会产生大量库存成本、物流成本等，加上主要销售渠道的回款周期过长，现金流受到很大影响。

这个项目停止之后，我反思了很久，究竟是什么原因导致优秀的国产品牌不被众人所知，而我们又能为此做些什么呢？在我参加了很多学习班、总裁营、商业游学之后才发现，在中国，遭遇和我类似情况的操盘手还有很多很多，太多的传统制造型企业面临严峻的挑战：产品同质化，无品牌或弱品牌，不了解消费者，商业模式过于传统，人才难、渠道难、销售难、盈利难，让众多中小企业陷入困境，造成了"酒香也怕巷子深"的情况。

在供给侧改革的大背景下，在大众创新、万众创业的政策鼓励下，"互联网+"思维大行其道，以下关键热词就可以体现新的商业温度：民族品牌崛起、匠心情怀、消费者体验、商业模式、互联网思维营销、爆品打造、股权众筹、消费众筹、资本融合、IP、合伙人经济……

每一位创业者，都希望自己的企业做大做久；每一位企业家，都希望自己的企业跟上时代的进步。我也不例外，我一直在问自己：我应该给企业注入什么基因？如何读懂消费者？什么才是商业的本质？什么才是企业制胜的法宝……

基于这一点，我和朋友一起创办了云吉天下，助力传统企业进行互联网转型升级。云吉天下是新型品牌孵化＆项目投资平台。短短一年时间，我们孵化和升级了20多个品牌项目，也收获了不少成果：通过互联网思维营销助力中国美林湖地产年销售43亿；帮助传统轮胎企业黑金钻估值提升

50 倍以上；为茜茜公主进行从 IP 创意、商业模式到产品开发、品牌推广等全案服务，斩获中国年度十佳新锐 IP；助力传统家具企业伊德莱克塑造全新消费品牌，销售量暴增 50 倍……

在服务众多客户的过程中，我们发现，二线三线城市的企业是最需要转型升级的，同时，二线至六线的消费市场蕴藏着大量的机会。正逢 2017 年，新零售崛起，消费升级大行其道，据麦肯锡研究证明，中国消费升级正在引领全球消费增长，未来 15 年，中国将贡献全球消费增量的 30%。

市场变化时刻存在，这个时代唯一不变的就是变化，而且这种变化越来越频繁，越来越让人看不懂。得益于这种变化，才能让 90 后的创业者们能和 60 后的企业家站在同一条起跑线上，新团队、新产品、新品牌、新模式、新用户的五新模式正在逐步瓦解和颠覆着传统项目。

新物种爆炸时代已经来临，并迅速影响着我们的生活，个体力量的崛起让传统品牌优势黯然失色，创新、创意与创造之重要性，让传统管理工具逐渐失去意义，新商业机会还未见端倪，传统优势即将成为陷阱。每一位身处激流的企业家，都在为求生图强殚精竭虑，辗转反侧。有没有人可以雪中送炭，引导前路？有没有人可以交流切磋，结伴同行？有没有人可以勉励扶助，再送一程？

蓝海智业是一个具有商业信仰、远景、组织、系统、创新机制的商业培训＆品牌孵化＆赋能投资机构，主要任务是帮助传统企业成为有担当有社会责任感的智慧型企业家，远离单打独斗、缺乏资金、缺乏渠道、缺乏系统的现状，为股东合伙人及企业家学员打造一个即时学习、互相分享、互惠互利的共生平台，让优秀的中小企业通过蓝海系统提升竞争力适应并引领这个时代。一个统筹商业生态资源、产业链内外高效整合、顺应市场发展趋势的蓝海生态模式就此生成，站在移动互联网、产业链变革、金融资本、国家政策的大时代背景下，在非对称竞争战略核心下，综合考虑企业愿景、顶层设计、品牌定位、产品包装、互联网思维营销、合伙人模式、赋能投资等多维度系统创新，在消费升级的大航海时代，探索商业创新，找到如何成为细分领域第一或唯一的拥有卓越商业基因的财富创造系统，这就是我们蓝海"海盗团"存在和不断发展壮大的价值所在。

创新者，已经进入蓝海时间；创新者，已经登上蓝海战舰。

我希望借助美索不达米亚这个社群，链接到更多的传统企业家和新生代创业者，加入蓝海创新团，赋予他们更多的商业力量，助力他们在蓝海激流中扬帆远航！

云吉天下执行董事、蓝海智业创始人　杨旭

2017 年 9 月

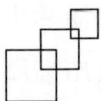

推荐序五
时间会给你答案

2012 年 9 月 18 日，一个怀揣着无限抱负和强烈渴望的年轻人，离开了北京，踏上让人魂牵梦绕的魔都上海。转眼间，六年过去了，那时胸怀天下的年轻人、如今的我已然过了而立之年。人们常说，80 后是瞬间老去的一代，来不及太多的准备和思考，我们便迎来了 90 后的风云叱咤。于小时代盛行的大时代，90 后的每一出戏唱得都异常精彩，这让所有人都刮目相看，不觉间，这群人正用自己的方式构筑着属于自己的小时代。

由于工作的原因，我接触过很多极其优秀的 90 后创业者，其间不乏很多响当当的人物，至少在某个小时代里，他们用一种倔强和创新，彰显了他们的价值。而这种价值越来越被大家所认可，悄然之间，甚至被大家所敬畏。没错，这就是 90 后，不安分的 90 后，你从来不敢小瞧一眼的 90 后。

我向来对 90 后是充满敬意和期待的。我也常常需要向他们学习，他们身上的很多闪光点是其他时代无法熏陶出来的。尽管我做好了向 90 后看齐的准备，然而让我们惊讶而又喜出望外的是，90 后创业者中的一批人已然开始在商业舞台上崭露头角。没错，时代进步之快，让我们目不暇接，所以这是一个无法再用年龄去标签的时代。只要你活在当下，不想被时代抛弃，你就必须跟上步伐，老者不妄自尊大，青年不妄自菲薄，唯有如此，才能真正地融入这个日新月异的时代。

我与佳奇的第一次相见，是在 2018 年 4 月 25 日。因为读了我的《变现：互联网时代的创富力》，专程从北京来到我位于上海的 BASE，和我促膝长谈——单单从这一个细节来讲，我便觉得这是一个有心人。四个小时长谈下来，我肃然起敬，也获益良多，这是一位了不起的 90 后、95 后。他的了不起，不仅仅是他略显沧桑的外表，更是因为他与年龄不符的成熟和睿智，谈及创业世界、创新思维、投资趋势，更是稳健独到。

我对这个小兄弟的敬意，除了源自以上两点，还有就是我后来得知的一点了：事实上，佳奇是一个不折不扣的创二代，然而在创业这条道路上，佳奇似乎绕过了很多所谓的捷径，偏偏选择了一个异常艰苦而又平凡的方式，彰显着自己不一样的创业人生。这期间经历的很多不堪和挫折不难想象，甚至让我想起近十年来，我在商业探寻之路上所经历的一切，虽谈不上什么商海浮沉，但绝对感同身受、亲切至极。佳奇的谦虚、专注和聪颖给我留下了深刻的印象。

听闻佳奇的新书《从 0 到亿：创业从失败开始》即将面世，我非常开心。作为多家出版社、财经媒体的签约作者，佳奇有着很好的创作基础。作为 90 后创业者社群美索不达米亚的发起人，佳奇更有义务和权利为总体量数以十亿、百亿乃至未来的千亿、万亿计的社群内创业者写些什么。而这个书名，应该不用我再去做出社会意义的诠释，朴实无华的书名之下，包含着很多鲜活的创业案例。尽管很多的创业案例都很小，且历经了无数的失败和挫折，但这不更是我们想去解构的真实吗？佳奇跟我说，这是一个描绘草根创业失败故事的书。我说，太好了。成功感言大多不太可信，唯有失败后重新出发的人感言才能打动人心，给人以引导和启迪。

当佳奇邀请我为其新书作序时，我欣然同意，但又心生困惑。我在想如何用简要通俗的语言，去表达对于 90 后（甚至部分 95 后创业者）的热忱期待。所以，创作这篇序，应该不需侃侃而谈什么大道理，也不需聊什么如何创业的陈词滥调，跟 90 后做朋友，就好了。记住，这不是一个可以用年龄标签的时代。

创业从失败开始，告诉大家的不仅是一种豁达的心态，也是一种从容的姿态。我们、创业者，不喜欢失败，但更不会惧怕失败。在此，我衷心地祝福佳奇和其他 90 后创业者，创业之路顺畅，人生之路大美。所谓顺畅，不是没有失败，而是内在豁达；所谓大美，不是没有荆棘，而是享受过程。没有人的生命是容易的，但总有些人偏偏选择更加不容易，期待佳奇不一样的小时代。最后送上小诗一首：

> 人生大美，在于有梦相随；
>
> 成就自我，在于成就他人。

佳奇和他的小伙伴们，有梦就去追吧！

时间，会给你答案！

麦田咨询创始人兼董事长、《变现：互联网时代的创富力》作者

王 雷

2018 年 5 月

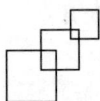

推荐序六
在时代的浪潮上刷新认知

美国奥克兰运动家棒球队是一只联盟预算最少的球队，比利·比恩是这家俱乐部的经理人，球队的战绩越来越差，球队的明星球员又会被预算更多的球队挖走。运动家队的老家伙们的眼光还盯着那些表现耀眼的球星们，准备拿着不多的筹码去交易。比利意识到，此时的洋基队（联盟第一）也在这样想着，如果想夺冠只能刷新自我认知，求变则活。

比利·比恩没有钱，也同样的没有负担，他把宝押给了一个跑几步都会气喘吁吁的胖子，这个胖子的原型就是现任 NBA 球队火箭队的总经理莫雷。他给比利带来了一套数学模型，用这套数学模型去挑选那些被低估的球员，而不再靠着个人的主观好恶。大数据成了比利的新武器。

推荐序六

在时代的浪潮上刷新认知

当比利拿着经过这套数学模型筛选出来的球员名单摆在球探面前时，球探们没有人相信靠这些有明显缺陷的球员能获得胜利。比利力排众议，并没有费什么代价就签下了这些人们眼中的边缘球员。为了让这些球员上场，比利甚至低价甩卖了那些球队原有的明星球员，或许，比利的骨子里和创业者一样就是个赌徒。

最终美国奥克兰运动家棒球队创造了 20 连胜的纪录，缔造了传奇。而奥克兰队也改变了整个世界的俱乐部选人规则，颠覆了整个行业的认知。

这部电影《点球成金》上映于 2011 年，改编自真实故事。《从 0 到亿：创业从失败开始》一书中所描绘的 90 后创业者，跟电影中的主人公比利，有异曲同工之妙：都是赌徒、都敢于另辟蹊径、都有着成为独角兽的梦想、都愿意刷新自己的认知，也都愿意在绝境中砥砺前行、浴火重生。

创业是修行，也是赌博。但所谓的赌博并不是永远的一腔热血、一掷千金，在更多的决策中，也要遵循着理性判断，大到金钱观、家庭观、人情观，小到酒桌礼仪、仪表仪态。年轻一辈的创业者，在社会的些许"铁律"面前，还是不成熟的。"千里之堤，溃于蚁穴"。共享经济的兴起，90 后有的是专属于自己的独特血液，我们舍弃的可以是传统的企业组织架构，但不能舍弃的是自我人格的完善，对于个人成长得更优秀的追求。对于所谓的"传统"我们也要总结和归纳，正如美索不达米亚社群创办人高佳奇（花名：文匪）、本书的作者，在做这本书之前说的那样，创业者，要避开那些我们本不应该触碰的雷区。

这次有幸为《从 0 到亿：创业从失败开始》作一篇序，我的创业者身份，或者说我最引以为豪的创业项目或许就是两年前和高佳奇一同创立的美索不达米亚社群了吧。截至 2018 年春节，加入社群的 90 后创业者已有 114 位。

这个有门槛，且需要审核，但没有会费的社群是非常独树一帜的。当所有人都把眼光放在了社群营销的时候，我们想做的是一个群体，一个商会。我们既着眼于社群内部以及和外界的合作和碰撞，我们也潜下心去研究这些 90 后创业者。做最懂 90 后的 90 后，并向社会为 90 后正名！

我推荐这本节给朋友们，对于 90 后创业者要用"问渠那得清如许"的方式去看、去想。没错，倘若不识庐山真面目，又怎么在时代的浪潮上刷新认知呢？

千淘万漉虽辛苦，吹尽狂沙始到金。与君共勉！

美索不达米亚社群联合创办人、CEO　金昊锋

2018 年 6 月

致不一定能走到终点的我们

当我敲下这一行字的时候，我的身上穿着一件棕红色卫衣。我在加州留学时也曾买过此品牌的衣服，一件卫衣的含税价大约是 70 美元，定价在太平洋彼岸属于典型的大众消费品定价范畴。然而，在国内这个品牌摇身一变，每一件衣服的定价都超过了 2000 元人民币。我在国内见过很多人购买该品牌的服装，其中不乏一些手头有一些资产的 90 后创业者。

我为什么要说这个事情呢？原因很简单：很多 90 后创业者，对于这个品牌的全部认知就仅限于较高端的潮牌或是轻奢侈品。他们不知道在大洋彼岸所发生的一举一动，也对此丝毫不感兴趣，他们没有使用过 Uber，甚至不清楚 Alphabet（谷歌搜索和 YouTube 的母公司）这家企业到底和百度有着什么样的区别。

从 0 到亿

创业从失败开始

我记得在我留洋以前，我的父亲与我有过多次较深层次的谈话，话题有关留学的目的与动机。在他看来，旅居海外不只是接受来自不一样世界的 General education courses（基础教育课程），更重要的是在潜移默化中拥有国际化的视野，对此，我深以为然。

然而，受限于年龄和阅历，大部分稍有所成的 90 后创业者截至目前，还没有这样的经历与机会。90 后创业者是分层次的，其中少部分掌握着数以亿计巨额财富的佼佼者们，无一例外是天赋异禀且运气超然的——他们中又有那么一部分人，身上具有不可磨灭的"创二代"抑或"富二代"标签。根据美索不达米亚社群调研小组的统计，90 后创业者（包含房产投资者、数字货币持有者或是股票操盘手等执行非企业行为的 90 后）中财富排名前 37 中的 25 人，均是来自较为富裕的家庭或是有一定级别的干部家庭。

举例说明：ofo 小黄车创始人戴威，是 90 后创业者中对人们的生活有着巨大改变的一位。尽管我经常听到有人吐槽"西红柿炒鸡蛋"有着这样或者那样的问题，但不可否认的是他的确是共享出行的先行者与开路者，他也的确称得上是中国 90 后创业者的翘楚。戴威来自北京大学，我们不得不承认，做出一番事业的创业者在接受的教育以及因从小耳濡目染而得以提升的眼界上是远远超过平均水平的。这个现象不止于 90 后创业者，也同样出现在属于 80 后创业者的传奇故事中：美团王兴的父亲是凯盛房地产董事长王苗、滴滴柳青是联想集团董事长柳传志的女儿……这样的例子还有诸多，无须一一列举。

巴菲特说过，"如果你在错误的路上，奔跑也没有用"，而存活下来的创业者，或是因为选择，或是因为运气，他们可能没有走在最好的赛道上，但他们至少走在了相对正确的赛道上，当然，他们也是相对优秀的选手。不过，

自 序

致不一定能走到终点的我们

对于包括 90 后创业者的年轻一代人来说，人生是一场长跑，不是谁出发得早谁就能跑得更好更快。"早起的鸟儿有虫吃"是对的，但"磨刀不误砍柴工"更符合今天飞速发展的商业环境。工欲善其事，必先利其器，但是已经在前进的路上飞奔的 90 后创业者们似乎没有足够多的时间和精力武装自己了。加入美索不达米亚社群的 90 后创业者截至 2018 年春节有 114 位，其中有 40 余位 90 后创业者白手起家，靠着一身闯劲儿取得今天的成绩。我不止一次听到过我周围有创业者向我倾诉，表达着因眼界的不足以及思维逻辑的限制所导致的成长受限之苦。

专家、研究者和正在学习中的创业者们把太多的眼光聚焦在巨头和新锐创业者们的身上，他们忽略了中流砥柱们的死活。然而在平台经济到来的今天，在"大众创业、万众创新"的"双创"热潮还没有散去的今天，中小企业经营者所栽过的跟头、所吃的苦已经够多了，那些从一路血海中拼杀出来的人们，值得我们研究、值得我们尊敬。就像日本麦当劳董事长藤田田所说："企业的经营，不能只站在单纯的一个角度去看，而要从各个角度分析、观察才行。"研究企业失败的人寥寥无几，更不用说是研究名不见经传的中小创业者一路走来的心路与历程的著作。与其说我创办的美索不达米亚社群是一个 community（社区）或是一个 association（联盟），不如说它是一个属于 90 后创业者的商会。这个名为美索不达米亚社群的商会是具有一定门槛且需要审核才可以进入的，但它也是包容且开放的，来自不同地区和不同行业的 90 后创业者们在这里相聚、交融，产生跨界的合作与思想的碰撞。而我深深着迷于他们每一个人，也愿意帮助他们展现自己的价值，我们既展示随着热点和风口呼风唤雨的创业者特有的观点和作为，也为踏实务实但没有机会崭露头角的创业者发声，故著此书。

从0到亿

创业从失败开始

父亲在阿里的花名叫作"高参",我有幸被社群内的伙伴们抬举,认作90后创业者的"高参",那么,我将以这本书吸引更多人的目光,关注90后创业者的现状。本书中记录着十余位伙伴的故事,书中也有我和他们相处下来所产生的思考。他们从事不同的行业,面临着各式各样的瓶颈或是棘手的问题,也都有过值得反思的失败经历。我认为这些内容将会引发我们的一些思考:创业者如何避开本可以避开的雷区?草根创业者如何突破瓶颈?不同行业的年轻中小企业主身上又有着什么样的共性?

让我们来一起发现这些答案。

美索不达米亚社群创办人、财经作者　高佳奇

2018 年 2 月

第一章

李远哲自述：我的唐僧之路

第一节　创业初尝试

◆过招：2014 年学习型中国世纪论坛上的邂逅

"滋，滋……"我的手机震动了起来，我用最快的速度把手伸到裤子口袋里按下了电话的接听键，抽出手机把头低下去，也没来得及看是谁打来的电话，只用几乎只有自己能听到的声音说道："喂？"

"阿哲，我们展位来了两个小伙子拆台，大伙儿都招架不住了，你快过来看看。"电话是唐姐打来的。我应了一声便挂掉了电话，有些不情愿地离开了会议现场。

我，李远哲，当时正作为《2014 年学习型中国世纪论坛——未来已来》的特邀嘉宾 OTO 概念的提出者曲立东先生的助理，坐在台下聆听着各路大咖们的分享。这一年一度的论坛是学习型中国最重要的大活动之一，作

从 0 到亿

创业从失败开始

为中国民营企业家在求变和探寻未来的迷茫中照亮前路的盛会于每年 12 月底在北京隆重举办。打电话过来的唐姐是上海某电子商务公司的 CEO，与我当时的老师曲立东曲总有着很好的私交以及项目上的合作。我的心情本是一片好天气，不料竟然徒生意外——唐姐向我求救了。我火急火燎地赶往唐姐的新项目转码乐购的展位，远远就看见唐姐一边皱着眉头，一边背着手在展位前来回踱步。唐姐看到我以后立刻舒展开了眉头，把我迎了过去，转头对两位不速之客说："两位，这是阿哲，是我们公司校园渠道的负责人，也因为连续创业的经历被曲立东曲总赏识，正跟着曲总学习。他的年纪和你们也算是相仿，我觉得他能比较好地解答你们的问题。"说罢，冲我使了一个眼色。

我顺着唐姐的手势定睛一看，心里不由得一震：展位的访客席上一左一右坐着两个看上去比我还要年轻的陌生面孔，左边的男生头发棕黑，戴着一副大边框的眼镜，留了一点儿小胡子，似乎想给人表达一种自己非常成熟的感觉，但我依稀可以在他的眉宇间看出来一丝丝稚气。他似乎是感觉到了我打量他的目光，抬起头看了我一眼，露出了一个自信力十足的微笑。右边坐着一个穿着校服、比我高小半头的男生，从脑门上依稀可以看到一点青春的痕迹且浑身散发着一种名为"得意"的气息。"不过是两个学生，居然让转码乐购的高层无法回答他们的问题？"我心里暗道一声不妙，定了定神，也冲他们回以微笑，嗯，礼数和气度是不能丢的。

"刚才唐姐应该和你们讲过我们的项目了，你们还有什么问题吗？"我拉了一把边上的四角凳，在他们的对面坐了下来。

"不是我们有什么问题。"留了一点小胡子的男生说道。与此同时，他把手伸了出来继续说道，"高佳奇，旁边这位是我的合伙人金昊锋。"

⬤⬤⬤

我站起来同他们一一握手并自报家门，高佳奇继续说："是你们这个项目根本没法落地。"

他的眼睛里射出了锐利的光芒，似乎要把我看透一样。这两个家伙很懂得话术的技巧，把这样石破天惊的一句否定抛出来以后便不再多说一句废话。我知道，如果我顺着他的话去提问一定会被带到他们的逻辑圈里，但我别无他法。我笑了笑，问他："哦？那你说说为什么你会觉得它不够落地呢。"

"不是不够落地，是完全没法落地！"高佳奇的否定完全是爆发式的抨击，紧接着他的合伙人金昊锋无缝衔接他的发言："首先嘛，我觉得转码乐购本身违背了电商的逻辑。电商的今天是减法的今天，烦琐、额外的工作永远是和人们的需求相斥的。转码乐购通过不断的返点以及人脉圈的分销来获得用户流量（注：那个年头，互联网的"人口红利期"还没有过，创业者看用户流量要远远大于现金流），但是没有人会花费自己那么多的精力去做这样一件事情，商家也不会以伤害自身利益作为前提条件加入你们的平台当中。这是一个减法的时代，私见，你们的项目不是一个那么好做的项目。"

"转码乐购的核心是OTO，万物互联。"我夺回发言权，"如果现在最火热的互联网思维的核心是用户体验以及羊毛出在猪身上，熊买单，那么转码乐购的商业模式就是羊毛可以出现在任何地方，万众分享，大众买单。OTO实质就是建立在通过物联网技术，建立一个新的酬众平台——奖励传播羊毛的信息源。你可以理解OTO就是一个由B2B2C作为"针线"不断重构编制的全新商业网络，但是这样的网络需要庞大的物联网系统技术作为支撑。我想，商家和用户一定是希望一同构建这样一个引领未来的模式的平台的，所以他们会加入进来。"

……

我们最终也没有讨论出一个所以然来，与其说是争论，不如说是两方实干者的思想碰撞。我有一种无从着力、棋逢对手的感觉——这种感觉是从未有过的，在我的历次创业中都不曾有过。但我猜想，OTO 的思想也许给小明（金昊锋）和高参（高佳奇）在之后做"易买易卖部落"提供了些许启发。说实话，他们是创业的天才。

我始终认为一个合格的创业者首先应该是叛逆的，对问题一定是先给予怀疑的视角去度量，也只有这样我们才能创作出更加落地、更加切合现实的商业模型。当然，我至今也不确定他们在做"易买易卖部落"的项目的时候，是否考虑了 OTO 的理念。但我也是在读了两位的《从 0 到亿——诚信力价值经营启示录》之后发现，他们的项目确立时间和我们最后一次见面的时间非常接近。易买易卖部落，至少通过微信实现了第一个以诚信 B2B2C 的成功商业案例，有点像后来的"社群电商"的概念，实现了项目基本的生存，或许后面由于种种原因没有继续下去，但至少他们验证了这在当时是一个可行的商业模式。无论是否真的想过或者考虑过 OTO，都不重要了。所谓不打不相识，在第一轮辩论过后我们互留了微信，也谈起各自做过的一些项目。

后来小明和我提起来的时候我才知道，那天的小汤山雾霾很重，但小高参在离开会场以后还是大口呼吸着浑浊的空气，非常兴奋地对他说："李远哲这家伙真有意思，将来有一天我们一定会和他成为直接的对手，或者亲密的战友。"

第二轮的辩论碰撞也是非常令人难忘的，直到今天我还对当天发生的

第一章

李远哲自述：我的唐僧之路

事情有着深刻的记忆，"阿哲兄，你看看这个"如今我们口中的高参、当时和我论道的同龄人佳奇将他的手机递给我，我可以清楚地看到他脸上不加掩饰的笑容。我在敲下这一行字的今天、两年多过后的这一刻，也还记着这样一个表情。在我的脑海里，这是一种成功者的微笑，这种微笑，犹如冰川上绽放的雪莲经历了种种磨难后，终于可以向别人展示花开和结果。

这种微笑，只属于我们创业者。

当我意识到自己有些走神以后，我拧了一把自己的大腿迅速回过神来，拿过手机——那是BTV《锐观察》栏目的访谈，只见屏幕里面两个穿着校服和皮鞋，跷着二郎腿的高中生，正在和主持人交流他们是如何把无人小店做活并风靡高校的。我心里不由"咯噔"一下，原来他们俩就是刚刚的某位大咖嘉宾提到过的95后公益创业者！

高佳奇看到我一下子变得凝重的表情，他笑得更加放肆起来，坐在一旁的小明很配合地推了一下眼镜，我赶忙低头专心看手机，以躲避他们的目光。

这两个人怎么就这么默契呢。

一种说不出的感觉堵住了我的胸口，五年前的我到底都在干什么呢？啊，五年前的阿哲似乎还没有开始创业呢。别说五年前，哪怕这时候，我也没有一位兄弟，没有像高佳奇和金昊锋那样的袍泽手足。

我目不转睛地盯着手机屏幕，试图挑出什么毛病来，但是很明显，我失败了。因为我很快就被他们的项目诚信供销社吸引了，这是一个无可比拟的校园公益项目，作为一名前校园创业者，我一直都有听说过类似于无人货栈这样的项目，我也知道他们都以失败而告终了。这两个按年龄可以算作我的弟弟的小朋友——高佳奇和金昊锋，用他们的行动向专家、学者

007

以及诚信供销社的每一位支持者、参与者证明了非信用机制的信任一样有着巨大的可能。根据他们的理论，如果诚信成了社会里每个人的行为准则，征信的成本通过行为约束得到完美解决（虽然他们表示这并不可能），那么我们国家的 GDP 增量至少会翻三番。即使是像他们这样用商业的逻辑做诚信公益，但是能把诚信根植在年轻人的心里，也将会产生无可估量的巨大价值。我不由得开始有点佩服这两个在当时年仅十六七岁的青年。这两个人，可以说是我至今为止认识的最具实力的 95 后了。

可惜，我是一个演技派，即使心里早已佩服得五体投地，我也要把场子找回来。我打开了我们的一个微信公众号——MAGO 校园服务，从容不迫地开始反击："你们这个项目已经是过去式了。我也做过校园项目，诺，就是这个 MAGO 校园服务站。主要是为大学生提供校园兼职的工作，这种方式非常垂直且细分，和市面上最常见的兼职平台完全不同。我们亲自解决了兼职难的问题，用诸如解决最后一公里的物流（俗称跑腿）的岗位给兼职的兄弟们在校园内提供方便。我们不用又跑用户、又跑客户，一边去找需要兼职的公司，一边又寻找想要兼职的大学生。虽然 MAGO 的上限没有那么高，但是它的扩张我觉得是优于诚信供销社的，它的扩张是一种自动而快速的扩张，而且现在的总址已经准备换第三个老大接手运营了。"

我不知道我的一席话是否说到了他们两位的心坎里面，但至少在分别的时候，我敢说我在他们两个人心里已经建立了相对良好的形象。即使我一直觉得 MAGO 这个项目只是我的小试牛刀，但这一天我用它向小明和高参证明了自己。转过头来看一看，或许它最大的成就就是通过事业合伙人的制度，实现了校园创业的自动运营和高效。第二轮的辩论——诚信供销社 VS MAGO 校园服务平台，在场面上勉强打成了一个平手，但是我始终有种感觉，其实我的项目还是略逊一筹。一是诚信供销社的社会价值的确更高，他们把不可能变成了可能；二是我没有他们获得的曝光度和认同——比如电视台和报纸的采访、比如学习型中国嘉宾请来的大咖为他们俩站台背书。

我感到非常欣慰，像小明和高参这样的 90 后甚至 95 后创业者、我的同辈人，实在是太少了。我人为地把创业者分为三种：第一种是自主经营个体户，老板自己也是员工，靠的是自己的劳动和智慧赚取利润；第二种是企业主，他们有已被验证具有市场的项目，从而足以雇用更多人为其工作，赚的是一个行业或产品的市场价值；第三种是创新开拓者，他们开拓一个全新的产品或者商业生态，让更多企业主和自主经营个体户围绕着他们，以他们为中心去主导和瓜分市场，这类型的创业者对世界的发展是有贡献的，区别于前面两者也有着本质的区别，就是他们制定了新商业的从 0 到 1。

我很确信，小明和高参身上的是第三种创业者的特质。分别以后，我产生了这样一个念头：这两个人，十年以后，也许会引领一个新的商业潮流。

后来，我们再次见面，是两年以后。这两年，我和高佳奇就像隔着微信的两个网友，相互沟通、碰撞思想，有时遇到困难了，也会相互鼓励。

◆再相遇：生日快乐，阿哲

"阿哲哥，我和小明写的有关诚信供销社的小说开始众筹了，要不要支持两本啊？"那是 2015 年 3 月底的一个晚上，一个熟悉又陌生的声音在电话的另一头响起，我想起的确已经很久没有联系过高佳奇了。那时的我，刚刚回到惠州，用一套复式楼建立了属于自己的"创客空间"，以筹备新一轮的创业计划。我一边顺口问了问高佳奇他们最近的规划，一边打开手机，打开他的朋友圈。我果断地对他说："我看到你发的朋友圈众筹预售链接了，现在就去轻松筹拍下你们的书。"

听到高佳奇的声音，我感到非常兴奋和欣慰。怎么说呢？我有很长一段时间没有再遇到类似他们这类型的90后了，我始终关注着他们的发展，也以此激励自己不断前进。两个月后，高佳奇和小明开始构想美索不达米亚这个90后创业者社群，为此，我们打了一通两个多小时的电话。我和高佳奇一直就像两个笔友一样，通过微信和邮件保持着联系，我也一直把我的故事和创业历程心得和他分享。之后到了美索不达米亚真正意义上元年的2016年，我们的联系变得越来越密切。从出书到美索不达米亚社群建立、到美索成功融资，再到后来我通过审核，成为美索社群内的一名90后创业者。

"阿哲哥，是我，佳奇，这次找你是有个很好的事情！"那一天我接起电话，只听高佳奇（这个时候我们已经按照美索的叫法，称他为高参了。事实上高参是佳奇的父亲在阿里的花名，但小明始终坚信佳奇会成为90后的高参）在电话那头一边喘着粗气一边嚷嚷。"美索不达米亚现在和学习型中国的问道书院达成合作了！"我听后一惊，他们在培训领域的成长居然已经上升到这个高度了。他继续说："我想叫你来作为我们社群特邀讲师，为山东的民营企业家们做个分享。"电话另一头的高参语气里露出一种向好友分享胜利果实的喜悦，我不禁问他："我的级别够得上学习型中国的平台吗？"

"你自信一点好不好？你可是我们美索的成员。再说了，肥水不流外人田嘛，你能来，肯定对我来说是最好的结果啊！"

第一章

李远哲自述：我的唐僧之路

呵，这个答案还挺邪乎的，我一边想一边不由自主地笑了笑。我说："小事情，你把活动的时间告诉我，我现在去买机票。"

"山东威……"高参说，"用不着你买，小明有阵子没和你联系了，也挺想你的，你把你的身份证号给我说一下，美索给你订票。"

"好，我一会儿发给你。"在我挂下电话后不到三分钟，我收到了南航发来的出票短信。一次说走就走的旅行，就这样启程了，目标：山东威海。我知道，有很多位同样奔波在创业第一线的小伙伴正在和我一样期待着这次会面。

那一次分享，是我作为美索不达米亚社群的特邀讲师第一次讲述我的故事。我还记得我和另一位从深圳出发的美索伙伴彪少因在机场相聊甚欢而错过了早班的飞机——我们赶到的时候已经是晚上了，步子迈入会场的一刹那，我看到布置精美的会场里，每一位来宾都在全神贯注地聆听着站在台上正在分享的美女（美拍第一批数十万粉丝网红之一、绽放品牌创始人张帆远航，花名：Pandora）讲述着网红经济的前生今世。我用最快的速度进入了学习状态，认真聆听了在我前面几位兄弟姐妹的分享，我听到的不只是故事，更是同龄创业者们的心路历程，当我站在台上的那一刻，我用有些哽咽的声音说：

"各位学习型中国的民营企业家们，晚上好。我叫李远哲，花名阿哲，来自广东惠州，是一名90后连续创业者。我有两个秘密想要告诉你们：第一，今天是我的生日。"说到这里，我的声音被抖擞着精神的长辈们的掌声没过了，我不得不停顿下来伸手示意。当掌声停止以后我继续说道："第二，你们知道吗，为了来到学习型中国这个平台分享，也为了能够和这样一群兄弟同台，我已经努力了五年、历经了六次创业。我万万没有想到，老天在我 23 岁生日的时候送给我一个这样的生日礼物……"

现在我已经不记得那时我讲的每一句话分别是什么了，但我却知道，那一天我是最后一个上台分享的 90 后创业者，因为内容的充足和感情的宣泄，我的分享一直持续到接近子夜一点才结束。从我站到台上，不，应该说从我走进会场的门，看到台上背景板上的"学习型中国·问道书院——美索不达米亚社群"和"70 后、90 后联动营"几个字开始直到结束，台下没有一个人开小差、玩手机或者离开会议厅。至今我仍会把这次分享的视频拿出来看，我不断激励自己。没错，我不是一个最棒的演说家，但我有信心认为，我李谋的故事，是有巨大学习价值的。

也是从 2016 年 8 月 27 日开始，我的事业开始出现飞速的转折。我清楚地意识到，上帝在我 23 岁生日这一天，送给我的不是钱，而是机会。

我觉得我很像鸡汤故事里的竹子，用上几年的时间来扎根，虽然生长很缓慢，数年只能长高三厘米，但根早已在地下绵延数百米，待到时机成熟时，就会疯狂成长，六周的时间就可以长到十五米。有多少人没有搞清楚，创业要先学会从失败开始，因为创业永远是一条伟大而又充满痛苦的路。

这本书的故事，从我的故事开始……

◆ 话剧教我做人

我在大学一年级的时候，加入了学校的话剧社，话剧社的会长阿面是一个大我两届的学长，我习惯叫他面哥。面哥是我大学里的第一个贵人，同时也是一名优秀的创业者，在我刚进大学的时候，他就已经开始创业了，不仅是某传媒公司的创始人，同时兼任CEO，主营企业微电影的传媒业务。

在我刚加入话剧社的新干事见面会上，清楚地记得面哥说过这样一句话："在编导话剧中学做事，在表演话剧中学做人。"这句话后来被我们写进了社团章程里，当作了话剧社的社团文化。面哥是这样说的，也是这样做的，他一直在用实际行动影响着我们，推动着社团向前发展，在他身上，我学到了作为一个领导者该有的责任和担当，也学到了当代年轻人应有的激情和勇气，更学到了有效的社团管理办法，这为我后来在学校里创业提供了丰富的经验和底气，也是我在学校里事业风生水起的一个重要原因。

加入话剧社之后，由于我表现积极、办事靠谱，在一群新干事中很快就脱颖而出，面哥和协会的其他人对我的印象都很好，在话剧《新上海滩》选拔角色的时候，大部分人都支持我来饰演男主角，这对于我来说，是一个千载难逢的好机会。我从小就向往站在舞台中央，台下观众的欢呼和掌声、打在身上的聚光灯，都是我向往舞台的理由，我就是"想要站在那里"，接受所有的光环与荣誉。所以在排练的时候，我格外认真，每个动作、每句台词、每个表情都力求做到完美，我拉着和我对戏的演员一遍又一遍地研讨剧本，吃饭的时候也捧着剧本舍不得放下，那段时间，我甚至连梦话说的也是台词，舍友说我魔怔了，我也只是笑笑不反驳，"不疯魔，不成活"，他们哪里知道我想的是什么呢？

话剧要公映的前一天，我们剧组还在紧张地排练中，力求在台上为观众呈现出最好的表演。在休息间隙导演走了过来，他拍了拍我的肩头说："阿哲，明天就是话剧社在校学生活动中心登台表演的时候了，成功与否，全看你这个男主角的了，你可一定不能辜负我们的期望啊。"我又何尝不知道呢，作为男主角，我的戏份最重，任务最重，压力也最大，听到导演这样说，一种莫名的情绪涌上心头，说不上来是期待还是紧张。我在话剧里饰演的男主角名叫阿贵，是上海滩老大许文强手下的一名小弟，梦想着有朝一日成为威震一方、腰缠万贯的上海滩新老大，却因身份低微，屡屡被人欺凌被人利用。阿贵的未婚妻为保护阿贵死在了日本人的枪口之下，阿贵发誓要为乔娜报仇，他加入了军队，在一次与日本人的对战中光荣牺牲。也许在有的人眼里，阿贵这一生过的过于窝囊，他一生都不得志，前半生被人欺压，未婚妻惨死敌手，最终自己也战死沙场，到死都不得志……可是在我看来，这才是平凡人一生的写照啊，"阿贵精神"代表了一种生命的怒放，是草根阶层屡败屡战、不懈奋斗的真实写照，这与我后来的创业经历又何其相似！世事真是奇妙，原来早在那个时候，那颗名为"不认命"的种子就在我心里悄然种下了。

在话剧排练的过程中，我们团队有过争执，有过分歧，因为灯光、因为走位、因为一句台词争论不休，在要公演的前一周，我们还在开会讨论是否要删减内容，甚至有人因此提出罢演，如果不是内心一直有一个强烈的演员梦支撑着我，我也不敢保证自己能不能坚持下去。但当演出圆满结束，所有演职人员簇拥着走向后台的时候，我分明看到了每个人眼里的泪光。两个多月不眠不休的排练，就为了这一次完美的呈现，争吵，是为了更好地配合，失败，是为了此刻的成功。那一刻，我真正体会到了什么叫作团队精神。

我一直都很佩服唐僧，他的一生都是为了求取真经、弘扬佛法而活，一个人能有一个明确的目标并为之努力一生，是一件多么幸福的事情，我们创业者又何尝不是如此呢？创业之路就像唐僧的取经之路，明知前方困难重重，还是要奋不顾身地继续前行。如果说唐僧是我创业路上的第一个榜样，那么阿贵精神，则是为我的创业之路，提供了一种灵魂上支撑的匠心精神。

◆ 我的初恋——金盛美

一个炎热的上午，我正窝在教室后排昏昏欲睡地听老师讲课，迷迷糊糊中，我突然感觉胳膊被人狠狠地拍了一下，我一下子就惊醒了，以为是老师发现了我上课睡觉，可我定睛一看，老师还在讲台上心无旁骛地讲课呢，不用说，一定是坐在我旁边的同学王嘉麒，他平时最喜欢恶作剧了。我扭过头，准备找嘉麒算账，却看到他正在笑嘻嘻地看着我，这小子，看到奸计得逞就这么嚣张，我一定得好好教训教训他不可。嘉麒看到我好像真的生气了，急忙拉住了我刚刚扬起的手，说："阿哲，别睡觉了，我刚刚想到一个赚钱的好点子，你要不要听我说说，和我一起尝试做一下？"

王嘉麒是我的大学同学，一个生意场上的老道高手，在我们还在懵懵懂懂读大一的时候，他就已经有了自己的小事业，垄断了学校的二手手机市场，代理小弟收了一波又一波，每个月的收入接近五位数，在学校里算是一个妥妥的小土豪。我深知嘉麒的为人，也丝毫不怀疑他对金钱的敏感，所以在他说能赚钱的时候，我就完全放弃了要"报仇"的想法，转而一脸期待地望着他，嘉麒得意地笑了笑，清了清嗓子继续说："阿哲，我想在我们学校做寿司来卖，我看你经常给女朋友做吃的，手艺应该不差吧。"

嘉麒的这句话似乎激活了我身上沉睡已久的商人细胞，潜意识告诉我，这是一个可以操作的项目，我的睡意顿时全无，迫不及待地想要和嘉麒讨论接下来的安排。我和嘉麒谁也无心听课，趴在桌子上交头接耳了一节课，我们在纸上写写画画，计算项目的可行性，以及项目启动后的营收和投产比，并列出了各自的起始资源和潜在客户。嘉麒愿意贡献出他在学校二手手机团队的人力资源，可以帮忙解决前期派发传单的问题，同时他还提供出他在学校附近租的房子，作为寿司原材料的"冰鲜仓库"，而我有学校社团的成员可以转化成市场资源。通过精细化的分析计算，我们更加确定，这个项目是可以落地的。

我们最终讨论决定，由嘉麒来担任项目总裁，我做市场总监，但现在的问题是，我们缺一个监管产品制作和配送的总监，这个人不仅要有务实的能力，还得具备我们信得过的人品。经过一番排查，我们把目光锁定在了同班同学马冠身上，马冠是一个性格憨厚、长相帅气的男生，不仅会做饭，打篮球也很厉害，在学校里有不少小迷妹，我和嘉麒正是看中了他这一点，才决定邀请他做我们项目的第三个合伙人，而在后来的活动中，马冠也的确凭借他超凡的人格魅力为我们吸引了不少女性客户群体。

当我和嘉麒找到马冠，向他描述了我们宏伟的创业蓝图时，马冠低头沉思了一会儿，然后问道："我需要做什么？"我和嘉麒对视了一眼，从彼此的眼底看到了笑意，心里都意识到马冠对项目产生了兴趣。嘉麒慢悠悠地开口："做饭、配送……"他停顿了一下，推了推稳稳架在鼻梁上的眼镜，戏谑地说道："卖萌。""嘿！这个我在行。"马冠拍了一下脑袋，当下就接受了我们的邀请："那就一起干吧！"寿司铁三角创业团队正式成立。

当天晚上，我和嘉麒、马冠三人，在嘉麒的租房里开了第一次会议，你一句我一句地聊到了子夜一点，在讨论到项目名称的时候，我表现得格外激动："寿司的名字我早就想好了，就叫作'金盛美'，一来是这个名字有日韩风，适合做寿司品牌；二来，这个项目是由'我给女友做美食'而产生的灵感，我想……"我顿了顿，不好意思地说道："我想也可以用作纪念。"嘉麒知道我说的是什么，所以他毫不犹豫地戳穿了我："哇，你这小子真是自私啊，就因为你初恋叫阿美，所以你就给项目取了这么一个名字？不过，你好歹还算有点良心，至少没有把你女朋友的名字直接用作品牌名。"坐在一旁的马冠"啧啧"了两声，冲我竖了个大拇指。

我挠了挠后脑勺，不好意思地笑了。那时我和阿美正处于热恋中，每个周末，我都会去一趟她的学校，给她带各种各样我亲手做的美食。

在同学王嘉麒的提醒下，我发现了寿司在学校的商机，开始了我的第一次创业，与此同时，我还有一个远大的目标，就是让天下情侣们吃到与众不同的寿司。我希望，所有人在吃到我们的寿司的时候，品尝到的不仅是美味，还有爱情的味道，这样才不枉费"我给女友做美食"的初衷。

◆ 项目落地

为了做好寿司项目，我们三个决定寒假期间每个人都去学习一下如何做寿司，通过一个多月的刻苦学习，我已经成了制作寿司手卷的个中高手。

开学前夕，寿司铁三角再次聚集在嘉麒家，为了检验这一个月的成果，

从 0 到亿

创业从失败开始

我们三个分别做了手卷、寿司、刺身等各种寿司店常见的食品。马冠的味蕾比较敏感，他对我们第一次试水做的寿司评价是"寿司醋不够好，寿司米不酸。"虽然一个月的学习时间不够我们完全学会制作寿司的精髓，但起码我们对寿司的样式和口感基本都拿捏到位了，唯独缺少好的寿司醋。要做出一份好的寿司，寿司醋是至关重要的，很多家庭主妇为了减少制作食物的工序，会选择在超市购买专用的寿司醋。但在商业竞争中，醋则成了取胜的秘密武器，要想做出一款风味独特的寿司，就少不了独一无二的寿司醋。于是，我们决定边做边研发，调制出属于金盛美的寿司醋。

金盛美寿司项目于 2012 年 3 月份正式启动，那个时候我已经是话剧社下一届编导部部长的候选人，在协会里面有一定的话语权，同时我又和几个朋友建立了一个名为"BG 狼友圈"的社团，主要带领社员玩狼人杀等益智类游戏，金盛美项目前期的主要客户，就来自话剧社和 BG 狼友圈。在我的操作下，话剧社和 BG 狼友圈与金盛美达成了口头协议，这两个社团的会议茶歇会优先选择金盛美，而金盛美也会把社团作为重要客户，第一时间送货上门。

狼人杀这款桌游当时在我们学校非常火爆，每局狼人杀的游戏成员通常在 10 人左右，每次社团在组织游戏的时候，为了活跃气氛，让现场不那么无聊，我们都会在金盛美点 300 元左右的外卖。话剧社的同学在结束排练回到宿舍后如果感到肚子饿了，也会选择通过微信或者 QQ 在金盛美预约下单。话剧协会和 BG 狼友圈的支持，为我们每个月提供了至少 6000 元的稳定净利润，靠着这两个社团成员的口头宣传，越来越多的同学知道了金盛美，我们的订单也日渐增长起来，短短 20 天，我们就积累了 200 名客户。

金盛美寿司 3 月份计划的从 0 到 1，圆满成功。

在这里我想告诉大家一个最简单的撬动市场的诀窍：如果你决心想要做好一件事情，那么先让最亲近的人成为你的客户，因为他们会在前期包容你的不足，并且诚恳地提出改进意见。在项目开始的第一个礼拜，我们也尝试着在班级里推广寿司，并收集了用户体验和反馈，并根据这些宝贵的市场调研数据改进了寿司的口感和外观。

要实现创业的从 0 到 1，执行计划非常重要，如果流程和细节发生了错误，很快便会功亏一篑。一个好的创业计划，在贴合战略规划的基础上，最好能够写清楚每一天具体要做什么事情，这样既能保证团队成长，也能让项目快速地推进。当然，人是一定会犯错的，这是所有人的通性，我之所以撰写这本书，不是鼓励阅读此书的你多经历一些失败，也不是鼓吹"失败是成功之母"，而是想通过《从 0 到亿：创业从失败开始》中的"真实创业故事 + 创业指导"的教学方式，教后来的创业者如何利用失败，从而更好地成功。阅读此书，不一定能让你成为一个霸道总裁，但我相信它能让你成为一个优秀的生意人，学会用一种正确的方式思考问题并把计划执行下去。每个团队、每个项目都会有很多毛病，都会经历不同程度的失败，对待失败不懂得保持良好的心态并且好好利用的领导者，最终都会被市场淘汰。

任何项目最难的部分不是如何策划商业计划书，而是你要从哪里开始下手，打造垂直细分市场，从而横向击溃你的竞争对手，是你要如何掌控好现金流，从而完全把握住项目的发展节奏。创业者常常对市场竞争轻描淡写，但这却是初创公司者犯下的最大错误，如果你想创造并获得持久的价值，就不要只是跟风建立一个没有特色的企业。我们学校也有其他做寿司的团队，他们一开始选择以摆地摊的形式切入市场，但是这样一来，就完全拉低了寿司的文化属性，寿司本可以作为一种高大上的产品来进行售卖，所以从一开始，他们就输了。即便是一个寿司的项目，我们也可以通过一种创新的思维和资源的整合来做成一个轻资产垂直的蓝海项目。

项目开始一个月之后，我们的投入不仅已经收了回来，而且净利润达到了 1674 元，嘉麒拿着账单，兴奋地要和我们商谈接下来招募宿舍代理的事情，"目前我们的寿司在宿舍楼的销售量只占了总销售额的 30% 左右，说明我们现在还是主要靠协会的会员在维持生意，这不是长久之计，我们不能总靠着熟客老客吃饭。我的方案是现在先招募 4 个代理商，每个代理服务 4 栋宿舍，相当于每个人服务 5000 名左右的学生，从目前的销售量来看，只要我们能做好宣传推广，一个月之后我们的业务量绝对能翻三番。"我首先给嘉麒和马冠汇报了数据，并说出了我接下来的计划，他们两个都表示同意。

考虑到现在学生对于互联网的依赖程度较高，所以在加强 C 端客户的订单来源方面，我主要针对这一特点设计了方案：第一，建立金盛美寿司线上推广系统，分别在微信、QQ、微博上注册金盛美寿司的账号，并上传菜单，方便顾客选择菜品，顾客可以通过电话、微信、QQ、微博四种渠道订餐；第二，针对不同人群设计专属的宣传单（此处的不同指的是对互联网黏性不同），培训嘉麒的手机代理对宿舍楼进行扫楼地推；第三，与社联等拥有大批微博粉丝的学生组织寻求合作，发布推文吸引粉丝关注。

细心的马冠还制作了详细的配送方案，根据我们的课时安排，将每天各个时段每个人的工作安排得格外细致，他还画了学校的配送路线图，方便我们在配送的时候迅速选择最优路线，除此之外，马冠还特意淘了一辆电动车，以便提高配送效率。执行方案与配送方案都有了，金盛美项目顺利进入了第二阶段。在嘉麒的规划里，如果我们的方案能够在本月底迅速落地并得到完美实施的话，我们的项目净利润现金流每个月至少能达到1万块钱，那个时候，我们就可以招商了。

创业者最不缺的就是行动力，当天下午，我们就将嘉麒的二十多个代理约了出来，请大家帮助我们将印刷好的宣传单分发到C16和C17宿舍楼，经过一个月的地推，我们完美地锁定了C16和C17两栋宿舍楼的粉丝会员。月底，我们按照计划，展开了招商活动。

经过三天的招商，共有26名学生申请做代理，经过严格的面试，综合厨艺、性格等因素，我们筛选出了4名最优质的学生作为四个区域的加盟商，其中有2名是嘉麒手机销售团队的干将。招商之后，我们的业绩更是突飞猛进，每个月的净利润突破了4万。为了增加收入，除了寿司，我们还引入了香炸小吃等学生喜欢的特色食品，团队里的所有人基本都实现了预期收入。

为了尽快完成外校招商，推广和普及金盛美模式，我们决定在学校附近租赁一个档口装修成寿司店，通过这家实体店的影响力，进而完成全校的楼长招商。那个时候的我们，年轻气盛，干什么都有动力，我们三个很快就联系好了档口的房东，并且和装修公司签了装修合同，一切似乎都在朝着我们的预期发展。

可我们谁也没有想到，2012年6月初，竟是我们项目最后的辉煌，金盛美如同泰坦尼克号一般，虽然外表华丽，却被"冰山"掏了一个大窟窿，很快便要沉入水底。而此时，船已离岸，无法回头。

◆食堂下发封杀令，金盛美帝国四面楚歌

　　档口已经和房东交接好了，装修合同也签过了，我和嘉麒、马冠三个人又去工商局完成了门店个人商户的注册，虽然这一系列事情操作下来花掉了我们前四个月总收入的 70%，但看到经营许可证上盖着工商局红艳艳的章，我们都坚定不移地相信，凭借我们之前的资源和经验，不出两个月，这些花掉的钱都会赚回来的。

　　我和嘉麒、马冠相约去 KTV 庆祝，正当我们尽情狂欢的时候，我的电话响了。我拿起手机一看，是辅导员打过来的，我走出包房找了个安静的地方，电话刚刚接通我就听到了辅导员急切的声音："阿哲，出事儿了！学校食堂的张总管去教务处投诉你们了，明天你跟嘉麒来我办公室一趟……"挂掉电话后，我感到一阵眩晕，不知道是不是酒喝多了，我的双腿竟有些站不稳，我们还是太大意太急于求成了，在制定策略和方案的时候，我们竟然忽略了寿司项目在校园市场上最大的竞争对手——食堂！学生们都来购买我们金盛美的寿司，学校食堂的生意受到了冲击，他们肯定正在想方设法地搞垮我们！

　　我踱着步子走到包房门口，想着待会儿要怎样跟大家来说这件事情。我推开房门，嘉麒和马冠欢快的歌声迎面向我扑来，看到我进来，他们两个连忙叫我坐下，看着他们两个的笑脸，我把要说的话又吞回了肚子里，为了做好金盛美这个项目，我们三个人每天都顶着巨大的压力，很久没有这么开心过了。我决定，先放纵一下，什么食堂、什么投诉都让他们见鬼去吧，麻烦事儿等到明天再说。我重重地吐了口气，努力让自己的心情平复下来，我挤出一个笑容坐下来，摇起了骰盅，不管外面世界怎么风波四起，

起码这一刻，我的快乐是真实的。

嘉麒和马冠玩累了，也唱累了，他们两个躺在 KTV 包房的沙发上沉沉睡去，心事重重的我无论如何也睡不着，我看了一眼手机，是凌晨 4 点 42 分，我躺在沙发上，盯着头顶的天花板，心里盘算着该如何解决食堂带给我们的威胁。

我尝试站在食堂老板的角度去思考问题，希望能通过换位思考找到突破口：从企业利益角度出发，食堂只要收购我们，不仅能把丢失的客户找回来，还能依靠寿司这个项目再增加一笔收入，但是从经营战略层面出发，只要让我们停止经营，就可以省去收购金盛美的这笔费用，而且，食堂老板应该也没有把握能收购我们，最简单且行之有效的方法就是由学校出面，强行停止金盛美这个项目。要保住金盛美，除非，食堂老板是我父亲。

这个结论的得出让我陷入了深深的痛苦和绝望，我们到底还是太年轻，刚刚取得一点小小的成就就得意忘形，我们打败了同类型的对手，却始终没有意识到，最可怕的"敌人"居然是学校食堂。如果金盛美项目在此时被迫停止，那我们刚刚起步的校外拓展计划将功亏一篑，新大陆的发现需要旧的现金流支持，这也正是我提出运营架构和模型的根据。此刻的我，就像《新上海滩》中的阿贵一样，被人玩弄于股掌，找不到生存的出路，最终连爱人也保护不了。

难道……我最终也会失去金盛美吗？

在回学校的路上，我把昨晚的事情告诉了马冠、嘉麒，听完以后，他们两人都沉默了，一路上都没有再说一句话。

◆**最终谈判**

我们三个人进了学校之后就直奔院长办公室，想找我们管理学院的苏院长问问清楚。看到是我们三个，苏院长并没有很惊讶，甚至没有问我们的来意，看来金盛美的危机他已经知道了。

苏院长端着茶杯，叹了口气后说道："阿哲，学校希望你们停止这个项目，主要是考虑到食品安全问题。学校的规章里明确规定了，禁止学生在校大规模经营饮食类的项目，除非你们租赁了商业街的档口，那样学校才能监督你们的食品安全，保护你们的利益。只是今年的档口竞标已经结束了，如果你们还想继续干下去，只能等到明年三月了。"

嘉麒急切地说道："可是我们这个项目已经做了很长时间了，一直没有出现过任何安全方面的问题，同学们也很喜欢吃我们的寿司……"

苏院长打断了嘉麒："我知道，我也相信你们不会做违法的事情，学校并不反对你们在校期间创业，但是前提是，要按照学校的制度来。你们这件事情，我们暂时压下来了，但是院方对此专门做了一个简单讨论，如果你们不能在十四天内停止经营，学校会对所有参与这个项目的学生给予通报批评，并计入档案。"苏院长语气温柔，但仍带有不可置疑的权威，"阿哲，我一直都挺喜欢挺欣赏你的，我也向上面提出了鼓励大学生创业的建议，但是这件事情，的确是关乎校方利益和学生们的饮食安全，我没办法帮到你。"

苏院长不光是我们管理学院的院长，也是大学期间对我颇有指导的恩师，如果连苏院长都没办法的话，那这件事肯定是没有回旋的余地了。

◆项目解散

因为心中憋了一口怨气，我和嘉麒相约去酒吧发泄一下，昏暗的灯光里，嘉麒喝下了一大口啤酒，苦着脸说："阿哲，我们这次倒亏了4万多块钱啊，新门店合约押金押了3个月的，每个月租金7500元，装修合同交了2万的定金，还要退掉我们在学校的代理的保证金，回收那批废铜烂铁。按照股份来划分费用，我承担40%，你们两个各承担30%吧。""我一定会还你的，这次这笔预算毕竟是你先给大家垫上的。"我苦笑道。

那天晚上，我们两个都喝醉了，在回宿舍的路上不约而同哼起了小曲，我们两个相扶着踉踉跄跄地走在小路上，我第一次感觉，从商业街回宿舍的这条路，竟是这么的漫长。

我们申请了一间教室，给手下的代理们召开了遣散会议，宣布金盛美项目于2012年6月10日正式停止。"各位，这段时间大家都很努力，我们的收获也是显而易见的，但是，很抱歉，由于种种原因，我们的金盛美项目不得不停止……"我的声音越来越低，越来越小，最后，我把头低了下去，等着大家骂我。本来说得好好的，我要带着大家和金盛美一起走下去，可现在还不到半年，我的雄心壮志就被残酷的现实打败了。人生，可真难啊！

可我想象中的狂风暴雨并没有到来，大家都静悄悄的，但是这种静让我内心更加不安，我知道大家都没有怪我，可现在他们就算骂我两句也能让我心里踏实一点儿。一个学弟打破了这种诡异的安静氛围，他说："阿哲学长，从我们加入这个团队中来，你一直都在很耐心地培训我们如何扫楼如何宣传，跟我们强调'销售就是做人'的理念，这段时间跟着你我学到了很多，作为你的学弟，我很高兴能认识到你这样的学长，我希望能够坚持到最后。"随着他的发言，其余人也跟着起哄："对，坚持到最后！大不了以后咱们都不去食堂吃饭，只吃外卖！"

我站在阶梯教室的讲台上，台下是我的兄弟，我的伙伴们，我使劲仰着头看天花板，生怕自己的眼泪流下来，作为他们的精神领袖，我怎么可以哭呢？我在心里，深深地给他们鞠了一躬："谢谢你们，我会永远记住这一天的。"

那天晚上，我又和马冠、嘉麒相聚在了酒吧里，最后，我们又是喝得半醉肩并肩地往宿舍走去。回去的路上，马冠趴在我的耳边说："阿哲，我觉得我好像是今天才变成一个成年人呢，跟你们在一起的日子是我大学最充实的一段时光，谢谢你们。"我拍了拍马冠的脑袋，说："矫情什么呢。"可是我心里想的却是：谢什么，以后我们还有很长一段路要一起走呢。

项目解散了以后，我联系了寒假里教我做寿司的师傅，将我们库存的 1 万元左右的食材，通过他的渠道转售了出去，降低了我们整体项目的亏损。

最终，我们的项目除去之前的净利润，合计亏损额为 40476 元，我清楚地记得我承担的亏损额为 12143 元，我取出了自己银行卡里仅存的 3000 多元还给了嘉麒，并承诺他，剩下的钱会在三个月内尽数还清。

◆我和阿美的爱情走向了尽头

不知道读者们是否相信命运共同体这一类的理念，意思就是，一个人倒霉，是会产生连环效应的，一倒再倒，一倒到底。

电话另一头的阿美冷冷地说道："我们分手吧，自从你开始做那个金盛美寿司后，你就很少来看过我。你应该知道我是一个没有安全感的人。"听了阿美的话，我的内心无比难受，急忙解释道："阿美，我做这个寿司也是为了纪念我们的爱情啊，你想想啊，如果你未来的老公不懂得为你的幸福打拼，你放心嫁给这样的人吗？"阿美叹了口气说道："算了吧，阿哲，我们两个可能不合适，你需要一个能够陪伴你打拼事业的女人，而我偏偏是一个小女人，希望你找到自己的幸福。""嘟嘟嘟……"手机里传来电话挂断的提示音。

自那天过后，我就再没有打通过阿美的电话，不管我怎么疯狂拨打，听筒里传来的永远都是冷冰冰的人工语音"对不起，您所拨打的用户已关机"。在我第四次跑到阿美宿舍楼下求和的时候，我终于见到了阿美的舍友，她说："阿美让我和你说，你不要再过来了。阿美的初恋这个学期转学过来了，她其实是一个恋旧的人，你懂吗？"

我懂了。原来，我竟是一个备胎吗？走出阿美的学校，我掏出手机，苦笑了一声，将阿美的照片还有联系方式全部删除，既然你不需要我，那么我也不再需要你了。

我刚刚回到学校，小强哥和面哥就给我打电话，约我在酒吧碰面，在酒精的作用下，我把这段时间发生的事情都告诉了他们，正好抒发一下心里的憋屈。他们安慰了我些什么，我已经记不太清了，只记得他们两个对我说的最后一句话："阿哲，不管你听不听，承诺师兄们一句话，你要像个男人一样战斗下去，不要轻易放弃！"在人生的那个节骨眼，如果没有他们俩对我的指导和心态的支持，恐怕我还真的有可能变成一个"走火入魔"的人。

命运总是喜欢开玩笑，就在那段时间，我母亲的公司也因为受到电子商务的冲击，寻求转型却失败了，母亲自此一蹶不振。看到每天在家里魂不守舍的母亲，我暗暗告诉自己："李远哲，你不能倒下，你一定要振作起来！"于是，我又一次打起了精神。

第二节　破茧成蝶

◆美食节

金盛美这个项目的失败，使我萌生出了一个想法，我要成立一个组织，一个能够保护创业者利益的组织。

不过当务之急不是成立组织，而是要想办法把欠嘉麒的钱还了，他也不是特别富裕，只是碍于同学情面才没有催我还钱。在我正发愁怎么赚钱还债的时候，一个外号"四爷"的同学找到了我，他曾和我一起参演过话剧《新上海滩》，在里面饰演一个名为"四爷"的黑道头目，所以后来大家都称他为"四爷"。

四爷说："阿哲，学校马上就要举办美食节了，我想邀请你和我一起参加，你和嘉麒他们之前不是卖过寿司吗，我也吃过，味道很不错，我们两个合作，我相信一定可以大赚一笔。"山不转水转，学校虽然禁止我们再售卖寿司，但他们没有理由阻止我们参加美食节，只要我们这次按照美食节的规则来操作，完全可以曲线救国，而且我有绝对的信心和把握吸引客源，在金盛美项目解散之后，还是会有不知情的同学通过微信或者 QQ 来找我下单，这足以说明金盛美的寿司已经深入人心。在奶茶店里，我和四爷开始了一场漫长的讨论，我们决定，在美食节上，我们依旧做寿司来卖，考虑到纯粹的寿司产品没有一个很好的"引流亮点"，我们决定在菜单里再加一道碳烤生蚝。

我邀请了几位金盛美原来的代理，组成了一支七个人的团队，嘉麒和马冠虽然因为各自的事情都没有参加这次的美食节，但是他们答应我，会帮我准备食材，只要我有需要，一定随叫随到。嘉麒真是够朋友，不仅帮我们准备了食材，还把他家的厨房借给我们，方便我们制作食物，我们精心准备了三款招牌菜式，分别是恶魔八爪鱼寿司、阿贵车仔面和四爷碳烤生蚝，恶魔八爪鱼寿司是之前金盛美最受欢迎的一款寿司，而后两者则冠以了我们的话剧《新上海滩》中人物的名字，我们希望能凭借《新上海滩》在学校的余热多吸引一些客人。

参考在金盛美项目中得以验证的模式，我们采用了"现场摊位免费试吃＋送货上门"的方式来招揽生意，再借着"阿贵"和"四爷"的名人效应，在美食节的第一天，我们就获得了不俗的战绩，一共卖掉了 2779 只四爷碳烤生蚝、654 份阿贵车仔面以及 753 份恶魔八爪鱼寿司。收摊之后，四爷一边数着口袋里的钱一边大笑着对我说："阿哲，我们要发财啦！"美食节一共持续了三天，我们累计销售了 4553 只生蚝、2620 份车仔面以及不计其数的寿司，实现了 27852 元的净利润。作为项目的核心成员之一，我分得了 8000 多块钱，这一大笔收入让我的还债计划一下子完成了百分之七十。那几天我睡觉都能笑醒，原来我不是一无是处，失败没有什么可怕的，从哪里跌倒就再从哪里爬起来就好了。

◆雅思课上的第二梦

大一暑假，在父母的要求下我参加了雅思培训班，父母一直对我有很高的期望，他们希望我研究生毕业以后能够出国留学。虽然我的英语一直都是半调子水平，但对于父母当时的期望，我还是持接受态度的。

在第一节雅思课上，我认识了一个叫刘晓莉的女孩儿，她五官秀气，双眸黑亮有神，全身散发着浓浓的书卷气息。第一眼看到她的时候，我的心脏仿佛被电击过一样，"怦怦怦"跳个不停，那一刻，我知道，就是她了！

晓莉是一个性格上跟阿美截然不同的女孩子，如果非要用什么来形容的话，那阿美就像是一朵冷艳的白玫瑰，晓莉更像是随和的茉莉，随时散发着幽香，她们都出现在了我的生命里，给了我不一样的爱情体验。雅思课程持续了一个月，在这一个多月的时间里，我越与晓莉相处，我的内心就越发肯定，晓莉就是会陪我度过一生的那个人，尽管我们当时还没有在一起。如果说创业是先从失败开始的，那么爱情也该是这样，从苦痛中悟出真理，最终绽放出美丽的花朵，实现它的价值。

8月中旬，雅思培训课程正式结束，那时我和晓莉已经成了很好的朋友，但是碍于很多原因，她并没有很快答应和我在一起，但这并没有打击我追求她的积极性，在我看来，这也是她对自己感情负责任的一种体现吧。

我对晓莉的追求持续了一年的时间，几乎每个月我都会从广州回惠州两三次，就是为了陪即将高考的晓莉一起复习。这一年对于我来说，是一种煎熬，更像是一种考验，这是一种异地恋再加上高考毕业后去向的不确定性共同组成的双重考验，在这期间，我也收到过两封来自学妹的情书，但这丝毫没有影响到我对晓莉的坚贞，很多朋友都不理解我为什么一定要追求晓莉，我身边不是没有更好的选择，其实我也说不上来，只是单纯地觉得，只有晓莉是最正确的那个人。我一直相信事业和爱情一样，从来就没有所谓的捷径，一直以来让我坚持创业和爱情的，是一种不言弃的"阿贵精神"，《新上海滩》赋予我的"阿贵精神"，是幸福的源泉，是任何事情成功的最佳捷径。不知道读者们有没有看过电影《阿甘正传》，这部电影教会了我一个道理，如果你不是最聪明的，那就请做一个最执着的人，那么即使你天赋不高，你也会拥有幸福，并且实现你的人生理想。

2013 年 7 月 27 日，这是一个我永远也不会忘记的日子，在这一天，我和晓莉正式成为男女朋友。到今天为止，我们在一起已经五年了，晓莉是我人生中的第二任女友，我想也会是最后一个。这些年里，晓莉一直都在不断地激励我，成了我向上攀升、克服困难的精神支柱。美索不达米亚社群里的王巍迦大哥说过这样一句话：男人只有在两种情况下才会发生性格上的巨大改变，一是受到巨大的挫折和伤害，一是遇到自己真正爱的人。这两种情况，我都遇到过，它们都成了塑造"李谋"的最好的肥料。

人生就像一盒巧克力，你永远不知道下一块是什么滋味，但是现在这块，是甜的。五年来，我和晓莉一直都是身边情侣中的模范代表，很多人都非常羡慕我们简单而持久的感情，但他们不知道，我们的幸福是在不断包容、理解和磨合中得来的。我一直坚信，这个世界上所有美好的事物都是来之不易的，就像我的爱人晓莉，也是我苦心追求得来的。这些年晓莉很好地扮演了一个"贤内助"的角色，我也从一个男孩渐渐蜕变成了一个男人，在她的影响下，我学到了一些男人该有的思维、责任和担当，而这些可贵的品质，为我后来做起 MAGO 奠定了非常厚实的领袖基础。

大二这一年，我联合 BG 狼友圈的人申办了 BG 集智协会，在我离开大学的时候，这个以益智游戏为主的协会已经发展了近 400 名协会成员，它也是我在学校参与创立的第一家协会。在话剧协会和 BG 集智协会的出色表现，也为我后来顺利申办电子商务协会打下了基础。

同时，在机缘巧合下，我发现了一个商机。

◆ 网店服务的商机

某天深夜，晓莉告诉我她没有话费了，我打开淘宝，帮她交了 50 元话费。不一会儿，晓莉在微信上告诉我，她已经收到话费充值成功的短信了，在感叹互联网功能强大的同时，我突然间意识到，自动充值软件可能是一个商机，以往我们缴话费都要去营业厅或者固定网点，现在我们可以很轻易地在手机上下单缴费，不知道方便快捷了多少倍，价钱相同的条件下，网络缴费省去了大量的人力，人们当然乐意选择这种方式。

我迅速爬下床坐到了电脑前，打开浏览器搜索与这个行业相关的资料，此前，我一直想找个机会自己开一家淘宝网店，一来是开网店确实能赚钱，二来也是因为我的母亲在事业上没有重视这个板块，交足了学费。此前我一直没有找到一款很好的产品作为切入点，话费充值，让我觉得会是一个不错的机会，而且容易上手，我也可以借此进入电子商务这个行业。

我在淘宝搜索了关键词"自动充值软件"，排在第一位的是一个名字叫"捷易通"的官方旗舰店，我点开了与客服的对话框，想咨询一下，客服很快就回复了我："亲，您要购买软件吗？在我们店购买软件还附赠一键装修等服务，很适合新人开网店哦。"经过一番对比，最后我选择了一款中等价格的软件。

我彻夜未眠，连夜注册了一家淘宝网店，开始了电子商务的第一次试水。加入捷易通以后，我发现它不仅仅是一个话费充值的平台，在这里，每个商家都有各种一键上传的网店装修模板，而且还有内部网站提供产品内推的服务，捷易通在当时就已经建立起了网店服务的小生态圈。我很快意识到，我不仅仅可以做话费充值，还可以做网店代运营服务，通过渠道资源再结合自己的专业知识，服务于做实体的门店。通过两个月的运营，我的网店很快冲上了五个钻石，卖家信誉达到了1万多，网店实现了每个月1600元的现金流利润，并且也接了两个长期提供给我外包运营的大客户。

当时 SEO（搜索引擎优化）运营有两种方向：第一种是提升宝贝的权重和收藏等常规的方式，还有一种是我用的方式，通过管理话费充值的老客户，推广他们喜欢的产品。对于充话费的淘宝客户，我进行了分类管理，通过他们的买家信誉，将这些会员进行消费能力的分类管理。在2013年至2014年的那段时间，淘宝 SEO 的排名直接和熟客下单、收藏、店铺信誉这几项息息相关，并且网店还可以通过收集自己的熟客以此建立自己的会员体系。

简单来说，我建立了一种新的运营模式，通过话费充值提升网店信誉的同时，积累网店的会员系统，这样便巧妙地绕开了聚划算、直通车这些通过烧钱或者打价格战等渠道来获取订单的商家，因为这些竞争是恶性的，在 2013 年的时候，恶性竞争就已经很难盈利了。

电子商务确实是未来十年的发展趋势，经过了几个月的运营，我充分尝到了做网店服务的甜头。物以稀为贵，不管全民淘宝抑或是全民微电商，其实真正比较吃香的，应该是服务于经营者的这类行当。

财富永远是在少数的地方出现，淘宝、微电商亦是如此。微软有一句经典名言，即"认知大于事实"。这句话的意思是说绝大多数人都更加愿意相信自己的认知，也不情愿接受事实，所以绝大多数的人无论是在股市还是在实业里面，都只有充当"韭菜"的角色的份儿。以 2017 年的大势，全民微电商这件事情为例，事实上，大多数的微电商早就不赚钱了，只有极少数人能够脱颖而出，绝大部分人却开始相信微电商一定会赚钱。今天真正赚钱的是服务微电商的综合机构，例如微电商软件、微电商培训、网红、企业微电商传媒，这里可能读者会问，网红不就是微电商吗？错，网红是一个服务于微电商的机构组织，如果把网红定位成微电商，那么就太狭隘了。

事实就是，做微电商已经不赚钱了，引用约翰·肯尼斯·加尔布雷思的股市分析大作《1929 年大崩盘》中的话，在美国股市的真正赢家，是做投资信托的那一帮人，因为人们更愿意相信虚伪的眼前，而不愿意相信赤裸裸的现实。

当一个行业，人人都认为它赚钱的时候，小心了，这可能是一个巨大的陷阱和认知膨胀的泡沫。这是我父亲从小教导我的一句话。

◆申办电子商务协会

为了更好地把网店服务板块做大，我意识到，参加一个电子商务类的协会可能更有利于我的事业发展。我联系了社联的陈老师，想了解一下有没有电子商务协会之类的社团，陈老师告诉我，去年有一个叫作淘宝协会的团队向学校申请创办，但是学校没有通过。淘宝协会的申请人叫伍世赢，陈老师把他的微信和联系方式都给了我，当天我便迫不及待地拨通了世赢的电话，伍世赢是我们学校 2010 级的师兄，在 2013 年的时候曾经申请过创办淘宝协会，但是由于当时协会的定位不明确以及团队不完整，学校并没有审批通过。

伍世赢是我在大学时期的贵人，他不仅仅在电子商务方面启蒙了我，更重要的是，在我们成功将协会申办下来之后，他把云客服资源尽数交于电子商务协会，为协会和 MAGO 的顺利发展奠定了坚实的基础。在世赢师兄的推荐下，我参加了他们举办的淘宝云客服互动培训会，在那里认识了当时负责淘宝云客服培训的杨皓均，皓均是一个性格随和且做事执行力非常高的人，后来成了电子商务协会的第一届会长。

2014 年 3 月，我们开始着手准备协会的申办事宜，由于大家在申办及运营协会方面都没有很多的经验，所以世赢师兄和皓均都力推我做协会的主要发起人，将协会申办的事情全权交到了我的手里。我做了一个方案，提出了几点要求：第一，将协会名字更改为更具学术性和针对性的"电子商务协会"；第二，制作 PPT，包含一套完全落地的招新方案以及协会在第一年的主要任务；第三，请协会指导员李敏老师帮助我们加强对上的沟通，给我们及时传达对上消息；第四，协会申办答辩当天，统筹组全体成员坐在教室后排，在我上台答辩演讲的时候，大家起立齐声高喊协会的口号"立足于华广、服务于电商、备战于社会！"

答辩当天，电子商务协会所有人统一着装，整齐划一地坐在了教室后排，当我走上讲台的那一刻，大家齐刷刷地站起来，高喊出协会的口号："立足于华广、服务于电商、备战于社会！"很多坐在前排的学生都拿出手机拍照，记录下这一激动人心的时刻。那天，我们答辩的分数，是八个答辩团队里分数最高的，我们顺利通过了协会的申办答辩。

老天爷似乎永远都会在关键的时候跟你开个玩笑，按照惯例，学校每年最多只能审批通过成立一个协会。虽然我们协会申办答辩顺利通过，但是不知道什么原因，社联通知我们延缓申办，我们的协会要等到下一年才能成立。

◆阿里巴巴校园服务站

在电子商务协会统筹组，我认识了刘林华，他是计算机学院和我同级的学生，后来也成了 MAGO 校园服务的核心合伙人。

那是 2014 年 5 月，广州早早地进入了夏季，我和林华每人手里拿着一瓶可乐蹲坐在宿舍的门口闲聊，从学业聊到家庭，再聊到感情，最后我谈到了第一次创业的经历，突然林华顿了一顿，似乎若有所思，接着他说道："阿哲，有一个事情我考虑了很久，不仅可以赚钱，还不怎么费时间。"我瞬间来了兴趣："哦？你说说看。"林华这一句话，让我的创业心再次被点燃。

从0到亿

"最近阿里巴巴那边不是在招校园快递服务站吗？我想和你一起去广州找阿里分部去把它谈下来，做最后一公里物流。"林华继续说："你想一想，现在拿快递这么麻烦，如果我们借用阿里的头衔，整合上下游资源，再想办法用微信加一群喜欢网购的人，骑着你的电动车给他们送快递，一个月挣几千块钱轻而易举，市场做起来之后我们可以整合各种配送增值服务，那时候市场可就不是一点点了。"林华一脸坏笑地看着我，我知道，这小子每次只要露出这个表情，我们就肯定要赚钱了。

这便是MAGO校园服务的起源，由于我们团队之前就和广州淘宝的分公司合作过，负责学校的淘宝云客服兼职项目，所以我们很快就通过那边的介绍，将阿里巴巴快递服务站华广校区申请了下来。项目申请下来之后，我和林华发现，配送管理方面我们还缺一个得力的伙伴，经过层层筛选，我们最终锁定了林华同专业的学弟刘鸿标，他在学校某快递点做兼职，在配送方面比我们都有经验。

我们找到刘鸿标的时候，他正在快递点分发快递，我和林华没有去打扰他，而是找了个地方坐着看他忙忙碌碌，来取快递的学生告诉鸿标快递编号和姓名，他负责帮学生找到快递。一个多小时后，鸿标结束了工作，快递点的老板递给他十块钱，这可比学校里很多兼职的时薪要高得多，所以学生们都乐意在快递点兼职。林华走过去，递了瓶水给鸿标，说："我们现在有份新工作推荐给你，你想不想试一试？"鸿标接过水，狐疑地看着我们两个，有些不太相信地问："什么工作？"林华说："你现在在这里兼职，每天能赚十块钱，如果我们帮学生把快递送到他们宿舍楼下，小件快递每个收两元跑腿费，大件快递每个收五元跑腿费，你还愿意做现在的工作吗？"经过林华一番介绍，鸿标加入了我们的行列。

我们通过鸿标拿到了"剁手族"们的微信，并拉了一个微信群，我和林华使出了浑身解数在群里活跃气氛，打着阿里快递服务站的旗号，迅速取得了他们的信任。我们谁都没有想到，我们送快递居然会"送"出一个 MAGO 出来。

◆一个契机，我让电子商务协会、阿里巴巴快递服务站红遍华广

班上一名同学邀请我和他一起参加"一号店全省电子商务大赛"，我仔细研读了参赛规则之后，发现这个比赛实在是一个很不错的机会，第一名不仅可以获得不菲的奖金，而且规则里明确提到了，全省前十的团队可以前往一号店企业实习交流学习一个月，并且会得到企业 CEO 一对一的交流指导，获胜方的学校还会获得招募实习生渠道上的支持。一号店是沃尔玛旗下的 B2C 电子商务平台，也是当时互联网上炒得最热的商业模式，这个资源对于一个普通的大学生来说，吸引力是相当大的。

我想，想要在大赛中脱颖而出，一定要有一支强有力的团队。我首先联系了我们学校沙盘协会会长田伟国，他曾经拿过全国沙盘营销大赛的一等奖，在营销方面，算是一个比赛高手。随着伟国的加入，国银也加入了我们团队，她是伟国的"比赛黄金搭档"，他们两人搭档秒杀过各种极难的校园比赛项目。最终，我组成了一支十八人的战队，我给团队取名为"华广梦之城"。

人多力量大，我们很快就制定出了一整套用户体验方案。首先，我们

的定位是销售"一号店"这个品牌，而不是像其他团队一味地推销一号店中的某一款产品；其次，在销售话术上，无论是在线上还是线下渠道的宣传，我们都以"你要什么，我来实现"的主题进行展现，这样我们的销售面就变得非常广。并不是每个进店的人都要买纸巾，但是每个人都一定要买东西，而一号店就是一个能够以合理低廉的价格买到任何东西的地方，我们要做的就是帮助客人找到适合自己的产品，再结合阿里巴巴快递服务站的最后一公里服务，送货上门，这样便形成了我们区别于其他团队的最大核心竞争力。

比赛分为三个阶段：分别是初赛、复赛、答辩。根据初赛的比赛规则，我们的分数由两部分组成，第一是粉丝投票数，第二是销售额，这两项加起来就是我们初赛的总分数。初赛阶段，一号店给每一个团队都配备了专属的微电商城，时间为十天，我在报名之初就很清楚比赛规则了，所以我特意邀请了学校的"微电商女神"梁晓炜加入团队。晓炜是一个非常务实的人，从她做微电商开始，就一直脚踏实地，一步一个脚印地积累客户，她的客户都是产品的死忠粉，晓炜的服务也很周到，从咨询到售后都做得一丝不苟，对客户的任何疑问都一一耐心解答，可谓是将营销流程的每一个细节都做到了极致，而这些微不足道的细节，让她在经营微电商半年后就有了月入 3 万元的成绩，算上代理的收入，每月利润基本可以达到六位数。

晓炜的加入，给了团队在前期销售上很大的支持和帮助，借助她的影响力，我们在短短三天内达到了 1.5 万元的销售额，再加上地推以及线上的推广销售，比赛第三天，我们的销售额就达到了 3 万元左右，在实时排名的规则下，我们的排名很快就冲到了全省第一的位置。虽然战绩喜人，但我们不敢有丝毫放松，接下来的七天，我们利用了一切能想到的渠道，从上门地推到摆摊抽奖，再到线上投票，每个人每天都是忙到半夜十二点才休息，第二天早上七点又起床开始战斗，因为一号店的"琅琊榜"是每时每刻都在更新的，容不得一丝一毫的懈怠。最终，我们的团队取得了初赛的第一名，以 98473 分的成绩位居榜首，比第二名足足高出 27543 分。

为了扩大知名度，我特意联系了学校媒体部的老师，请他在学校各处的大屏幕上以电子商务协会的名义，滚动播放我们的战绩，初赛的旗开得胜，使"电子商务协会"这几个字一下子变得家喻户晓。梦之城初战告捷，我的个人目标已经达到了。

复赛比拼的是写字楼及社区电商运营，在初赛的严格筛选下，在全省 88 所高校共 412 支参赛团队中，只有 10 支队伍通过初赛顺利进入复赛。10 个团队分别被派遣到广州市指定的五个战区重新抽签分队进行 PK。让我兴奋的是，在复赛阶段有两支团队以一种创新的销售模式，吸引了几个社区的大妈疯狂抢购一号店的奶粉，最终获得了复赛的第一名。这一阶段虽然我们只拿到了小组第二，但大家都受益匪浅，学习到了新的销售模式，也成长了很多。

通过综合积分算法，在这次比赛中，我们团队最终取得了全省第三名的好成绩，"华广梦之城"实现了每一个成员通往梦想的第一步。同时，这次比赛也很好地磨合了电子商务协会第一批高层干事和 MAGO 创始人之间的工作默契，为之后协会顺利运营和 MAGO 的快速崛起，奠定了良好的团队基础。

◆半路捡回来一个"妹妹"

在初赛的第七天中午，我和林华等队友在学校食堂对面摆了个地摊，那时候比赛已经进入到白热化的阶段，前期积累的资源已经全部利用，网络拉票也进行得差不多了，最后三天，可以说是各参赛团队之间血拼的阶段，我们不断重复着对比赛分数提升有效但执行起来非常枯燥的扫楼拉票、摆摊送礼品以及推销特价手机等工作，大家都显得有些疲惫。正当我们在摊位忙得要命的时候，林华领回了两个女孩来到摊位，她们就是邓无化和邱晓儿，无化虽然个头不高，但做起事情来雷厉风行，二话不说就完成了两栋宿舍楼的推广，她和邱晓儿一下子为我们团队加了五千多分。鉴于她们两个表现优异，我找到了一号店比赛策划总负责人，让邓无化和邱晓儿破格加入了团队。

无化的加入，让我们在初赛最后冲刺阶段获得了不少的粉丝投票。在推广过程中，我们也乘机用"阿里巴巴快递服务站"的微信添加了每一个宿舍长的微信，顺便给快递服务站拉了拉客户。无化是一个在很多人看来头脑不太灵活没什么优点的普普通通的小姑娘，但我却看到了她身上的那种对待事物的执着，这是现在很多年轻人都不具备的品质。所以在她提出要认我做哥，想向我多学点东西的时候，我毫不犹豫地同意了，内心还有一丝窃喜，无化在我眼里，可是一支不可多得的潜力股啊。

后来，我的这个"妹妹"，果真没有辜负我的期望，同时成了 MAGO 第二代掌门人和电子商务协会的第二任会长，让 MAGO 校园服务和电子商务协会两个孪生"兄弟"，实现了更深层次的融合。

◆太极之心

"一号店"比赛在学校引起了不小的轰动，电子商务协会也被通知三个月后可以正式运营了，"华广梦之城"在比赛中的优秀战绩侧面拯救了电子商务协会，没有它，或许就没有现在的协会和服务站，自然，MAGO也不会出现了。

对比上次"寿司事件"和学校谈判的无奈，到今天学校给电子商务协会的特批，我更加明白了一个道理，当你没办法和敌人相抗衡的时候，倒不如与其成为朋友，达到一种更强协作。

当时的成功，让我一直在研读的太极学说理论知识得到了验证，我进一步理解了太极的阴阳学。阴阳学说认为，自然界的任何事物都包括阴和阳相互对立的两个方面，而对立的双方又是相互统一的，阴阳的对立统一运动，是自然界一切事物发生、发展、变化及消亡的根本原因，正如《素问·阴阳应象大论》中所说"阴阳者，天地之道也，万物之纲纪，变化之父母，生杀之本始"。所以说，阴阳的矛盾对立统一运动规律是自然界一切事物运动变化固有的规律，世界本身就是阴阳二气对立统一运动的结果。就像学校和我的关系一样，如果我只关注事物不好的一面，就永远找不到突破的规律，只有找到它的对立面，才会发现真理。

一个企业家如果能将太极达到融会贯通的境界，就具备了改变世界的可能。准确来说，世界本身就是按照太极的规律在运转的，而太极人早就知道了世界变化的每一个细节，所以早早就蹲守在成功的"定位点"，顺应着时代变迁而不断壮大。例如马云，就是太极阴阳学说达到大成的境界者，他的每一个决定，都至少领先时代 20 年，但并不是说马云就可以代表太极，毕竟太极是蕴含着远古人类记载并传承下来的记载宇宙变化规律的最深邃的高智慧学说。至于我所领会到的更只是太仓一粟，但这足以将一号店、阿里巴巴快递服务站和电子商务协会的困境一并化解，并助我突出重围。

第三节　MAGO 的诞生与传承

◆鸿标退出，老田入伙

"一号店"比赛结束后，我兴致勃勃地摩拳擦掌，准备把快递服务站发扬光大，鸿标却对我宣布了一个消息，"阿哲，这一段时间我觉得自己学到了很多，也成长了很多。"鸿标看着我，略带歉意地说："学期过后我就大三了，我现在要准备期末考试，还有好几个证要考，快递服务站，我可能要退出了，很抱歉。"

面对鸿标突如其来的决定，我一下子蒙了。鸿标的离开，使快递服务站立刻少了一个总配调度的高手，我和林华轮番顶替着鸿标的工作，由于订单较多，我们俩干得极其辛苦。临近期末，我们两个都无心复习，寻思着要再物色一个人接替鸿标的工作，最后我们锁定了田伟国，他在学校比赛中的出色表现让我很是佩服，在一号店的比赛中，他也出了不少力，让我刮目相看，我相信，只要我们能成功拉他入伙，老田在日后绝对会是我们最好的合作伙伴。

在老田宿舍，我、林华、老田三个人分别拉了一把椅子，呈三角形坐在一起，我将来意说明后，老田思忖了一会儿后说："这个项目，我有兴趣加入，但是，我希望我们的格局不要只局限于代拿快递。"听到他这样说，我跟林华对视了一眼，顿时起了兴趣，都目不转睛地盯着老田，示意他继续说下去。

老田没有立即回答，而是推了推鼻梁上的眼镜，拿出了营销比赛高手的气质，他这股神秘兮兮的劲儿更是勾起了我和林华的好奇心，不由得集中了精神，身体也倾向老田。老田说："上次我和阿哲去北京参加大学生公益行的活动，接触到了转码乐购项目，这给了我一些启发，我觉得我们可以注册一个公众号，起名'MAGO'校园服务，从代拿快递开始，研究最后一公里服务。"看着我和林华一脸疑惑又好奇的表情，老田继续补充道："'MAGO'的谐音就是马上走，这个名字即洋气又凸显了我们的企业文化，我们要做的不就是给同学们带来极致、便捷的购物体验吗？"

不得不说，高手就是高手，听老田说完，我觉得有一条康庄大道就铺在眼前，等着我踏上去。事不宜迟，我又拖着椅子朝老田靠了靠，准备和他研讨现在的项目收入以及接下来的计划安排，那天我们足足聊了四个多小时，等到我和林华离开老田宿舍的时候，已经是晚上十一点了。

老田的加入，使得 MAGO 校园服务的立项和定位变得更加清晰。李远哲、刘林华、田伟国正式联手，我们自封的"华广最强铁三角"，就此成立。

◆协会初创，团队迷茫

2014年9月，我进入了大四，考虑到时间分配问题，我放弃了第一届电子商务协会会长的竞选，选择做MAGO校园服务的企业公众号。我觉得相对于电子商务协会来说，MAGO这个项目更合我的胃口，至于社团，还是交给年轻人去发展吧。

为了让电子商务协会尽快步入正轨，开学第一周，李敏老师作为协会的指导老师，组织了协会的创始人、联合发起人以及协会第一届核心管理层开了一次会议。协会第一届的核心成员大多数是"华广梦之城"的队员，大家经历了一号店比赛的洗礼，彼此之间已经有了基础的合作默契，也具备一定的业务能力，这是一件值得庆幸的事情。但新协会的成立也意味着，这些协会的骨干要直接从部长级别开始做起，也就是说，他们在还没来得及学习成长的时候，就要以一个过来人的身份，去教导新加入的学弟学妹。这些人就像一群没有经过训练的士兵，还没学会用枪，就要上战场了，说实话，如果没有梦之城的合作基础，情况可能会更糟。但所有的事情不都是从无到有，一点一点摸索出来的吗？在一号店的比赛中，我已经看到了他们的无限潜力，所以我才放心地把协会完全交到他们手上，放弃竞选会长。

新学期的到来意味着学校各个社团都要招新纳新，电子商务协会也不例外，而且今年的招新格外重要，协会的第一批成员质量决定了协会日后的发展程度，协会第一年的发展也决定了未来学校对其提供资源支持的力度。"大家一定要打起精神来，把今年的招新工作做好。"李敏老师不停地给大家加油鼓气，这场会议持续了近三个小时，大家七嘴八舌地讨论招新方案，但最终也没能讨论出一个满意的方案出来。

那天晚上，我反常地失眠了，在床上翻来覆去睡不着，我给老田发消息倒苦水，还好他也是个夜猫子，我们俩溜出宿舍，坐在宿舍走廊喝酒聊天，我把开会时发生的事情告诉了老田，老田安慰我："阿哲，你已经尽了最大努力把协会创立下来了，管理的事情就交给后来人去做吧，说句不太恰当的话，儿孙自有儿孙福，我们的义务已经尽完了，接下来就想想怎么把MAGO 做好吧。"

听了老田的话，我心里释怀了很多，是啊，我不可能一辈子都留在电子商务协会指导帮助他们，我毕业以后，他们还是要亲自上手管理协会，人生百味还是需要自己去体味，我做好眼前事就可以了。想到这里，我感到一身轻松，迫不及待地跟老田商量 MAGO 接下来的发展，经过半个多小时的讨论，我和老田一致认为，我们现在的第一步工作是将阿里巴巴快递服务站微信号上面的客户资源导流到 MAGO 校园服务的公众号上，方便客户智能下单。至于 MAGO 校园服务的后台开发，我和林华在暑假期间就已经完成了，在实验的时候，我们就发现它能给快递服务站的老客户带来更加便捷的服务，我们在后台就可以看到接了多少单业务，比操作一个单纯的微信号效率至少高出一倍。而第二步工作则是需要扩充人手，召集更多志同道合的伙伴加入进来，一起建立起学校乃至大学城的配送体系。

可现在正是学校各社团的招新季，在这个节骨眼儿上招聘，能吸引到多少人呢？我正在考虑是否要把招聘这件事情延后的时候，老田拍了一下脑袋，激动地说道："阿哲，你可以考虑让电子商务协会的新干事们加入进来啊，你不是说他们现在没有什么目标和方向吗？而且借着 MAGO 校园服务的名头，说不定他们还能多招到一些新人呢。"

老田的话提醒了我："对啊，我怎么就没想到呢，最优质的资源都在我手里啊……"我的大脑飞速运转，很快就想到了一个计划，我凑到老田的耳边，将我的想法告诉了他，老田很是认同地点了点头，冲我竖了个大拇指。我的计划分为两步，我称它们为"双雕行动"和"无中生有"。

◆一箭双雕

第二天，我召集了电子商务协会的核心成员，向他们阐述了我大胆的想法：第一，以协会的名义申请一个招新摊位，在招新期间摆摊宣传招新；第二，在摊位上拉一条印有"阿里巴巴淘宝云客服兼职招新报名"的横幅，放置展架展示报名流程；第三，报名者需关注"MAGO 校园服务"公众号进行线上报名，同时领取表格填写个人信息，在招新结束后提交到各大协会统一招新接待处；第四，报名者提交表格的时候，鼓动他们加入电子商务协会。

这个方案得到了协会所有成员的认可，会议一结束，他们立即着手去准备招新事宜了。万事俱备，只欠东风，我们只要等着新生来报名就可以了，可谁知新生还没等来，另一边的阿里巴巴却刮来了一阵台风。2014 年 9 月 19 日，阿里巴巴集团在纳斯达克完成了上市，股票代码为 BABA，这一消息传来，几乎所有的中国人都为之疯狂。阿里巴巴就算业务量再高，本质上也是一家电子商务公司，这是国内第一家走向美国纳斯达克的电子商务公司，而且还让全美的股民们心甘情愿地称其为"爸爸"。马云不愧是一个营销的鬼才，一个中庸太极大成境界的高手，他借助国民的爱国情怀等一系列心理上的共鸣，让阿里一下子成了中国企业界的神话。

我作为一个喜欢研究政治的小太极选手，借力曾经击溃我母亲企业的企业家的肩膀，完成了电子商务协会的招新和 MAGO 校园服务的第一批活跃粉丝的关注。自那以后，我开始渐渐喜欢上了这个我曾经讨厌的人，一个曾经在媒体面前给我的妈妈贴上"这群企业家本来就该死"的标签的人。

摆摊的第一天，我的"妹妹"邓无化表现得非常出色，她性格开朗活泼，很容易让人产生信任和亲切感，她在学校里有很多朋友，基本上有一半来报名淘宝云客服的人都是她拉来的，正是这一优异的表现，再加上我的大力推荐，她破格成了电子商务协会创策外联部的副部长。

"双雕行动"顺利完成，"MAGO 校园服务"公众号的粉丝一下子增长了二千余个，占了全校学生数量的八分之一。电子商务协会在第一年的招新中，共招募了二百四十多名会员，其中四十多名学生经过面试成了电子商务协会第一届的部门干事，协会也被学校评为"最具潜力的组织新秀"。

◆无中生有

招新过后，协会开始热闹起来，MAGO 校园服务的活跃粉丝量也涨到了四千多人，快递单子突破日均 50 单。以我运营协会的经验，我清晰地意识到电子商务协会目前正处于一种僧多粥少的状态，人手足够多，但大部分人没有事情做。

除了培训服务部的淘宝云客服培训项目组时不时地培训一下兼职的

学生，其余部门的大部分干事都处于闲置状态，所以我向李敏老师申请将 MAGO 并入电子商务协会，作为新成立的项目部，这样一来协会内的干事可以围绕 MAGO 开展各种活动，而且也使电子商务协会和 MAGO 团队建立长期互利共存的理念和架构，这等于让 MAGO 校园服务项目团队的成员有了编制，团队的传承、人才的稳定都得到了解决，而 MAGO 校园服务也成了华广的"国有企业"，未来也将有学校社团协会作为靠山而得以运作下去。MAGO 项目部，成为电子商务协会人才深入选拔和特训的部门。

协会内有十余人加入了 MAGO 校园服务团队，邓无化、郑潇枫、伍泽尚、子聪、周晓燕等人就是在那个时候加入进来的，他们在后来组成了以无化、潇枫为首的 MAGO 第二代管理层的核心。

◆ MAGO 宿舍服务站正式建立，"老楼长"泪流满面

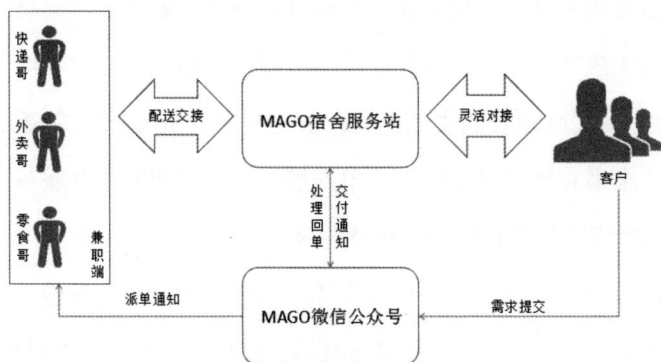

MAGO 服务站商业模式－思维导图

从 0 到亿

10 月中旬，MAGO 校园服务的核心团队已经磨合完毕，平台粉丝数突破了八千，全校近三分之一的师生都开始使用 MAGO 校园服务，这个结果其实早就在我的意料中了。完美的计划和优秀的团队让我们的项目操作起来如鱼得水，当然最主要的原因还是我们抓住了客户的需求，为他们省时省力地代办业务，所以才有了源源不断的客流量。

2014 年正是一个电子商务行业趋于饱和而 O2O 行业、微电商行业迅速崛起的时期，在"双雕计划"和"无中生有"两大计划结束以后，作为协会创始人兼 MAGO 创始人的我，同时接到了来自饿了么和美团外卖的广州分公司区域经理的邀请，我和他们分别进行了合作谈判，谈判过程中，我诞生了成立"MAGO 宿舍服务站"的想法。简单来说，我们希望未来的"MAGO 宿舍服务站"可以作为"最后一公里服务"的暂存中心，有点类似校园版的"菜鸟驿站"，主要解决配送方和接收方不能及时交接的问题。MAGO 宿舍服务站提供的暂存服务业务有收寄快递、外卖代存、零食配送上门等服务，大大方便了师生们的生活。"一个 MAGO 就够了"，这句话在华广广为流传。

现在回过头来看，不得不说，马云真是一个商业奇才，菜鸟驿站其实就是马云为响应"新零售"时代而早早布好的一颗棋子，它吸取了"顺丰嘿客"等央企 O2O 项目的失败经验，少交了至少 50 亿元人民币的学费。在我看来，未来它将有可能成为全中国最大的社区便民暂存服务站，也将会是新零售时代下供应链的最后环节的服务升级。

2014 年是一个互联网快速发展而第三方服务跟不上的年份，在这个大背景下，其实已经过了做平台的最佳时期，但却是一个做"消费服务升级"的最佳时期，蜂鸟专送就是在这个时期诞生的，包括后来出现的尚讯通等做智能快递柜的项目，都是为了解决电子商务时代来临后市场服务的问题。这些最后一公里服务升级的项目，每一个都是构成新零售时代最后一个环节的棋子，而 MAGO，也是我们布局在校区范围内、大胆尝试的一颗属于新零售时代的棋子，创业方向和时机，是 MAGO 取得成功的最大因素。2014 年的我们毅然放弃做某个电商平台或者 O2O 项目，而是选择做一个服务站，为各大快递公司、饿了么等 O2O 平台提供一个服务升级的区域化的学生公益平台，通过电子商务协会提供的人力资源上的支持，再结合每栋宿舍站提供的贴心服务，让 MAGO 校园服务变成华广的一个老字号学生服务平台，每年至少能解决近四十人勤工俭学的问题。MAGO 宿舍服务站是一个基于 MAGO 校园服务平台体系下孵化的第一个服务升级的项目，以"免费地产资源"——学生宿舍，解决了供应链配送暂存的问题，由我统筹规划，邓无化、郑潇枫、子聪三人带队运营。在无化、潇枫和子聪这个 MAGO 新铁三角组合的配合下，有三十多个来自不同宿舍楼的学生通过微信公众号向我们提交了"MAGO 宿舍服务站"的项目申请。

十月中旬，我召集 MAGO 校园服务项目全体成员，在阶梯教室召开了"MAGO 宿舍服务站"加盟会，参会的有 MAGO 的十名核心成员和三十多个希望成为 MAGO 物流服务站楼长的新秀。

我请了马冠来给大家做分享，讲解当年金盛美的模式，马冠是金盛美项目里的第一个"楼长"，我和嘉麒都管他叫"老楼长"。马冠在台上分享的时候，我看到台下几乎每个人的脸上都是一副求学若渴的表情，他们眉眼间还有掩盖不住的少年稚嫩，但是神情却都非常严肃。让我印象最深刻的是，郑潇枫一边听一边认真做笔记，拥有良好态度的他，后来成了 MAGO 第二代团队的二把手。

"好了，老楼长的创业分享已经讲完了，下面我要给大家讲解一下我们MAGO接下来的管理架构及长期的商业运营模式。"马冠发言完毕以后，我将话题引入了正题。

"我们服务站的定位，旨在解决客户与配送员之间对接不便的问题，提供一个综合服务的暂存平台……"台下的每一个人，都仰着头聚精会神地听我的发言。会后，共有二十九人报名成了我们"MAGO宿舍服务站"的新任楼长。

大家纷纷散去，马冠走到我面前，深深鞠了一个躬，再起身的时候双眼已经泛红："阿哲，我从来没有想过，在我离开学校之前，我还可以看到咱们金盛美项目的影子。它，复活了，谢谢你！我相信嘉麒看到这一幕，他也会感同身受的。"

马冠的一席话，让我的眼睛一下子湿润起来，我微微抬头，生怕眼泪流出来，故作潇洒地说："要不是这厮离校出去做生意了，我肯定要忽悠他来参加！"马冠和我对视了一眼，两个人同时笑出了声。

◆从我讨厌的人身上，我悟到了解决传承组织的方法

2014年底，MAGO已经基本实现了在全校的推广，每月总营业额突破4万元，累计解决了三十多名学生的勤工俭学问题。在项目的顺利推进下，电子商务协会的人员闲置问题随之解决，协会运营也步入了正轨。但是，这样的成绩却不能让我真正地感到满意，因为，有一个问题一直在困扰着

我，那就是如何将电子商务协会和 MAGO 校园服务这两个平台一脉相传下去。

我约了皓均一起吃饭，想和他讨论一下这个问题，皓均告诉我，其实这两天他也在思考这个问题，但一时半会儿也没有想到很好的答案。最难莫过于从零到一，电子商务协会成立之初，因为迟迟没有合适的人手，MAGO 校园服务向协会借了十个人参与运营，既解决了项目缺人手的问题，又解决了协会成员闲置的问题，但是下一届协会具体要做些什么，大家还是一知半解。正当我和皓均一筹莫展的时候，老田在我身边坐了下来，他知道我跟皓均在这里谈事情，就约了林华一起过来，可即使有"智多星"老田的加盟，我们一时半会儿也没讨论出结果来。

大家闷闷不乐地分了手，各自回了宿舍，我走进了一家奶茶店，想一个人静心思考一下。奶茶店里的电视机正在循环播放着阿里巴巴集团敲钟的纪录片，马云的脸也一直在屏幕上循环着，因为我母亲的缘故，我一度十分讨厌马云，但此刻我不得不承认，这个男人，值得所有创业者钦佩！

与此同时，我内心也滋生出一种强烈的不甘，我想要研究这个男人，这个曾对媒体说"那群企业家都该死"的男人。回到宿舍后，我便开始搜集阿里巴巴集团和蚂蚁金服的一些项目框架的资料，并反复查阅阿里巴巴创业史中每个重要的节点，试图从中找到答案。搜寻的过程中，我发现了阿里历史上一个非常重要的转折点，那就是支付宝的出现，它的出现让淘宝的交易环比复购不断上升，最终成了打败 eBay 的隐秘武器。我不禁想起了我第一次使用淘宝时的场景，那是 2007 年，我的表姐告诉我她在淘宝的购物体验，我的第一反应和绝大多数人一样，认为网购都是骗人的，表姐耐心地向我讲解了支付宝的作用，促成了我人生的第一次网购。那时的支付宝起到的只是一个简单的第三方资金托管的功能，甚至我还要去便利店充值支付宝才可以下单。

其实，支付宝解决了网络购物买卖双方的信任问题，淘宝网在今天的我看来其实就是支付宝项目的一个大客户，支付宝才是那个真正改变网络交易、诞生电子商务这个行业的钥匙。网络购物，其实在很早之前就有了，马云并不是创造了电子商务这个行业，他只是解决了这个行业的诚信问题。支付宝，就是打开电子商务行业发展的核心钥匙。

除了分析商业上的巨大转折，在阿里巴巴集团和蚂蚁金服企业发展的现金流曲线上，我也做了一些推算和演绎。我发现了两个组织的另外一个规律，如果用家庭来打比方，那么阿里就是一个有事业心的男人，在外面努力赚钱打拼，而蚂蚁金服则是一个有格局有思想的女人，为丈夫瞻前顾后，在大场合下给他撑面子，同时管理家庭资金，从而实现钱生钱。事实还真是如此，阿里就是一个事业合伙人体系的大杂烩，蚂蚁金服创立之初，由杭州君瀚股权投资合伙企业和杭州君澳股权投资合伙企业分别以 57.86% 和 41.14% 的占比控股，两个公司的背后持股人就是马云、谢世煌和阿里的 26 位高管，阿里巴巴和蚂蚁金服真的就好似家庭中丈夫和妻子的关系，一攻一守，天下无敌。

2015 年 7 月，蚂蚁金服股份结构表

股东名单	首轮融资前	首轮融资后	投资额	股东背景
杭州君涵股权投资合伙企业	57.86%			马云等 26 位阿里高管
杭州君澳股权投资合伙企业	41.14%			马云和谢世煌
上海祺展投资中心	0	4.61%		虞锋及其母亲
全国社会保障基金理事会	0	5%	约 70 亿元	
上海经颐投资中心	0			虞锋、虞锋母亲及其黄鑫
国开金融有限公司	0	约 0.5%	约 9 亿元	
苏州工业园区国开鑫元投资中心	0			
新华人寿保险股份有限公司	0	约 0.5%	约 9 亿元	
中国太平洋人寿保险股份有限公司	0			
人保资本投资管理有限公司	0	约 0.5%	约 9 亿元	
上海众付股权投资管理中心	0			云锋基金虞锋和黄鑫
上海金融发展投资基金二期	0			
春华景信（天津）投资中心	0			
北京中邮投资中心	0	低于 5%		中国邮政旗下

　　分析到这里，我深受启发，不由得感谢父母从小便让我学习中庸和太极，我尝试在纸上画了两个太极，将阿里和蚂蚁金服的业务填入了左边的太极，将电子商务协会和 MAGO 校园服务两个组织的业务核心填入了

右边的太极，经过不断推演和涂改，最终我画出了下面的这一张图。同时，通过学习大企业的组织关系的成功案例，我找到了让电子商务协会和MAGO 校园服务传承下去的方法：首先，让协会成为一个为 MAGO 校园服务提供人才培训、对外公关以及信誉背书支持的大后方，它的定位为"防守"；其次，让 MAGO 校园服务为协会完成服务校园、为会员提供兼职以及创业项目孵化等任务，它的定位为"进攻"。后来，我把这个方法框架在协会运营上，我管它叫作"太极运营心法"，是我在学习了中庸、太极以及各大企业管理案例后衍生出来的一种企业运营心法。"太极运营心法"可以很好地解释，为什么学校的组织难以传承延续下去，因为它们不具备太极的顶层建设的管理体系，只攻不守，所以，只要老大离开了学校，组织很容易因为失去顶梁柱而瓦解。

太极管理对比图

协会和 MAGO 的顶层规划设计出来了，我解决了组织的传承问题，但还不能保证的一点就是，如果在未来学校出现第二个或者第三个类似李远哲这类比较难缠的创业者作为对手，我该如何保证我的"继承者们"战胜并整合他呢？这个时候，我在大学里学习了四年的专业——"人力资源管理"开始发挥作用，因为融合了太极的思维，我把这套体系命名为"太极运营拳法"。

到今天，MAGO 和电商协会都即将踏入第四个运营年，在第三个运营年，我们曾遭遇到了前所未有的打击，这个打击来自百花齐放的创业者们野蛮的入侵和挑战。很不幸的是，在第三个运营年年末时，这些不讲道理的侵略者最终因为组织"老大"的毕业，组织出现瓦解，在利益的面前，在"太极运营拳法"下，在新事业合伙人制度的影响下，这些人对我们缴械投降，都加入了电子商务协会，成了我们的一员，这就是"太极运营拳法"的威力。我们等待对方组织老大的"自然死亡"，再以事业合伙人的核心要领，整合老大遗留下来的"小弟"及项目。运用太极的方法，将对手的"拳力"，化为友，一刚一柔，不紧不慢，伺机待发，这就是太极拳文化的核心，我把它衍变成了我的第二套企业运营手法。

考虑到了组织的特殊性，我对阿里和华为的事业合伙人制度做了一个修正，这个修正的出发点就是为了保证协会会长和 MAGO 的领袖在换届时能够实现"师傅带徒弟"，避免出现没有合适继承人的状况。我在原事业合伙人制度的基础上，附加了一条"退役股东制度"，也就是说，每一个退休的会长或者管理层，都有机会通过"返聘"领取到退休补贴，所以，"退役股东制度"让换届后的前辈，志愿成为组织的顾问或者导师去培养新的领导班子。

MAGO 和协会的体系确定以后，我们衍生出了一种新的组织文化："立足于华广、服务于校园、备战于社会"，这也是当初申办协会时我们提出的口号，现在，这句口号终于变成了现实，这句话现在就写在电子商务协会的创设宗旨里，每一句分别代表一个组织的定位。"立足于华广"指的是电子商务协会，"服务于校园"指的是 MAGO 校园服务，而"备战于社会"，指的就是我现在在做的吉冠网络科技了。

◆该离开了，去寻找更广阔的天空

2014 年 12 月 21 日，我和 MAGO 的两位联合创始人田伟国、刘林华毅然选择离开学校。这是一个艰难的决定，因为身边创业圈子的朋友有不少选择留守校园、深入挖掘，离开学校，意味着我们要重新开始，而前路漫漫，我们谁也不知道未来是成功还是失败。

我们做出这样的选择，一方面是为了让 MAGO 和协会能够延续经营下去，一方面是因为我们非常清楚，我们的大学生涯即将结束了，进入社会，我们又要变成"大一"的学生，没有社会资源和社会地位，如果选择留守校园，长期下去我们只会变成"井底之蛙"，为了组织和自己的前程，我们必须踏上这条充满未知挑战和凶险的路。

在离开前，我把 MAGO 校园服务正式交给了邓无化接手，同时推荐梁晓炜为电子商务协会的副会长，负责结合现有资源开展微电商方向板块的项目，我们离开后不到一年，晓炜就组建起了学校最大的微电商社群，同时提供线上线下培训，并代理了林华的微电商软件。

因为连续创业、越挫越勇的经历，我受到了曲立东曲总的赏识，按照曲总的指示，我们要去支持转码乐购项目，第一站是福州。

"一起加油吧！"飞机上，我们三个相互打气。就这样，并没有什么明确目标和方向的我们，踏上了一段充满激情又荆棘的路。

◆机缘巧合下，我们参加了学习型中国世纪论坛

到了福州以后，我们三个很快就适应了这里的生活，和转码乐购项目公司的员工打成了一片，并有机会更进一步地对万众分享类的项目展开深入的研究和学习。在曲总的指导下，我们开始为公司做两个方向的优化：一个是校园渠道的布局建设，以 MAGO 校园服务为案例，从中寻求更加轻便的方法进行复制；另一个是向合作方提出渠道建设的优化方案，但不直接干涉项目的运营。

12 月底，我们三个一起来到了北京，参加了学习型中国世纪论坛，作为参会的特邀学员负责管理招商会务的流程及摊位的人员调配等琐碎的管理工作，也正是这样一次机缘巧合，我认识了高佳奇和金昊锋。

自从 2014 年在学习型中国世纪论坛见面以后，我和高参成了微信网友，两年来，不断通过网络相互分享自己的创业进度和心得体会。命运的齿轮，从我认识高参、小明的那一天就已经开始朝着既定的方向转动，我们的关系就像竹子的生长过程一样，这几年不断往土地深处打地基。从那天分开以后，我内心就感觉自己和他们已经产生了一种千丝万缕的微妙链接，后来我才知道，这是因为，我们都是美素人，是一群妄想聚在一起、

拼尽自己所有的力量、来开启新时代的 90 后们。

◆私聊，高参感叹"终于和阿哲哥一起干件事"

那天是 2017 年 1 月 4 日，我们一行人坐在各路大咖常年光顾的私聊茶馆召开了属于我们自己的"遵义会议"。来自深圳的 90 后移动电商操盘手许彬彪（花名：彪少）承诺做橄榄汁的郭安（花名：小炮儿）在做出一定市场份额以后帮助他操盘电商的销售渠道，从硅谷远道而来的梁博明（花名：博明）和拆书帮的李又平（花名：小王子）详细讲述了他们如何在硅谷展开合作……

高参环视着坐在私聊茶馆里面的我们这一群 90 后创业者说："阿哲哥，我们终于要在一起干一件事了。"而我早已激动得说不出话，在这一天，我正式成为了美索不达米亚社群的一名核心成员，总领美索这个圈子在广东的未来，我的花名也从"阿哲"改为了"李谋"，这源自每一位美索人对我的信任，也得益于多年来我在创业路上的奋斗。云南吉成集团的公子、美索不达米亚社群的云南负责人陈思源举起手机默默地拍着照片，记录着平日里不大会笑的我的笑容，这样的我的确不多见，因为我已经习惯了做"老大"时的"故作镇定"，习惯了太多专属"老大"们的强颜欢笑，习惯了太多只有"老大"们才必须要做的事情。

有些事情，只有"老大"才能理解，因为我们这些创始人，是每一个团队里面，绝对不能犯错的人，这就注定了，我们是一群难被理解、孤独的头狼。头狼，必须是在雪地中走在最前面、负责开路的狼，它绝对不能迷茫；头狼只有不断往前爬，不断刨开眼前的雪，团队才能继续前进。当双手刨出鲜血的时候，你不会得到任何的同情，同时，你还得不断努力往前爬，当你迷失了信念和方向，你突然发现，自己好似一个白痴，一个傻瓜，好像什么也不会——但其实，你最大的潜能和使命，就是带领团队不断往前爬，直到走出这片雪地，找到属于大家真正歇息的绿茵之地。头狼，必须要学会舍弃得更多，只有这样，它、它们，才会得到更多。

60后、70后、80后的企业家们，美索人，就要来了。你们准备好了吗？你们可以嘲笑我们是一群疯子，但是90后创业者，不是在疯狂中灭亡，就是在疯狂中爆发！《从0到亿：创业从失败开始》这本书，就是我加入美索的第一步，研究创业如何先从失败开始。

一切，从这里开始……

◆李谋脑补课——金盛美其实是一个成功的校园O2O项目

当我在勾画这个故事的时候，我找出了当年做的"金盛美寿司"的商业计划重新研究，惊喜地发现，"金盛美寿司"其实是一个成功的O2O的项目。O2O（Online to Offline）是将线下商务的机会与互联网结合在一起，让互联网成为线下交易的前台，用户在互联网上了解到服务信息，并且在线支付，预购服务的一种电子商务模式。

线下商务的产品，在"金盛美寿司"项目里面，即指的是"寿司+10

分钟送货上门"这整个的服务体验。而在线上,"金盛美寿司"的客户可以通过微博、微信、QQ、淘宝店铺等多种信息入口找到我们,并且通过多种灵活的形式完成线上支付或预约服务的动作。金盛美项目开始运营的时候,还没有诞生美团外卖和饿了么这类 O2O 外卖平台,当时的互联网行业正处于高速发展阶段,微信和淘宝正是处于移动互联网风口的领军团队,用现在的话来说,金盛美算是最初的一批网红产品。

而 B2B2C 是互联网 O2O 行业唯一落地的一种核心商业模型,也是在 2012 年至 2015 年底这三年的互联网 O2O 泡沫膨胀期里,唯一一个实现线上线下结合的全新的商业模式。

在物流行业里,最后一公里配送是指在货物被送到分拣中心之后,为客户进行配送的物流中最后一个环节,也是需要直接面对客户的一个环节,在配送途中的各种问题将会直接影响到客户,所以是非常重要的一步。我们在最后一公里配送的基础上,为了解决供应链和寿司口感新鲜度的问题,将寿司生产制作的最后一个环节外包给了加盟商,而我们只需要做好培训、管理好食材制作和物流配送即可。这个商业模式落地的核心在于,我们整个创业的价值链,没有地产商的"保护费"和其他无意义的人力费用。

O2O 在我看来其实并不是一种商业模式,而是一种创新的营销方式。在 O2O 的过程当中,一定要创造用户的价值,也就是说,你一定要解决用户的一些痛点,才有可能使这个方式成功。那个时候,金盛美其实就是一个 O2O 的成功案例了,甚至在经营层面我们已经用到了 B2B2C 的运营模型,这让我充分肯定,2014 年和 2015 年的 O2O 浪潮,就是资本市场的一个极大的错误和泡沫,是资本市场对互联网行业的预估膨胀。

金盛美寿司项目案例没有像很多的外界 O2O 企业那样一味地通过低

价和烧钱来讨好用户，而是从根本上解决问题。我们在运营上面节省了费用，从大学生用户的角度来说，我们解决了快速配送、食材新鲜、价格合理的三大痛点，而从经营者的模式角度来看，我们在经营的整个过程中，没有被地产商打劫，也没有臃肿的人力资源，我们根据前期的市场数据的累积和验证，通过招商将项目核心人力资源都变成了经营者，成为我们的区域加盟商，而我们仅需负责核心配方的食材制作和品牌宣传。

一切的努力，都是我们金盛美团队白天分工干活、晚上头脑风暴得出的结果，在供应链的研究上，我们参考了麦当劳和肯德基的供应链管理，并很好地吸收了他们的优点，将生产寿司的最后一步分割出去，为我们的每一个代理商提供最后一步所用到的核心制作、保鲜的工具，例如电饭煲、寿司帘等，而购买这些工具的费用，我们通过保证金制度巧妙实现了"空手套白狼"。

那个时候的创业者，还不懂什么是互联网思维，但是那个时候的我，却对商业有着天生的辩证和不断挑战创新的思想，并且做到了敢想敢做。不过年轻的我们那时还并不知道，自己原来的一套玩法和商业模式真的非常优秀和宝贵，这个玩法最早是我提出来的，但仅仅是当时的我出于对项目现金流把控，反复推敲得出的商业模型。

后来的失败，不是能力的问题，而是性格轻浮的问题，再加上校方的干预，让我们更快地摔下了深渊。如果让我重新回到寿司创业的时期，我会考虑到一切可能发生的情况，将这个运营框架坚持下去，即使对外校招商，也绝不会让房地产老板进来打劫。

"高暴利刚需产品＋最后一公里配送"的商业运营模式，不但提升了整个项目的用户体验和服务，而且在这种机制体系下的校园创业，是没有资金风险的。同时，在金盛美的运营模式里面，我们颠覆了传统做寿司的思维，整个寿司运作的项目，在我们还没有对外扩张期间，没有给地产商交纳租金。

到了 2017 年的今天，我们终于对这个商业模式有了一个真正的定义：它就是 B2B2C，是 O2O 行业落地的唯一解决方案，叮当快药就是 B2B2C 商业模型的 O2O 行业的成功案例，让全国各大连锁药房成了中间的 B。

我从来没有想到，原来我们三个年轻人，在很早的时候，就已经在践行这套制度了。

第二章

陶建平自述：『遇见女神』的创业之路

第一节 "遇见女神"成长记

我第一次对"生意"两个字做出实践，是我在云南省弥勒一中读高三那年。云南的省会城市昆明有一个叫螺蛳湾的地方，那里聚集着很多做服装与小商品生意的批发商。我有个初中同学，他家就在那儿卖衣服，那时的我从他家拿衣服，再运回弥勒这个小城市售卖。

我的脾气很好，待人也算真诚，所以同学们都愿意和我交往，也推荐他们的朋友到我这里来买衣服，我的服装小生意做得还算不错，就这样，我挣到了人生的第一桶金。从那以后，我渐渐着迷于这种做生意的感觉，我还清楚地记得在大学快要开学的时候，那群风华正茂、即将各奔东西的同学们依依不舍，叨咕着离别的伤感……而在买和卖的实践中渐渐懂懂的那种直觉告诉我，我又有事情可以做了。在我毕业的那一年，昆明的校园

从 0 到亿

里突然流行起一种毕业纪念册，同学之间可以在纪念册里写下祝愿以及电话和 QQ 号等联系方式。那时，昆明的商场里一本纪念册只卖五元钱或者八元钱，但整个弥勒市（当时还只是县）都没有一个卖纪念册的地方，于是我就从昆明买入纪念册，在弥勒做倒买倒卖的事情，条件一般的学生，我以十五元的价格把成本价五元一本的纪念册卖给他；条件稍好一些的学生，我会以二十五元的价格卖给他成本八元钱的纪念册。平均每个学校可以挣个千把块钱，这对于那个时候的我来说可不是一个小数目了。

到昆明念大学后，我每天看书、学习，也没有什么别的事情做，总是感到有些无聊。一个偶然的机会，我听说学校里可以组建社团，我寻思着，如果我创立一个和创业相关的团队并因此拥有一群和我志同道合的伙伴，那么我就可以利用它做很多靠自己一个人做不到的事情。就这样，我拉起了自己的创业团队，接了些诸如计算机培训、四六级学习班、信用卡办理的活计，把生意做到了昆明中医学院、昆明理工大学以及云南师范大学等学生数量比较多的学校。

在 2008 年的时候，中国发生了一件大事，奥运会在北京举办，昆明虽然是一个边陲城市，但"全民奥运"的口号如雨后春笋般出现在大街小巷。借着这个势头我淘了一批自行车，打着可以便捷通勤、锻炼身体的口号，把自行车租给学生，又挣到了一笔可观的收入。现在回过头看，这些经历看起来好像只是微不足道的事情，但是我却在这个过程中提高了自己的执行力和对商业的敏感度。

也不知从什么时候开始，我渐渐对自己的未来产生了一些思考。那个时候我身边有一些人因做生意而收获财富以及社会地位，或许是因为创业热潮还没有来临，我可以明显感受到自己和他们的差距，也怀疑自己是否可以通过努力接近这些前辈，甚至超过他们……我也不知道大学毕业后自

第二章

陶建平自述："遇见女神"的创业之路

己能成为一个什么样的人，但我知道至少要做一个好人、一个对社会有用的人。后来，我加入了民大爱心社，因手里还有一些闲钱，我先后组织了一些诸如爱心捐款和保护海鸥一类的公益活动。在我出任爱心社代理社长期间，这个社团成了云南省同届唯一一个拿到团中央多个奖项的社团。

那时在民族大学里，我的创业团队并不是唯一，学校里还有一个资历相对较老的创业协会，当时这个协会因种种原因，生存状态变得有些糟糕。创业协会的师兄找到我的时候，我正在筹备一项慰问老人的爱心活动。师兄站在我的边上对我说："建平，创业协会现在就是一个烂摊子，在我们看来只有你有能力把他做好。"我思考了一下才回答他："师兄，我不一定会在毕业以后继续创业，但是运营好爱心社，我可以靠着做很小的事情帮助更多人。"我在那一瞬间想象过师兄会说些什么话来说服我，我设想了无数种可能，但我没想到他只问了我一个问题："兄弟，难道你现在不想创业了吗？"我一时语塞。创业对我来说不一定是最好的选择，我的父母已经渐渐年迈，而创业这条路毫无疑问是困难重重的，我已经在这条路上走过几步，我清楚地知道自己并没有闯出什么名堂来。

如果故事到这里就戛然而止，我是否应该继续说下去？

几天后，我还是接手了千疮百孔的创业协会，出任会长。协会里的伙伴都对我说："它已经是这个样子了，你做好了，是情分、是功劳；做不好，我们也没有人会怪你的。如果连你都玩不转这个协会，那就没有谁可以胜任会长了。"我当着大家的面立了个誓，创业协会做不出样子来，我是不会谈恋爱的。就在我信心满满想要大干一场时，我才得知，师兄们留给我的创业协会的账上资金仅有 900 多块，还有一份 127 个人的名单。我挨个给这份名单上的社团成员打了电话，却只有 8 个人愿意留下来和我一起运作这个创业协会。直到现在，我和这八位当年的伙伴还保持着联系，很多时候我们还会聚在一起聊一聊各自在做的事情，其中一位后来成了我最好的搭档。

接手创业协会后，我们又是招人又是办活动，用了将近两年的时间，把这个普通的社团做成了在整个云南省都口碑良好的顶尖社团。我是创业协会的第五届会长，这个创业协会现在在任的会长已经是第十三届会长了，听说他是一位很上进的小兄弟。但据说他们用于管理这个社团的规章制度一直是我当年整理出来的管理方针。

那时最让我感到骄傲的事是我们在昆明市呈贡区的大学城成立了"云南省大学生创业就业联盟"，这个联盟直到今天也依然存在。从这个联盟里走出的优秀创业者有 50 多位，创造的就业岗位合计超过 1400 个。我们还在各高校组织了 40 多场"企业家进校园"的活动，请到过的企业家有鸿翔集团董事长阮鸿献老师；云南爱因森董事长李孝轩老师；南磷集团副总裁赵永禄老师；万学教育集团总裁张锐老师；现陆劲高速、陆劲矿业董事长张亚光老师以及零点咨询董事长袁岳老师等，这些需要我们仰望的前辈其实都非常平易近人，也给了我们这些后辈很多的指点和帮助。

当时我们付出了很多努力，可以说，云南青年一代的创业圈子里，很多人都是我的老熟人。在要毕业那年，我还带着团队开发了几个网站，其中做得最好的是大学城网和中国区县联盟网中的开远网。就在一切蒸蒸日上，我也为真正踏入创业这条路做好了充分的准备时，我的家人、伙伴甚至女朋友都劝我离开这一摊浑水。可能是受限于小城市的思想约束，他们都希望我选择他们认为最体面的职业：公务员。

于是我把所有创业联盟的事情都交给了一位名叫祝安定的人，他当时在大学城的影响力没有我强，但我知道他是能让这个创业联盟继续做下去的最佳人选。我待人做事都比较真诚，但也因为心眼儿不够多吃过很多的亏，祝安定和我不一样，他考虑事情比较周全。我还记得我曾经带领过几位兄弟去广东考察了岭南电子商务创业园，回云南以后我和祝安定讨论这些模式能否引入大学城，他的回答是否定的，他认为我和他讨论的这些模式暂时还在云南不能落地。祝安定一直在做和青年创业有关的事情，他是一个口碑褒贬不一的人，我到现在也说不清我把创业联盟交给他是对还是错，虽然有很多年轻创业者发自内心地反感他，但他也的确让云南有关青年创业的组织一直生存着，如果换作是我，我不一定能比他做得更好。

在红河州泸西县，我以一个还算不错的成绩考取了公务员，也算是给了我当时的女朋友和家人一个交代。我是我们乡第一个考取公务员的人，考试结果出来的那一天，我的母亲对我说："建平，这可真是光宗耀祖咯。"可是就在我报到的第二天，我选择了辞职。因为归根结底，我考取公务员是为了让身边人明白我完全有能力像他们设想的那样，但对于我来说有着更好的选择。干不干公务员是我自己的事情，我明确地知道，我想要的是创造属于自己的事业，虽然公务员在单位内部房子只需要交 5 万块就可以入住，最小的房型也有 120 平方米，但为了创业，我还是选择了放弃。一起离我而去的还有当时的女朋友，她在乎的是一个"安稳"，在四五年以后，我才从这一段感情中走了出来。

之后，我一个人拎着包，坐大巴车考察了云南省的各个地市、地州，这其中我在瑞丽待的时间最久。我在考察的过程中想过做翡翠生意，也想过做进出口贸易，但突然有一天我发现云南最好的资源和项目几乎都是属于外省人的：东北人让云南旅游业发达，江西人让云南的黄龙玉闻名天下，而福建人掌握着翡翠行业的话语权。云南人在创业的路上，似乎十个人里有七八个都选择了做土特产——而这些土特产的品牌传播力似乎都很差。在考察进出口贸易这个行业的路上，我经过了西双版纳自治州的边境，也经过了红河州最南边的绿春和河口。我已经忘记了具体是在什么地方谁对我说："老陶，你这个人比较仗义，和任何人都可以相处的来，要么你去干走私吧，肯定有人愿意罩着你。"我拒绝了，拒绝的理由很简单：再怎么说我也是做过一天公务员的人，我怎能知法犯法。况且，我选择创业这条路，不也是希望靠着合理合情又合法的手段谋求属于自己的荣光吗？我兜兜转转一大圈，吃了一鼻子灰以后又返回了昆明，我找到我的老搭档说服他与我一起，或许是因为我血液里流淌的家乡情结，我们两个人想来想去决定走入酒行业。

刚开始创业的时候我身上只剩两百多块钱，我和我的合伙人东拼西凑了四万多块钱出来，我们用这些钱在昆明租了间房子，又置办了一些办公用品。当初租房子的时候，房东给我们的报价是每年 3 万元租金，我求着他说："叔叔，我们刚开始创业，现在也没有办法一次拿出那么多的钱。您看，要不然您先收我们半年的租金，我们实在是没有办法了。"房东和他的爱人商量了一下，同意了我们的请求。到现在我都没有驾照，原因就是当年我把考驾照的钱都拿去创业了。

在昆明将大后方安稳了以后，我们杀回我的家乡弥勒寻找葡萄酒厂，弥勒的葡萄酒行业是规模可观且还算颇有名声的，但是他们的产品并不够贴近消费者，包装和营销也做得非常一般。为了省钱，我们徒步寻找弥勒的大小酒厂，好在酒厂集中的区域并不大，走起来还不算费劲。为了让他们充分尊重并信任我们，每走到一家酒厂的门口，我们都会把背在背后的背包拎在手里，就像刚刚从出租车上下来一样。我们一边低头把从大学时代就伴着我们的老皮鞋上面的灰土擦干净，一边有一句没一句地闲扯着，试图放松自己的心态。面对这些酒厂的负责人，我们把自己的团队吹嘘得天花乱坠，向他们描述我们可以怎样帮助他们清除积压的库存酒。好不容易，我们说服了几家因销路而病急乱投医的酒厂赊一些酒来给我们卖。后来我们又邀请了几个朋友跟我们一起做这个项目，暂时不给他们发工资，收入水平完全凭靠各人本事，事实上，我们整个团队的人将近有一年多都没有领过工资，回笼的资金都投入到了企业的发展上。

渐渐地，我们在云南的酒行业里站稳了脚跟。我尝试过引进进口葡萄酒走向云南本土市场，也尝试过通过为商会供应礼品的方式追求更稳定的利润，但我也始终知道这些都不是我想要的。事实上，我始终记得一心堂创始人、鸿翔集团阮鸿献董事长在呈贡大学城做分享时所说的话："你们这一辈的年轻人想要创业，一定要搞清楚自己的动机。如果你想的只是积累第一桶金，或是小富即安，那么对于风险的把控就是你们最需要学好的功课；但倘若你想要改变自己的人生，做出一家能影响别人的企业，那你必须要有一个属于你自己的品牌……"

我深深地认同阮鸿献董事长的观点，我坚信未来我有必要打造一个属于自己的品牌，但我也知道，打造自己的品牌并不是一件容易的事。我的品牌梦自始至终都藏在我的心里，我只是在等待机会。皇天不负有心人，我在日复一日的卖酒过程中结识了开发鲜花酒的姚叔。姚叔最大的经销商是云南风雅酒庄当时的刘总经理，刘总经理在做葡萄酒的同时利用他的客户资源销售姚叔的鲜花酒，我们在不知道产品来源的情况下帮助刘总经理把红酒和鲜花酒推向市场，通过我们这边的渠道和销售工作，刘总经理这里鲜花酒的销量几乎翻了三倍。后来，我和姚叔都知道了有这么一个中间商横在我们中间，于是我们决定跃过刘总经理和风雅酒庄，直接合作。（当然，和风雅酒庄的其他合作我们也没有停下来过，因为我清楚知道，他们是我们走入酒业的领路人。2017 年 12 月，我们还帮他们销售了近 30 万元的产品。）姚叔说我是他这么多年在生意场上打交道时最真诚的一位，他以后可以成为我们的独家供货商，我知道，我的机会来了，我对他说："姚叔，我还是想做自己的品牌，您可不可以把灌装和贴牌的权利交给我们？"姚叔愣了一下，然后欣然同意了我的请求，只不过他对我说："建平啊，想要做品牌酒是很难的，你自己就是这个行业的人，你最清楚。市面上有那么多牌子的酒，卖都卖不出去。"我是一个很喜欢为自己的事情辩解的人，但是这一次我只是安静地听姚叔说话，然后坚定地看着他，他明白了我意已决，就话锋一转："如果你已经决定好做这件事情，我就陪你玩儿，我相信你。"

任何一个成功品牌的故事都是精彩的，"遇见女神"的诞生也是一个故事。在我刚刚踏入酒行业，过着苦日子的时候，我遇到了一个姑娘，虽然到最后我连她的手都没牵过，但是她一直在鼓励我，以好朋友的身份陪在我的身边——哪怕那时我只是一个靠走路来跑市场的穷小子。我喜欢她，但是我知道对我来说这个世界上有着更重要的事情等着我去做，我不可能和她走到一起。在我开始做品牌酒的时候，她已经消失在我的世界里很久了，现在想来，她应该已经成家了吧？遇见她是我的幸运，鲜花酒也正是符合年轻女性用户的酒精饮料，如果我晚一点儿遇见她、认识她，我一定会请她到丽江古城里的安静酒吧去，坐在靠道路的位置上一边品尝甜美顺滑的鲜花酒、一边笑闹着规划我们的未来。她是我的女神，只有像她这样心地善良又让人念念不忘的女孩子才可以被称之为"女神"。很遗憾，我想要注册成为品牌名的"遇见"和"女神"都已经被注册掉了，于是我把两个词汇拼在一起，"遇见女神"就诞生了。有很多人跟我说"遇见女神"是个很有温度的名字，世上本无路，走的人多了，就有了路。我们打过一个口号，叫作"遇见女神就好好爱"，把"遇见女神"

陶建平自述："遇见女神"的创业之路

做的有温度不只是说说，对于我们这一代人来说遇见了爱就一定要去珍惜，不后悔每一天，不要像我这样，创业这些年，爱情的萌芽只能无疾而终。

我在刚开始做"遇见女神"品牌酒，最需要精打细算花每一分钱的时候，就花了几万块钱，申请了一整套商标、版权、专利，为"遇见女神"这个品牌走得更远打下了基础。2016年8月，我们在丽江古城租了一套房子，并注册了"遇见女神"酒业有限公司。云南的鲜花饼很出名，但是整个云南做出鲜花酒品牌的只有我们一家，我们处在一个竞争极度不激烈的市场里，也因此我们的"遇见女神"鲜花酒在丽江是所有同行中成绩最出色的。

2016年有关部门关于鲜花酒的全套专利审批下来的时候，姚叔告诉我，只有我们一家酒庄拥有鲜花酒的全酵专利。市面上的红酒富含单宁，但也因此口味晦涩酸苦，口味顺滑酸甜的果酒和鲜花酒可以更好地贴近年轻女性的生活。一家企业的基因是非常重要的，找到自己的主攻方向也是重中之重，在当时我们并没有同时吃透昆明和丽江两个大市场的资金和实力，经过种种分析和长远考虑，最后我力排众议在丽江注册了丽江遇见女神酒业有限责任公司。在公司总部彻底落户丽江以后，我在文化墙上写下"遇见女神——属于女神的高品质酒"几个大字，时刻提醒自己，未来还有很多的路要走，步伐还不可以停下。我去广东考察的时候为了方便、省钱，我就只背了个包，几天都没有换洗衣服，我是乘坐绿皮火车的站票抵达广东的，别人问我机票好不好买，我也只能附和着说机票好买或者不好买，不是坐不起飞机，是心疼那每一分可以花在刀刃上的钱。哪怕在广东住酒店我也一定会选择最便宜的那种，有时候实在是太疲惫和伙伴住"7天连锁"或是"如家酒店"就算很奢侈了，太空舱我住过、青旅我住过，就连大专附近几十块钱一晚上的老酒店我也住过。我跟几个兄弟分开去跑市场，就这样坚持了一年，业务慢慢拓展到了广西、广东、四川以及云南的各个地州，连省外招商我们也招到了一些。步子渐渐迈稳以后，我才有底气把之前一直没敢考虑的事情——拿上台面解决，例如，为了把"遇见女神"整个品牌包装再完善一下，我们请了一家品牌策划公司来负责这件事，以前不敢做包装升级的原因一是没钱，二是人才不匹配。

现在有时候会想这一路走来实属不易，就像做梦一样，我和我身边的这些兄弟，基本都是农村和乡镇里走出来的人，我们就靠四万块钱起家，既没有资源，也没有资金。走到今天，我早已深深地知道，其实创业就是一个字："熬"。我最初不给自己开工资，每笔进账都要精打细算掰成一元一分使用，截至目前我们已经前前后后把赚到的两百多万全投入了"遇见女神"中，且有必要的时候，我们会在保证现金流健康的情况下通过贷款来扩大生产。但是我们并不会盲目寻找资本的介入，原因是云南的资本市场并不活跃，而成都或是广州、深圳的资本机构似乎更加看重创业公司的爆发力而非生命力，我们不只是想要飞得更远，我们还想飞得更久。

最艰难的岁月已经度过，平均睡眠时间一天不超过五个小时，这两年虽然我们走得很慢，但是至少看来我们是走在正确的道路上。现在我们团队里年纪最大的一位老大哥已经四十多岁了，他说："我觉得你在创业的路上走得很稳，而且我也相信你的人品，不然我们作为年纪大一些的哥哥是不愿意把时间和精力投资到你们这些年轻人身上的。"还有人跟我说："老陶，你脾气太好了，容易吃亏。"我告诉他吃一些小亏不是坏事，我很佩服阮鸿献董事长，在我们第一次请他去呈贡大学城做讲座的时候，他说："从小村子里的人都叫他'憨四'，但他却成了村子里最成功的人。"

创业是没有终点的千军万马过独木桥，我和"遇见女神"还在这条路上继续前进着。

第二节　社群百像

　　老陶是个有明显性格弱点的创业者，我不止一次和他沟通过关于他为人处世的问题。

　　他太老实了，这种老实的确可以让他收获机会和信任，但在某种程度上，创始人的慈悲心肠对于创业公司来说是一剂毒药，这剂毒药会严重损伤其利益和发展。老陶身上的企业家特点是十分匮乏的，他既不脾气暴躁，也不以否定的眼光看待每一件事情，他甚至还一直在创业路上追求所谓的"兄弟情谊"。甚至这一篇书稿，他还反复找我修改，担心他的创业故事会得罪一些给予过他伤害的前辈，我对此十分不屑。

　　但恰恰是因为这样的性格弱点，使我刚开始和老陶结识就可以无保留地对他直接指出，我发觉他的产品非常不成熟，这种不成熟不是酒的生产技术不过关，而在于他和他的团队看来无关痛痒的包装设计。我告诉他遇见女神品牌酒的包装需要升级，因为年轻的消费者比起老一辈更加看重产品的优越感，而非老一辈看重的性价比或是产品附加价值。这种消费倾向我们是可以通过身边的现象合理分析得到的：多数年轻人更喜欢使用苹果手机，但六七千块的苹果手机真的有超过两三千块的安卓系统手机两倍以上的价值吗？我想答案是否定的，甚至在某些性能方面 IOS 系统并不胜过安卓系统。苹果真正的强大之处在于它给消费者提供的优越感：我们只听说过卖肾买苹果的段子，却没有人会讲卖肾买安卓，这其实是苹果优越感的展现，消费者在潜移默化中接受了苹果的品牌价值。

另一个案例是顺丰快递。在以淘宝为首的电商平台购物时，我们出于缩短物流配送时间或是稳妥送达的目的，可以向小二（客服）要求发顺丰——但没有人会询问小二是否可以用"三通一达"发件，顺丰快递的品牌优越感在此得以呈现。"遇见女神"的初代包装既缺乏美感，也不具有足够的创意和独特性，看上去就像旅游景点里叫卖土特产的大叔大妈们摊位上的低成本劣质酒。遇见女神鲜花酒的口感和产品质量不存在任何问题，但我们必须认清一点：年轻消费者追求的并不只是产品的内在美，他们在乎的还有产品的"颜值"，他们会为产品给他们提供的优越感买单。

最终，"遇见女神"的新包装还是以不小的资金投入制作了出来，收获了比较好的市场回馈，所谓不破不立，我很欣慰老陶和他的团队可以挥刀自宫，自己革了自己的命。要知道，对于遇见女神酒业这样一家创业公司，哪怕是低颜值的旧包装其实也需要不小的成本。我还记得在 2017 年的 5 月 20 日，老陶和美索不达米亚社群里的另外两位伙伴携手组织了一场年轻人的派对，"遇见女神就好好爱"是那一场活动的主题，缴费报名人数远超预期，现场人满为患。但是很不巧，直到活动开始前，无论是鲜花酒还是水果酒的新包装都没有如期赶制出来。我的老搭档小明建议老陶在现场放弃使用旧包装，直接用酒桶或鲜啤筒作为容器，但是那时候的老陶似乎还没有弄清楚，增加品牌认知度时，品牌的"颜值"倘若不够，一切都是徒劳，老陶最终还是决定直接将旧包装的遇见女神鲜花酒摆放在现场每一个醒目的位置。活动本身举办得很成功，但参与活动的人却没有再复购过哪怕一瓶遇见女神品牌的鲜花酒或是水果酒。

其实把打造年轻消费群体喜爱的低度酒饮料品牌这件事情做得最好的团队是漫米米酒。漫米的创始人王大军还在新元资本时就与我有过交情，我当时的一位曾任职 Paypal 中国区副总裁的公司伙伴就是经他介绍推荐才得以结缘的。王大军身上有许多像老陶这样野蛮生长的年轻创业者所不具备的特质，或许是得益于所接触的环境以及个人经历，他从一开始就根据市场的导向，洞悉消费者的画像，在刚开始创业时就清楚地表达过漫米米酒想要做一家最懂 90 后的米酒品牌。也因为他清晰的思路，漫米米酒在前进的路上可谓颇为一帆风顺。但是像王大军这样的创业精英，在茫茫的创业人口中毕竟还是少数。老陶走过的这些弯路足以使他认清自己和品牌的定位，也足以让他在摸爬滚打的过程中收获宝贵的经验，老陶这般野蛮生长的创业者是大多数，只不过，大部分人在摸爬滚打中并没有条件和机会坚持到最后罢了。

陶建平，花名"老陶"，遇见女神品牌创始人，第三十七位加入美索不达米亚社群的伙伴。

"遇见女神"经过不断地改良和升级，产品已经变得愈加贴合消费者，不管是酒精饮料、聚会用酒，还是为遇见女神主题慢摇吧量身定做的夜店用酒，我们品尝到的都是一位创业者的心血。对于老陶来说，随时都会有诸如如何扩大生产或是如何增加销售规模等新的问题等待着他去解决，但是，我相信他和他的品牌一定会在每一天都达到前所未有的高度。

同时我们也要记得，打造一个品牌并非易事，在这条路上野蛮生长不可怕，可怕的是丧失前进的勇气。

第二章

许彬彪自述：社群电商创业者的故事

第一节 创业，是我永不后悔的决定

窗外响过一声雷，下雨了，深圳的天气是阴晴不定的，有时候是万里无云，但突然就像鸣不平一样雷声大作了。我的头发只是被吹得半干，发梢上滴落的水珠摔碎在我正在敲打的电脑键盘上，我用手随意抹了一下它们，又轻轻地把夹在食指与中指间的烟头掐灭。创业者就像瘾君子一样，对于只要品尝一次就再也割舍不掉的感受难以隔离，我或许把时间看得比生命更加重要，所以也只有在这夜深人静的深夜两点，静下心来回忆这两年来一路上的风景——我知道，万物静息的此时终于没有人打扰我了。

2015 年，还在深圳大学读大二的我，接到了来自新西兰某品牌生鲜平台的邀请，他们希望我成为他们的合伙人。时至今日，我仍然相信一个合格的分销团队需要具备三个条件：一是丰富且具有吸引力的产品，二是合理的分享体系以及与其配套的后台系统，三是强烈的团队文化和企业愿景。在与他们的团队产生过足够多的接触和沟通后，我谢绝了他们的邀请。我认为他们的团队并不具备这些条件，而缺乏这些特质的分销平台，结局一定是虎头蛇尾、有始无终。

就在我拒绝他们的同时，一个电商社群吸引了我，不可否认，我被他们吸引有很大一部分原因是他们标新立异的名字。但在加入该群以后我才发现，这里的群友和外面浮夸的商业环境比起来竟然少了几分浮夸和虚伪。群名在东北话里是"随便聊""随便侃"的意思，我快速接受了这个群务实踏实但又散漫自由的文化，不禁动笔写下了几篇分析瞎逼群的文章，并在微博上发表了。

群主名叫国宇，和我同样是深圳这座城市里的居民，他关注到了我发表的文章，便邀请我在购物公园地铁站见面，我如约拜访了他，同行的还有一些通过微信结识国宇的伙伴。我暗自感叹移动互联网时代的社交效率，那是通过不同渠道把彼此经历和圈子都大不相同的一群人链接起来的力量，我们各自讲述了自己的过去经历，都大不相同，但我们都拥有一个同样的认知：对于当时的微信圈来说，大部分火得一塌糊涂的品牌都只是昙花一现，他们并不具备足够的底蕴和实力，也没有长远的眼光去布局扎根在微信这个渠道上。国宇预测，在 2015 年至 2016 年一定会有大批的传统企业陆续进入微信圈，那么，在微信圈孵化起一个品牌，做好企业跟消费者之间的沟通对接以及渠道上的建设、招商、推广、运营、管理等一系列我们称之为"操盘"的服务，一定是具有市场的生意。我想，这就是我们大家要做的事，我们六个人一拍即合，拉起了一个名为"六人行、随时约、无节操"的微信群，方便随时随地交换想法。

●●

2015 年 9 月，我和国宇共同参加了广州的一个电商峰会，我们了解到当时的行业趋向后，更加确定了我们共同创业的想法，回到深圳后，经过一番热火朝天的讨论，我们便迫不及待地想要开始真正的合伙创业。我们着手寻找场地，最终选择了租金相对来说比较便宜而且有一半创业补贴的力嘉创意园，每个人都拿着东拼西凑的钱入了股。我们共同成立了一家叫作"信为上"的公司，字面意思就是"信誉为上"，谐音"新微商"，致力于"裂变＋社群"的微信营销服务。同年 10 月 22 日，我们正式搬入了力嘉创意园，当天下午，我们坐在崭新的办公室里开会讨论公司接下来的发展规划，我知道每个人心里都一定充满了对美好未来的期待和憧憬。

公司最初的客户都是冲着国宇和我的名声来的，国宇在 2014 年操盘过一款叫作"瞎芒"的农产品电商项目，这是世界上首个互联网众筹农业项目，也是世界上首个农产品社群分销产品。短短 30 天，群里的聊天记录超过 10 万条，微信红包派发量高达 6 万，群里聚齐了全国各地的成员 100 余人，60 多人因为信任从线上走到了线下，产生了较为紧密的联系。我们甚至在深圳召开了一场大会，在大会现场，我们用 30 分钟的时间众筹到了 20 万元人民币以及 62 位新成员。接下来的四十个日夜里我们团队利用超过千八百个小时的完全碎片化工作时间，共同打造出了独一无二的"瞎芒"，杧果从此插上了"互联网＋"的翅膀！

"瞎芒"的品牌口号是"青春的另一个名字叫'瞎芒'"。"瞎芒"这个名字源于生活中年轻人的口头禅"瞎忙"，来自平时的生活，带有一种自我调侃的意味，意在让人们在枯燥无味之中，找寻那种嬉皮士特有的自嘲精神和快乐。"瞎芒"并不是简单的几个杧果，它代表了一种生活方式的格调、一种情绪的喷发或宣泄，我们通过它倡导一种有爱、干净、简单、纯粹的生活理念。"瞎芒"项目的成功反映了当下年轻人的生活状态：忙点赞、忙工作、忙聚会、忙看球、忙相亲……文艺又骚情的语言给我们的产品聚集了大量人气，于是，"瞎芒"一炮而红，其第一箱的拍卖价格就达到了六千多美元。这个项目的火爆给国宇带来了很高的知名度，也因此让他很难甩掉身上"农产品创业者"的标签——这也是后来我们操盘"樱红天下"这款樱桃的原因，个人 IP 很大程度上影响了品牌和企业的走向。从那时开始我便明白：移动互联网时代，电商企业打造个人品牌的重要性要远远胜过打造公司品牌。极致的个人品牌，带来了越来越多的粉丝和追随者。

事实上，这并不是我参与的第一个创业项目，在那之前，大概是大多数人都还对"社群"的概念充满懵懂和憧憬时，我跟一个名叫少辉的朋友组建了一个社群，我们知道，一个社群想要扩大传播力和影响力必须依靠媒介的力量，而判定媒介是否有效的方式就是社群内的成员是否有充足的互动和交流。微信群是我们能想象到最轻而易举地社群媒介，拉起群以后，被拉进群里的人不明所以，以至于有人问我："这个微信群是干吗用的？"因为当时我们并没有清晰的社群发展方向，我回答不上来他的问题。我记得那人说："不知道干吗的还玩什么，退群、退群。"虽然不是面对面的交谈，我感受不到对方的语气，但是我确确实实感受到了他言语中流露出的不屑，一股无名之火不由得从我心底升起。我脑海中浮现出一句话"燕雀安知鸿鹄之志哉"，意思是燕雀怎么知道鸿鹄的远大志向呢。"鸿鹄"是大雁、是天鹅，我决定将社群取名为"雁南飞"，一方面代表了我的鸿鹄之志，一方面代表大雁南飞寻求温暖，我给雁南飞社群的定位，就是一个温暖有力量的组织。

因为没有明确的社群运作方向，尽管付出了大量的时间、精力和情感，我还是没有把社群的运营渐渐引向正轨，不管我和少辉再怎么在群内活跃气氛、在线下组织社群成员的聚会，总有些人在群里连泡都不曾冒过一个。我不免有些沮丧，我想，怎么做才能让群内的成员像熟悉的朋友一样放开聊天呢？难道他们除了和我这个群主熟悉之外，彼此之间就不能联系吗？我跟少辉拜访了学威网的熊大，他在社群建设工作中也遇到了瓶颈。我突然想到，一直以来我们都在想当然地按照自己的意愿经营社群，我们为什么不能学习一下别人的经验呢？

接下来就是漫长的等待，我等待机遇、等待破局之法醍醐灌顶。群成员的热情团结让我明白，社群是人的集合，人聚合的地方就需要有领袖。一个优秀的组织里每一个个体都应当认同并向往领袖的人格魅力和价值观，因为社群的核心就是个人品牌——个人品牌在付出中建立：价值传递到哪里，个人品牌就在哪里。我举个简单的例子：如果阅读了这本书的你，因为我的故事打开了通往新世界的大门，那么我的个人品牌就在你心里增加了一点儿，至少，你记住了我。雁南飞社群究竟要做些什么还是未知数，但我已经准备好重新起航，在一个月内，我把社群规模扩张了三次，也进行了三次筛选激活社群成员的工作。第一次扩充社群规模以前，我淘汰了37人，群内日活率达到了83%；第二次扩充社群规模以前，我淘汰了19人，群内日活率达到79%；第三次扩充社群规模以前，我淘汰了28人，群内日活率达到77%，日活率指的是每天都在群内互动的人数比例。

在这三次筛选与淘汰以后，社群内剩下的都是认可我们的想法和行为的成员，同时，我建立起了进入社群的审核制度，并通过一些仪式化的活动不断加强社群成员的归属感和认同感。社群的线上活动其实恰恰体现了该社群的凝聚力，我不希望雁南飞社群的每次交流与互动中就只有固定的那么几个人在发声，其他人像墓碑上的牌位一样一言不发，这只会突兀的使得发声的人仿佛守墓人一样既孤独、又无助。

有一次，我恰巧得知雁南飞的一位女性伙伴生日来临，便给她发送了红包祝福，让我没有想到的是她居然感动地为我们写了篇文章。我的第一反应是惊喜，同时又夹杂了几分诧异，通过分析这件事情，我得出一个结论：就是这些看起来不起眼的小细节，最能触动社群成员的内心。为什么我们不能把这样的小细节、小事情做到极致呢？我让我的助理与群里的每一个人私聊，从而获得每一个人的真实姓名、职业、常驻地、生日等信息，再把信息都录入数据库，并尽力提高所有社群成员的标签重合度，这样，我就能够知晓我应该从哪个角度入手提高社群的活力，而不是让微信群变得像拥挤的地铁一样，即使大家处在同一个空间内，却因为没有重合标签而产生不了任何交集。

再后来，我们在群内设置了机器人管家。机器人进群的第一天，我组织了雁南飞的全体成员参加了一场简单的猜歌游戏，每个人都玩得很开心，到游戏结束两个小时以后，我竟然能在群里数出四千多条聊天记录。我突然发现这种互动型的游戏能让群内成员获得参与感和存在感，比起干巴巴的聊天要好更多。朋友圈记录了生活百态，公众号则是深度思想的集合，但是微信群比朋友圈更犀利，比公众号更有穿透性，它是一个只有通过"互动"才能带来价值的生态圈，显得更懂人性。这一发现让我和少辉对社群的未来发展多了些底气，我们不定期地在群里进行好声音大赛、互动积分、猜号码等游戏，一步步提升社群的热度和凝聚力。

"双十一"那天，群里有人抱怨说淘宝没有什么好逛的。那时，"买手"还没有大范围普及，有这样的现象实属正常。我心念一动，想到之前有很多和我因不同原因对接过产品的企业方，脑海中便生出了一个有关团购拍卖的想法。那天下午，我开设了几个分群，分别将其命名为"雁南飞货主群"和"雁南飞买家群"，并安排助理在群里与大家积极互动，群里气氛很快就活跃起来，再之后，群里就源源不断有人下单购买产品了。这次活动在小范围内的热度完全不亚于淘宝"双十一"购物节，在我做出决定启动这个活动后，助理们就开始马不停蹄地引流、统计、控场以及主持，我在几个群之间来回穿梭不停地点击着手机屏幕，哪怕只是负责指挥的工作，消息也根本来不及回，到后来手指头都麻木了。这次活动让我明白了人与人之间不会天然交集，只有通过某种工具，比如金钱、便利，才会产生利益连接，让每个人实现资源互换，供需平衡。那时我有个开放"雁行令"的想法，作为一种支付手段实现社交关系的金融化，可惜，这个复杂的模式以我们当时的条件和能力根本就不能实现，不得已作罢。

但正是因为这一次的尝试，我验证了一个可行的社群运营模式：首先，把微信群这个具体的小场景当作载体，在群里备足活跃分子（KOL关键意见领袖），接着，群发起人在这个微信群里围绕群成员的实际需求，做有频次的价值观输出。最后，就是长时间的积累互动数据，按照"三户模型（即客户、用户和账户）"去试错商业模式。虽然在今天看来，雁南飞社群并不是长治久安的商业，但这对我而言意味着是一次非常宝贵的经历，我在这里收获志同道合的工作伙伴、参悟可行的商业模型、提高了社群的运营管理能力、打造了独特的个人品牌。正是这个社群让初出茅庐的我崭露头角，也因此渐渐有些许人产生了与我合作的意向。

眨眼间，两个月过去了。在这两个月里的每一个早上，我都会在公司大堂与客户喝茶商谈双方需求，下午撰写培训所需要的课件，晚上我会在我们的群里交流当天的心得与新想法。每一天的日程都被我安排得满满的，我甚至忙得没时间回学校上课，也忘记了期末考试的时间，直到学校打电话通知我，我的期末全部缺考需要补考时，我才想起来自己还是个学生，除了创业之外还有学业要忙。考虑到我的时间分配已经渐渐畸形，我产生了休学的想法，说实话下定休学的决心对我来说并不是一件容易的事情，一纸深圳大学这般还算不错的高校学历对于我们这一代人的重要性我是懂得的。

但是，每当一想到身为化学系学生的我每次从工作地点返回学校做化学实验花费的五个小时路程；想起我背着背包挤进人群拥挤的地铁，伴随着车厢的晃动而左右摇摆；想起自己在力嘉创意园半年来没日没夜的加班；想起和几个伙伴白天在 100 平方米的公司里当老板，晚上挤在不到 30 平方米的出租屋里的酸楚，我那颗摇摇欲坠的心又坚定了。既然如此，我只有全力以赴，不，应该全命以赴！

休学，对于一个传统家庭来说都是一件从来不可能发生的事情，更何况，休学的创业者中选择了复学的人属于绝对少数。我仔细咨询了休学的具体要求后，挑了一个父母都比较开心的时间跟他们说明了我的想法，但当这两个字刚从我嘴里蹦出来时，就听到了父亲震怒的声音："不行，绝对不可以！""为什么？我的时间真的分配不过来……"我每一次都会如此辩驳，但谈话的结局一定是以失败告终，无论我怎么百般辩解都是徒劳的，在父母看来，创业和学业可以兼得。可是平时除了个人学习跟创业外，我就不能有玩一两把游戏的时间吗？我就不能有出去散步的时间吗？我就不能有看书的时间吗？我就不能有打球的时间吗？更何况我已经为了创业放弃了打球！更何况，就算我有这些时间，我为什么要让出来给我不喜欢的化学专业？为什么要为了迷茫的学业割舍目标明确的创业？为什么学业有劳逸结合而创业不能有劳逸结合？放弃学业就等于放弃学习吗？我不觉得。至少我每天花在个人学习上的时间超过了清醒时间的三分之一，我在创业这一年当中成长的速度远远超过了过去五年的成长速度。处女座的我，对每件事情要求都非常高，如果不能做到极致，我宁愿选择不做。也许我们的努力不是为了创造历史，而只是为了改变当下的生活，就像有人为了多赚一点钱而努力、有人为了买自己喜欢的东西而努力、有人为了考上一所好大学而努力一样，我们不能因为努力的方向不同，就否定了努力后成为伟大的可能，我觉得，理想和现实从来都不是矛盾的，目标的高低也不能否定我们努力的意义。

休学的事情到最后都没有得到一个定论，我决定剑走偏锋、暗度陈仓。在除了我和国宇其他的伙伴都回家过年的那几天，我为保证社群运营直到除夕深夜都还在会见客户。那一天，我打印好"休学申请书"并把它拍下来发到了我们的工作群里。其他人说了些什么，我已经忘记了，但我却清楚地记得，国宇只是轻描淡写地问我："确定好了？"我回复他："是的，我准备好了。"他说："好，多的不说，一年内，你要回到学校去做创业分享会。"谁也没想到的是，他一语成谶，在接下来的一年中，我真的就在全国各地参加了美索不达米亚社群组织的不同沙龙和论坛——这是后话，先不提。

家里人看到申请书后便知道我心意已决，就不再加以阻拦。我的父亲意味深长地与我促膝长谈了整整一晚，我们聊到我接下来的规划以及一年后的打算，他说："儿子，我们尊重你的选择，但是如果在外面闯不动了，记得回来。我们可以帮你找一份好工作，也可以送你出国深造……"我看到了父母脸上的皱纹，还有他们头上的丝丝银发，我的心里说不出来的沉重。我暗下决心，一年内，我一定要做出个样子来，不辜负曾经善待过我、帮助过我的人们。

接下来的一切就都变得简单了：办完手续后，我大手一挥，在休学一年的申请书上利落地签下了自己的名字，我终于自由，终于可以尽情追求自己想要的生活了。坐在办公室里，我对新一年的工作做出了规划，我的胸中仿佛憋了一口气，现在终于可以大施手脚了！但是事情永远不会像创业者想象的那样简单，可能是由于放假的安逸还未完全消失，大家在工作中并不像创业之初那么有激情了。看起来我们的一切似乎都步入了正轨，每个人分工明确、各司其职，但事实上好像除了我和国宇以外，其他每个人在做完自己的"分内之事"后便开始懈怠，有人吃完午饭后躺在椅子上跷着二郎腿睡大觉，有人对着电脑发一整天的呆……

作为一家创业公司，出现这些症状简直就是要了老命。为了解决这个问题，国宇在某一天的早会上提出在我们中间选出一个 CEO 来负责管理以及监督工作。为什么 CEO 不是他？因为他仍然要负责外部业务的对接与合作。我见没人应话，就自告奋勇地站了出来要求担任这个职位，尽管我的年龄是整个团队中最小的，但我平时所做的一切还算是有目共睹，对于我的毛遂自荐，大家都没有什么意见，整件事情就像本该如此一样。为了让公司里的每一位伙伴放心，我提出了轮任的想法，以投票来决定每次担任 CEO 的人选，不过每一次投票我都会全票留任 CEO。就这样，我们的工作效率渐渐提高起来，工作热情也逐渐恢复。

两个月后，正当我们和一家化妆品公司对接完成，执行的部分即将落地时，该公司竟然反悔了，他们不仅没有把款打过来，还根据我们所提出的方案照葫芦画瓢地制订了一套营销流程！辛辛苦苦筹备了两个多月的心血付之东流，无疑是对团队信心巨大的伤害。那段时间办公室里每天都笼罩着阴云，苦闷的表情出现在每个人的脸上。福无双至，祸不单行，就在同一个月的一天早晨，国宇告诉我们：公司账上的现金已经所剩无几了。我们坐立不安，像热锅上的蚂蚁。有一位伙伴说："我们必须对接到新的业务，否则，就只有散伙了。"

哪怕困难重重，在那一刻我们也还依然保留着创业者的热血和冲动，我们为了让公司得以延续，四处借债，除此之外还要面对家人的不理解和朋友的反面意见。创业不是请客吃饭，不是只靠着那点儿干劲就可以闯出来的。压死骆驼的最后一根稻草总是会到来的：一天晚上，一位伙伴收到来自银行的信用卡催款信息，可是他已经拿不出一分钱来还款了，他向我们讲述了他的困境，可我们也凑不出钱来帮他了，他尝试了多次，最终也没有向亲戚朋友借钱还债。

老实说，连我自己都不知道我们的公司什么时候才能得以起死回生。受到这件事情的影响，当天夜里，群里又陆续传来几个伙伴要退出的消息，负面的情绪像瘟疫一样在名为"六人行、随时约、无节操"的微信群里蔓延，于是，我们又一次聚在了会议室里，心平气和地讨论去留的问题。也许是因为发现相互指责并没有什么用，大家渐渐变得一言不发了，之后还是第一个要退出的伙伴打破了僵局，紧接着，除了愿意和我一起留下来与公司共存亡的国宇以外，其他伙伴全部选择退出。我说："一件事情选择了就一定要做出结果，为了创业我都做出了休学的决定，那么多人等着看我笑话，我不愿意就这样半途而废。"在工作中，我曾经的观点就是给多少钱干多少活，可我们常常忽略了一个重要的问题：这份工作是否能给我们带来成长的空间？我们在赚钱的同时，一定要考虑我们选择的这份工作能不能锻炼到我们的能力，如果你是为自己做事的话，那么就相当于把你的一份时间卖了两遍，一遍卖给了你的老板，一遍卖给了你自己的成长。

在 2017 年美索不达米亚社群与湾西智库一同组织的论坛上，佳耀集团CEO 王巍迦说："在最年轻的时候结婚和创业，都是用最大成本搏最小胜率。"对此我深表认同，但，哪怕或许会失败，我们也绝不能丢掉那种"胜天半子"的勇气。电影《教父》里有一句话：每个人都并非生而伟大，伟大的人只是在其成长的过程中变得伟大的。如果你看过这部电影，你一定会对其中的欺诈、兄弟反目、同僚背叛等场景记忆深刻，正是这些经历让乳臭未干的麦克柯里昂，不断吸取经验、总结教训，最终成长为一代教父。创业者也应当如此，试错之后学会及时复盘，避免下次走同样的弯路。

如果故事到这里就戛然而止，我是否应该继续说下去？

我和国宇坐下来，拿出我们这次创业的一切痕迹，细细品味，静静反思。我们意识到我们犯了错误：做服务，一定要先收到一部分的款，尽量避免坏账；只有公司拥有良好的现金流，我们才有做大做强的可能性；我们应当尽量用最低的成本和最保守的态度创业，试错打样以后再把盘子像雪球一样滚大，小步快跑。在这个手机电量与安全感成正比的时代、在这个无线网络与流量分布在我们所呼吸的每一口空气中的时代，太多的人不知道自己在做什么，要做什么，他们甚至不知道自己是什么！创业者要做自己想做的事情，但不一定是别人想看的事情，别人想看的很有可能不是商业，而是虚假繁荣以及可笑的表演。

不破不立，通过我和国宇的努力，我们先后找到两个项目：操盘时间仅二十余天的"樱红天下"樱桃，以及操盘时间为期三个月的"味斯美"手撕肉条。在寻找中我们惊喜又好笑地发现，"瞎芒"给我们贴上了农产品操盘手或是快消品操盘手的标签，也因此，正愁农产品或是快消品销路的企业对我们有着充分的信任。在"瞎芒"中以"情怀"起家的我们，在"樱红天下"这款樱桃的营销方向选择上，决定回归到产品的本质上来做宣传，摒弃了过去打情怀牌的套路。在为期三天的试运营测试中，我们不依托平台、不依托引流、不依托大 V 背书，仅仅靠社群营销，就预售了 1000 箱。除了营销的话术和宣传的方式以外，更重要的是我们加以利用了产品本身的特质。首先，我们研究了产品的区位优势并加以宣传：山东烟台是樱桃的生长天堂，温带季风气候带来充沛雨水和充分阳光，连绵的丘陵山地庇佑着果实健康成长，每颗樱桃的潜质都得到了充分开发。其次，品牌方做好了品质把控的工作，"樱红天下"的种植环节由专人进行统一管理，从剪枝、施肥、用药、疏花、套袋、杀虫、摘袋到采摘等十几个环节都全程由专人做出技术指导并管理。除此之外，我们抓住了该产品与其他同品类产品的差异，我们主打"清晨四点采摘"这一概念，此时天气清凉，露珠微闪，确保被采摘的每一颗樱桃的水分都保持在最佳状态。为了能够及时把樱桃这种对冷链需求很强的产品可以很新鲜地配送到消费者手中，我和国宇货比三家，最终选择了九曳供应链帮助我们做物流，解决了以往樱桃只能通过普通快递运输，因没有冷链而损耗严重的问题。

我们认为，在社群电商领域，品牌的塑造过程即是与消费者沟通的过程。消费者对于产品和操盘手的认知是一个从初识到深知、从深知到传播，最后再到深度粉丝的过程。"信为上"为"樱红天下"交出了一份满意的答卷：上线二十余天的时间里，"樱红天下"销售量破万箱，销售额远过百万。

在这段过程中，最累的角色其实就是我们了，我们既要在品牌方跟消费者之间做好沟通，又要负责代理商的管理以及消费者的售后服务。有一位购买了几十箱樱桃的客户因为没有和快递员沟通好送货时间，产品全部被堆在了快递公司的自提点，当产品被送到客户手中的时候，樱桃已经全部坏掉了。那两天，我为了这件事情足足接了 122 个电话，最后通过协商让品牌方给客户补发了所有的樱桃，这件事情才算是平息下来。消费者的满意度，某种程度上对我们来说是命根子。借着樱桃的势头，我们顺势把通过社群裂变的方式招募来的这批代理引到了"味斯美"手撕肉条项目中。

当时，那些较知名的电商操盘团队，无一例外都是既有钱又有人的，我们"信为上"除了我和国宇以外一无所有。作为最寒酸的操盘手，我们向品牌方提出：他们先把货借给我们，等我们把他们的产品卖出去以后再打款到品牌方去。万幸，因为我们在移动电商界还算有些好口碑，品牌方同意了我们的要求。有了产品，我们便放心地用最天马行空的计划来操盘这一款产品。就在操盘"味斯美"手撕肉条的过程中，我们发现了快消品电商领域中一个有意思的现象：大部分快消品的主力消费者，集中在18 ~ 30 岁这个年龄段上，这些消费者一般不具备太高的消费能力，但他们却对价格较低、频次较高的产品有着天然的不可抗力。

为了吸引他们的注意力，我们通过"图、文、声、视"四位一体的展示方式，全方位、立体化地在朋友圈中呈现产品，并给每一个购买过"味斯美"手撕肉条的消费者开放建立分群的权限。如果消费者喜欢这一款产品，他可以把自己圈子里的"吃货"统统邀请进自己拉的分群，通过这种方式，我们在开始操盘"味斯美"手撕肉条的第一个晚上陆续建立了一百多个微信群组，直接覆盖人数破万。我们在这一百多个群里面使用群发小助手同步使用"语音条＋图片＋文字说明"的方式直播后，有一百多位意向代理想要加入我们的团队。我和国宇把这种模式命名为"裂变社群模式"，这种模式是全新的尝试——在这一天晚上，我的手机因收到的消息过多而内存不足，整整闪退了二十多次。

我还记得，就在那几天，我发了一条朋友圈：怀念儿时的盛夏，日落时蛙声一片，炊烟袅袅，家家小院九点不到便寂静无声，除了天空，就是母亲手中的蒲扇凉风，那时，没有 Wi-Fi。自从开创了"裂变社群"的玩法过后，我只能用扯淡的态度，来面对精彩的人生。

那几天，我们每天早上都是被钱砸醒的，也因此收获了满满的幸福感。"味斯美"手撕肉条上线不到一周，一群连微信群都不知道怎么拉的"小白"们接连出单，产品供不应求，这让我们真正感受到了"裂变社群模式"的巨大力量以及其背后蕴含的商机。"味斯美"要做的是成为社交电商行业的新物种，开拓出自己的个性化社交电商之路，所以，在我们操盘"味斯美"的过程当中，单纯的招代理已经失去了意义，引导用户如何去分享、如何去零售，达成真正意义上的 B2C2C 才是我的最终目标，久之，进行分享的这些用户出于对产品的喜爱，就会主动要求成为我们的代理，我想，这就是所谓的终端为本。

有很多人问过我为什么放弃操盘利润率可以达到七成甚至八成的彩妆产品，而选择一款小小的零食。在我的概念里，如果一个人连 45.8 元的东西都卖不出去，又怎么能卖得出 458 元的东西呢？就好像卖车、卖房的中介一样，虽然车和房的利润空间非常高，但是一名普通的销售一个月能卖出去几台车、几套房？民以食为天，最普通的食品和快消品有着最广阔的市场，一个人可以没房没车，但他不能不吃东西。所以当整个微商市场都

从 0 到亿

创业从失败开始

∞∞

在做彩妆、酵素、内衣等高利润产品的时候，我选择了一款复购率高、没有竞争力和消费阻碍的产品。手撕肉条上线仅仅一个月的时间，就创造了线下加盟店九百家、线上三百个总代理的成绩，这是"裂变社群"的魅力，也是移动电商的魅力。

我们提出了"信为上"的新微商模式，并把它加以实践，以社群为基础，团结一切可以团结的力量（如朋友圈、公众号等），我们利用它们在信息传播上的天然优势达到团队利益的最大化。休闲食品的出现填补了大部分微商团队最短板的一处，它的单价低、门槛低、需求大，团队可以借此不断地积累人脉，拓展代理基数，用今天的话来说，快消品其实是线上流量的入口。"味斯美"是移动电商新物种打造休闲食品元年的功臣，其第一个月销售量破 8 万箱，销售额破 1000 万，线下入驻 900 多家门店；第二个月销售量破 20 万箱，销售额破 2500 万；第三个月销售量破 50 万箱，销售额破 6250 万，线下入驻 1800 多家门店。"裂变社群模式"和"味斯美"手撕肉条让我和国宇在整个微商界声名鹊起，甚至有不少人误以为手撕肉条这个品牌是属于我和国宇的，对此我们不得不大费口舌反复解释，但也乐在其中。我们还把"裂变社群"培训课从第一期开到了第七期，扶持出一个上百人的优秀代理团队，我和国宇也从最寒酸的操盘手一跃成了微商界最知名、最顶尖的操盘手。

人一旦有了想要的生活，就要拼尽全力去追，最坏的结果也比原地踏步强一点，所以在老去之前，一定要好好地活一把。生活中既无所谓快乐，也无所谓痛苦，只有一种状态与另一种状态的比较，我常听到人说自己很痛苦，又常听说痛苦是财富，我想说的是："扯淡！痛苦就是痛苦，对痛苦的思考才是财富！"我一直谨记，当所有人都拿我当回事的时候，我告诚自己不能太拿自己当回事，当所有人都不拿我当回事的时候，我一定得瞧得上自己，这就是淡定、这才是从容。

再后来，决心沉淀下来的我，并无打算把太多时间浪费在社交跟应酬上，即使出差，也只是去给客户培训罢了。后来，我在微信上有幸结识了美索不达米亚社群创办人高佳奇，他在万里之外的美国给我来电，邀请我去参加美索不达米亚社群联合学习型中国·问道书院发起的90后创业者分享会。于是，我分别在山东威海和湖北武汉做了一次面向传统企业主们的分享。

在武汉，我结识了创业途中的另一个好友——吉冠网络科技董事长李远哲，一个对细节抽丝剥茧然后给你分析得头头是道的家伙。就是这个"唐僧"一般喋喋不休的家伙，说服我把我的故事提供出来，记录在本书中。在威海，我第一次见到了美索不达米亚社群（以下简称美索）CEO小明。美索这个社群实行花名制度，"小明"是他的花名——绝大多数人已经忘记了他的本名"金昊锋"。在威海分享的时候，他受了伤，脚被纱布裹得像大象腿一样粗。

那天的分享会一直开到了深夜两点，坐在台下的所有70后企业经营管理者们全部聚精会神地在精神层面与台上的我们互动着，没有一个人把注意力放到手机上或是其他地方。最后一个上台的就是小明，他拄着拐杖，一步又一步，演讲台的中央仿佛离他有一条公路那么远，但他却坚定不移地撑了上去。他的步伐很慢很蹒跚，我恍然间甚至担心支撑着他身体全部重量的双拐会不会把地板捅穿。他咬着牙的刚毅表情真是为被外界看作是散漫而不坚强的90后一代人重新正名了荣光。在武汉，我对素未谋面的高参留下了深刻印象，旅居美国的他通过视频直播给大家做分享，由于承办

从 0 到亿

方的设备和网络问题，他本该收获掌声连连的演说时断时续，但他仍然坚持做完了分享，我们在群里给他反馈，我看到他正襟危坐、精神亢奋，讲到兴奋处便不由得手舞足蹈起来，那样子像极了每天清晨喔喔打鸣迎接太阳的大公鸡。美索是什么？老实说，一开始我并不知道，甚至我们没有过问过美索背后的文化，但我们却用行动互相感染着每一个人，那是一种坚韧的表情、一种向前的动力，也是一种永不言弃的信念。

2016 年 7 月 11 号，我总算见到了"传说"中的高参。那天，我刚好在搬新公司，股东退出一事，使得我和国宇俩人也用不到那么大的办公室，为了方便做事，我们搬到了商住一体的写字楼。令我惊讶的是，眼前这个看起来长得像篮球教练的大叔竟然是 1996 年出生的。当时，我只知道他是公益项目"诚信供销社"的创始人，美索也还没有如今的骄人成绩和规模。他极力邀请我做他们的伙伴，作为回报，他会帮我找寻"社群 + 直播 + 网红"的脉络，并进行后续的课程打磨。值得一提的是，那天中午我还见识到了高参不同于常人的饭量，我在吃饭吃到一半时，一抬头发现他人不在了，等他回来的时候，他手里拎了两份大份烧鸭饭……

高参和小明是我平生所见最执着的两个人。小明一条路摸到黑，永远不会说放弃，而高参为了任何一个小目标可以每天只睡两三个小时，总是在半夜灵感来临的时候把我们拉在一起谈工作的事情。但在高参想训练我变成跟他一样的铁人的时候，我总是机警地逃之夭夭——虽然我年纪尚轻，但我还算是崇尚养生的。后来，我们又陆续在北京、河北、广东、云南、福建等地分别举行了聚会，我被阿哲拖下水担任了美索的广东副理事长。跟别的组织不同，在这里你需要交付的不是钱财，而是情感和精力。我眼看着越来越多的 90 后创业者加入我们，美索这个社群也逐渐走到了现在的规模，社群内的每一位成员身上，都有着独一无二的个性标签，我们为自己的目标拼搏，充满勇气和动力。

2017 年 6 月，我在和思源、达卓、阿哲等人的一次聚会上说："美索有两个别的圈子没有的东西，一个叫真诚，一个叫初心。我希望十年之后我们再聚在一起喝酒的时候，每个人都没有被现实打败，都没有忘记自己的初心。"他们纷纷举起酒杯回应我："你说的对！让我们为了初心，干杯！"

在这几次创业经历里吃过的亏、上过的当，还有悟出的道理，都逐渐融入了我的骨血里，进化出了一个全新的自我，也为我在双创热潮中争得了一席之地，我做过那么多的选择，创业，是让我永不后悔的决定。

如果此刻有人问："彪少，你还敢创业吗？"

我想我会回答他："当然！"即便我知道所有结果最终可能都会令人失望，但我依然会如飞蛾奔赴火焰、如刺鸟寻找荆棘那般，不死不休。

第二节　社群百像

关于社交电商、移动电商，我想，我多少是有些发言权的。

2014年，我和小明意识到无人货架并非是好的商业——诚信、便利……"诚信供销社"的确拥有很好的社会价值，但其实其推广周期和成本是非常高的，且投放以后的运营成本和可复制性着实不高。在把它变成一场带有浓烈的公益性质的运动前，我们也曾尝试过通过线下引流到线上的"社群电商"。这个项目的名字叫作"易买易卖部落"，回想起来，谁没有年轻过呢？

社群这个概念最早在国内流传起来，要感谢K友汇的创始人管鹏，那时，我和他来往较多，他也给予过我很多的支持和帮助。K友汇是一个地域很广且成员很多的社群，但其起初的变现能力和盈利模式是不合格的，也因此，管鹏渐渐地在他的社群中打造起一些网红和微商的 IP，随之而来的，是我们不自觉地会把社群和电商联想到一起。其实社群的概念无非是有着共同目标的一群人集合在一起而已，如刘东华老师的正和岛、李志磊兄的希鸥网……

但大部分社群一定是移动电商社群，这一点毋庸置疑。在创业路上，我结识了同为作家的微博营销之父杜子建老师、致力于研究执行力的海星会创办人姜汝祥博士、打造了"花满堂"和"良知酒"两个社群电商品牌的陶朱集团董事长常国政先生……我和他们交流过许多有关可以用"微商"两个字笼统之的话题。我们达成了一个共识：这个行业，乱象丛生。

我不止一次从别人口中听到 2016 年全年微商总交易额达到了 10 万亿元，我只有默默回以白眼——2016 年全年的网络零售总额是 51556 亿元，他们口中的夸张数字是从何而来？不仅如此，微商们的口碑已经被口水淹没，他们浮夸而又造作的做事风格，着实一言难尽。我有一个做汽车平行进口的朋友，提供给微商和豪车合影拍照的服务，一次收款 2000 元，来拍照的微商可谓是门庭若市。最多的"新零售"字眼，出现在微商界，但他们甚至分不清"场、货、人"和"人、货、场"的区别……

但是，就在这一摊浑水里，却闪耀着许多光辉，那是务实的光辉，也是求是的光辉。他们所做的一切，并不应该被大环境所淹没。就拿彪少来说，我们可以看到他一步一个脚印地走在创业的康庄大道上，他为创业者应有的忧虑而忧虑，也因创业者应有的喜悦而喜悦。除了彪少，在美索不达米亚社群里，还有几位创业者成绩斐然：德家的张桂铭（花名：龙猫）、Lakey 品牌的谢静（花名：小懒）、大秀中国的丘中青（花名：丘师姐）。他们所做的事情，都和微商二字有着千丝万缕的联系，但我在他们身上，看到的是优秀 90 后创业者的精神和气概。

许彬彪,花名"彪少",信为上 CEO、帅彪萌奇科技有限公司董事长,第八位加入美索不达米亚社群的伙伴。彪少是一名合格的电商人,也是一名优秀的操盘手,但是,他所做过的事情并不具备很强的可复制性,换言之,他的天花板就在那里。为了求变,彪少北上北京,二次创业。截至本书递交出版社时,彪少正在筹备一系列的高校双创大赛,通过为传统的品牌方产品加以社群电商的思维逻辑,帮助大学生进行"半自主创业"。不忘初心、牢记使命,一张蓝图绘到底,撸起袖子加油干!美索在他的这次大力拥抱双创热潮的创业中,一定会给予最大力的支持!

第四章

郭安自述：既是二代，又是草根

第一节　创业是场持久战

　　我叫郭安，在美索不达米亚社群里的花名是"小炮儿"，是一名驻扎北京的 90 后创业者。我从小就不是一个热爱学习的学生，我的成绩在班上虽然不属于吊车尾之辈，但也从来没有名列前茅过。我的整个初中生涯都在游手好闲地混日子状态中度过，到最后勉勉强强考上了一所不好不坏的高中，家里人实在不能接受我浑浑噩噩的样子，便把我送去家里的公司上班，想磨炼一下我的心智。

　　我家里的公司是全国最大的机油代理企业，代理埃克森美孚、嘉实多以及壳牌机油在国内的一些业务。虽说我是在自己家的公司上班，但这并不意味着我就是个大少爷，进了公司以后，我照样循着老一辈要从基层职员开始做起。为了尽快熟悉家族企业的内部业务，我打了五个月的杂工，

从 0 到亿

每日端茶倒水、搬货理货，从办公室到后勤，什么活都要学、都要干。现在回想起来，那五个月的生活简直就如同炼狱一般可怕，没有一个人因为我是老板的儿子就对我特殊照顾，相反，有很多人想看我这个从小就养尊处优的少爷是如何受不了流水线机械工作以及烦琐小事的煎熬而做逃兵的。

虽然我从小就淘气，但我也一直是一个脾气很倔的人，进公司第一天，我就暗自告诉自己"人争一口气"，下定决心绝不让其他人看到我的笑话，我要向我的父辈证明我是一个能挑起大任的人。那五个月，不管我的上头领导给我安排多苦多累的活、不管其他员工怎么刁难我，我都咬牙坚持了下来。每天我最头疼的事情就是算账：公司的高层都是一些上了年纪的叔伯，他们的管理和思维方式都很古板，一组复杂的数据明明可以通过计算机轻松运算，但是他们却要求员工必须对照单子用计算器一点一点统计出来，我每天的大部分精力，都被浪费在了机械的算数工作上。遇到做活动的时候，每天的业务量甚至会有一百多万，我根本数不清有多少账单，一天的账算完，我的眼前和脑海里全是密密麻麻的数字。但是也因此，我浮躁的心逐渐平静了下来，我慢慢融入了公司的大环境里。我兜定，等哪一天我可以成为公司里的管理层，我一定要改变这套落后的运算方式，让公司基层员工的工作效率得到最显著的提升。

在公司内部磨炼了五个月后，我在父辈的允许下开始跑业务。所谓跑业务，其实就是推销产品，现在回想起来，我把这看作我第一次创业尝试的开端。我每天奔波在北京的街头，对可能成为客户的公司挨家挨户地拜访，那时正值雨季，北京遭遇了历史罕见的"7·21"暴雨。由于恶劣的天气，大多数人选择闭门不出，但为了不影响任务进度，我每一天都撑着伞，

郭安自述：既是二代，又是草根

叩开一家又一家公司的门。因地上的水太大，我只能挑选地势较高的街道推销产品，我能时刻感受到狂风裹挟着冰冷的雨滴灌进我的衣领，漫过小腿肚的积水让我几乎寸步难行。实在撑不住了，我就躲进路边的快餐店休息上十来分钟，等到精力恢复了再继续去跑业务。

由于压力太大，再加上淋雨着了凉，我发了高烧。虽然我表面上看上去很闲散，但真要较起真儿来，我的浑身上下充满拼劲。我不但要强，还爱面子，哪怕是生了病，我也还是坚持着工作。高烧再加上我的后脑勺之前受过伤留有后遗症，我的颅内压过高，直接在跑业务的路上昏厥了过去，好在热心的周围群众七手八脚地把我送进了医院，并通知了我的父母。醒过来以后，我对医生说："我还有工作没做完呢，我会注意身体的。您让我出院吧。"医生惊讶于我的决定，但他说什么也没有同意我的诉求。就这样，我才算忙里得闲，被放了接近一个星期的病假。

在上门推销跑业务的过程中，我就和最寻常的"草根"一样，被人拒之于门外，经受着冷嘲热讽。在很多人看来，所谓的"跑业务"，不过是一个毛头小子在做推销而已。虽然我们家与普通家庭比起来相对富裕些，但家里人从我小时候开始在物质方面就从不娇惯着我，那时候的我，是绝对不像现在这样浑身奢侈品且大腹便便的。试想一下，一个穿着一般、年纪不大的小伙子去和客户谈业务，有几个人愿意相信他所说的一切呢？

但，我也被人真诚相待过。刚开始跑业务的时候，家里从来不给我报销车费伙食费，我身上几乎一分钱没有。我接连试着谈了好几个客户，可是他们并没有表现出对我们产品的一丝热情。在我身无分文且没有业绩的时候，我甚至一度怀疑我是否还能够得到企业的认可。好在天无绝人之路，有位好心的大哥不仅和我签了合同，帮我出了货，还请我吃了午饭。临分别的时候，他在我手里塞了两百块钱，对我说："小伙子，好好干，我也是从最基层一步一步走过来的，我看好你！"那天以后，我打起了十二分的精神，仿佛再困难的事情也不能将我击垮。虽然我从来不知道这位大哥姓什么叫什么，也没有和他建立过什么联系，但我一直把他记在心里，不只是因为他在我最落魄的时候帮助了我，他还让我相信，努力过后终会收获回报。

再后面的事情就顺其自然了，我在街上发过小广告，在天猫上做过运营，亲自飞去宁波面谈业务，在某地建立起属于公司的保税仓……在我的带领下公司的业务得到加速扩展，我的职位随着我能力被认可的程度节节高升，成了公司的总经理兼销售总监。我铆足了劲儿，把我所执掌的这家公司带领为机油跨境购的行业领头羊。

如果故事到这里就戛然而止，我是否应该继续说下去？

我的第一次家族企业内部创业故事，听上去就好像是一个创二代成长所需的必经之路，动人却又合情合理。但是，变数对于创业者来说永远都是家常便饭。随着我的职务变动，我也逐渐了解到更多的企业内部情况，企业内的另一家分公司销售一些母婴类的产品，为了提高进口奶粉的销量，他们请了大量的 KOL（关键意见领袖）做枪手，在网络上发公关文抹黑国产奶粉。我是一个典型的"愤青"，对这一行为很是反感，但考虑到家族企业的利益，便从未过多阻拦。有一阵子，我发现一位穿着朴素的老奶奶每隔一段时间都会到企业的门店里购买进口奶粉，她随身背着一个老旧的布包，每一次付款时，她都从里面掏出大把皱皱巴巴的零钱——那一把把零钱里，甚至没有一张五十元或是一百元的整钞！我猜测她过得一定十分拮据，于心不忍，就拦住她问："老奶奶，您为什么一定要买我们的奶粉呢？

郭安自述：既是二代，又是草根

国产奶粉的价格明明比我们产品的价格要便宜得多啊！"她听到我的问题后笑了笑，笑的时候我看到她枯黄的脸上皱纹拧在了一起，她对我说："小伙子，国产奶粉可不能喝哟，我得让我孙子长得更壮实，以后他上了学，我也放心啊！"

我愣住了，我从未想象过世界上居然还有像这位老奶奶这样的人。我向门店的销售员询问这位老奶奶的情况，才得知这位老奶奶早些时候因车祸失去了儿子，独自一人带着年幼的孙儿一起生活，她看到了我们投放在居民楼电梯里的广告，错误地认为国产奶粉对小朋友的身体有一些危害，于是省吃俭用，六十多岁的年纪还在做着繁重的保洁工作，就是想要给她的孙子最好的营养。

我震惊了，居然有人会花掉大半个月的收入和养老金，只为买一罐小小的奶粉！我自掏腰包，为她买了两整箱奶粉，为了不被老人家拒绝我的好意，我还告诉她这些奶粉是企业对老客户后台抽奖赠送的。我以为这样就可以让她过上稍微舒适些的生活，没想到她居然对我的借口深信不疑，还说像我们这样有良心的公司着实不多了，她以后一定会一直给她的孙子购买我们公司的产品，直到他不再需要喝奶粉为止！我的心里充满了羞愤、愧疚与懊悔，回去就为此和企业的其他高管们大吵了一架。从那以后，我和企业里的其他高管就同床异梦了，我不满于他们为获得利益不择手段地营销和公关，他们反感我的年少气盛，甚至，董事会的一些成员试图找人取代我的位置，且处处打压着我，让我不能施展拳脚做那些哪怕对企业发展有利的事。血气方刚的我怎么可能受得了这等欺辱，我一怒之下辞职离去，决定自立门户，做自己想要做的事情。回想起来，这对于当时年仅十六七岁的我真是一种勇气和魄力：放弃亲自一手带领起来的公司、放弃

从0到亿

创业从失败开始

接近六位数的月收入、放弃同龄人没有的荣誉与机会，我毅然决然、毫不留恋。

对我做出的这个决定，与我亲近的几个父辈都只是叹了叹气，他们无一例外地都劝我趁着还年轻好好回去念书。在很多人眼里，我把学习的时间拿来谋划再创业简直就是胡闹，班主任不止一次找我谈话，我还记得她最常说的一句话就是"学生的唯一任务就是好好学习，不管现阶段有多好的商业天赋，你都应该以学业为重"。我当时正赶在创业的兴头上，对于旁人的话根本听不进去，班主任絮絮叨叨的苦口婆心更是被我当成了耳旁风，我想用行动告诉所有人我可以兼顾好学习和事业。

其实，"学业和事业可以兼顾"这句话是骗人的，至少对我来说这并不现实。我从小就不是学习成绩出类拔萃的尖子生，更何况，我还几乎把所有的精力都投入了对下一次创业的准备之中，哪里还有多余的时间去学习？课堂里，塞在我课桌下面的，永远都是打开着的经营管理类书籍。可以预想到的是，我的学习成绩一落千丈。幸运的是，我在高考时超常发挥，考上了北京联合大学。联大或许只是一个最普通的本科学校，但却是一个改变了我的人生轨迹的创业平台。这里拥有令年轻人热血澎湃的创业机会，也具备创业者成长的良好氛围，趁着手头还有些余钱，我四处寻找着值得我为之奋斗的创业项目。

一次偶然的机会，我的校友张卓宇（美索不达米亚社群成员，花名"老卓"，欧椰创始人）向我推荐了一个可以让我大施拳脚的橄榄项目。我信心满满，认为自己在这个全新的项目中将会拥有一片广阔的天空。怎奈农业对我来说是全新的领域，再加上传统企业对我的束缚有些根深蒂固，我始终在自己的世界里琢磨这个橄榄项目的可能性，闭门造车的做法没有很

第四章

郭安自述：既是二代，又是草根

快地带它步入正轨。在我冥思苦想了整整两个月的时间后，机缘拥抱了我，那是学校举办的一次论坛活动，在现场我第一次见到了美索不达米亚社群 CEO 金昊锋（花名：小明）。

那本是一个使人感到昏昏沉沉的下午，可在台上演讲的小明慷慨激昂、口若悬河，我毫不怀疑每个人听到他的演讲以后都会对创业心之所向。我仰头看着台上的他，心里想：他脑海里怎么会这么宏伟？我是不是应该找机会结识一下他？最终，渴求战胜了胆怯，我在他走下演讲台以后拦住他，加上了他的微信。我告诉了他我创业的一些境遇，并在微信上多次约他见面，可惜的是，他每一次都以各种理由拒绝了我。后来，在一次公开课上，我又见到了小明，于是，我就在第一时间跑到他后面的位置坐下。我向他打招呼，可他也只是礼貌性地点头致意以后就不再理会我，还好我是一个锲而不舍的人，那一天，我一而再再而三地"骚扰"他，不管他走去哪儿，我都紧跟在他的后面。也许是被我打扰得实在不耐烦了，他终于答应跟我好好谈一谈。

我坐在小明的对面，滔滔不绝地向他介绍我的创业项目，他却始终只是眯着双眼，支着头听我讲话。当我讲到我可能会拿这些橄榄做成市面上罕见的鲜榨果汁，开拓全新市场时，他睁开眼睛，直直地盯着我。他的眼神很复杂，我能从他的眼睛里看到对后生的否定，以及不可言说的威严，在他的气场的压迫下，我竟说不出一句话来。他缓慢地开口，用一种极其不认同的语气说："商业其实是有其必然性的。现在，市面上几乎没有买橄榄汁的企业，这是因为什么原因呢？可能是因为消费者并不能够接受这种全新的饮品；也可能是因为橄榄鲜榨的供应链成本太高，只能在特定的场景下售卖；还有可能是因为同类型的鲜榨石榴汁或是鲜榨椰子汁，在营养价值和口感上要远胜于它。教育用户和市场的成本其实是很高的，虽说你手里捏着这么一大片橄榄地，但我并不建议你拿它来做鲜榨果汁。"

我没往深处想，但已觉得小明说得有道理，于是我虚心向他请教，他也终于肯对我的项目略做指点。谈话持续了很久，我们从家庭和创业经历一直讲到关于未来的宏图愿景，小明多少有些被我打动，并和我一同把这个项目命名为"耳榄"，意为在海南听着海长大的橄榄。他还邀请我去诚供实创（由美索不达米亚社群联合几家机构一同创办的培训公司）参观，并向我介绍了他的两位合伙人美索不达米亚社群创办人高佳奇（花名：文匪）和美索不达米亚社群当时的 COO 陈朦珊（花名：珊姐）。珊姐曾是大商远征的 CEO，习惯于和大中型民营企业主沟通的她并不对我这位大学生创业者感冒，反而是远在美国的高参在小明的强烈要求下与我通了视频电话。

在屏幕里第一次见到高参，我被吓了一跳，他留着一头蓬松的金发，又长着显眼的八字胡，他的脸上透露出不属于同龄人的见识，我只能凭他的锐利和他跳跃的思维认定他一定也和我一样是一名 90 后。在电话里，我告诉高参我想要把所有的时间和精力都投入到"耳榄"里去，高参语气中略带玩味地说："很好啊，那你打算怎么玩儿？"我那时不太理解为什么高参要用"玩"这个字眼，现在回想起来，他大概把我当时所谈到的种种不切实际的规划看作小孩子玩过家家一般。我豪情万丈，就差举着拳头摇旗呐喊了："我要在海南建个加工厂，雇佣一批工人，用流水线扩大产业！"

电话那头的高参和电话这头的小明就像看傻子一样看着我。高参说：

第四章

郭安自述：既是二代，又是草根

"说实话，你的想法挺傻的。"好吧，感谢高参看在小明的面子上没有直接说我是个傻子。当时的我对商业的认知仅停留于书本和过去的经验，老实说，我把自己禁锢在传统的思维里太久了，在当时的我看来，只有将整个闭环都把握在自己的手里才是最好的选择，钱不够就往里砸，再不够就去融资，如果融不到钱就去贷款……在高参和小明的疏导下，我明白是我把商业模式想象得太过于繁重了：产品的生产和加工可以找代工厂来做，完全不需要拿地建厂；对于没有大资本加持的初创企业来说，教育市场不如培养第一批粉丝来得划算；对于橄榄加工饮品来说，地推与投放的重点完全可以转变为全新的消费场景。通过他们的引导，我渐渐对"新零售"产生了一些模糊的了解，也明白了创业从 0 到 1 的过程有多么复杂。

我是美索不达米亚社群里第一个大学生创业者，也是这个一百多位成员的大社群里寥寥三名大学生创业者中的一个。后来我才知道，小明其实早就有了把我拉进美索这个商会的想法，只是他一直在观察我而已。最后，他问我："你还只是一个学生，要记住，什么时候开始创业都不算晚。哪怕只是对于创业的尝试，你也完全可以选择做一家校企，享受象牙塔的保护以及同龄人的尊敬。如果你还是执着就此开始踏入这条不归路，你的时间、情绪以及身上的担子都将不再属于你自己。"说来也怪，我不是没有经历过创业的折磨，可在小明说出这一番话的时候，我竟感觉有一股热血憋在胸口：我要创业！只有创业才能让我感到舒畅、只有创业才能让我感到心安。2017 年 1 月，从硅谷来的三位美索伙伴梁博明（花名：Mr.Bee）、李又平（花名：小王子）、孟楚杰（花名：窝粥）与美索一起举办了一场论坛，那一次我讲得很不好，上台前备好的讲稿在台上被我忘得一干二净，让台下的 200 多位创业者看了笑话。从那以后，我受足了教训，在做任何事情时都做好充分的准备。

有一次，在互联网巨头和社会名流们常聚的私聊茶馆里，我结识了美索不达米亚社群成员、吉成集团董事陈思源（他是整个美索里唯一一个暂时还没有花名的成员）。在交流中，我对他说我会用一年的时间把"耳榄"做出名堂。事实上，在我把话说出口时，我内心里充满了忐忑。我在海南搞来三百多亩地种植橄榄，并把产品研磨成粉运送到武汉去加工，可是冻干粉还原不出真正的鲜榨味道，就在改良冻干技术的过程中机器因超负荷运转停止了工作，前期的投入转眼化作了泡影。我每天都在想如何解决这些问题，连做梦的时候脑子里都全是橄榄，终于我坐不住了，和小明、老卓等几位伙伴一起前往海南，再做一次考察！

在这次考察中，我们发现了橄榄的另一种销售方法，就是我最开始提出的鲜榨，鲜榨橄榄的成本很低。因近几年海南省大力发展椰子产业，所以最近两到三年全国只有我们一家成规模的公司还在坚持做橄榄汁，这给我们提供了极大的发展空间，这个发现让我欣喜不已。我还发现，新的橄榄鲜榨技术使得我们在定价的时候有足够操作的利润空间，价格的百分之五十取决于上下游，百分之五十取决于消费者——这和机油如出一辙！我也回归到了最初在家族企业内部创业时的状态，不同的是我们在大规模地推为线下商家做 2B 的同时，把目光聚焦在做线上众筹与在全新的零售场景中兜售橄榄汁上。眼看着公司一步步有了起色，我知道，这一步棋，我赌对了！

美索给了我很多学习的机会，这其中有两次使我印象很深刻：第一次是高参带我去听吴声老师在场景实验室邀请毛大庆分享的私训课，那场私训课的学员只有 14 位，都是来自已经走过 A 轮、融资规模超过两千万的创业公司创始人或是合伙人；第二次是去见了阿里经济研究中心的秘书长潘永花老师。直到现在，我也偶尔会向潘老师学习一点儿有关大数据、新零售方面的知识。

创业是场持久战，我想，我已经准备好了。

第二节　社群百像

老北京上了年纪而又无所事事的人被称为"老炮儿"，而郭安的花名正来源于此：第一次见到小炮儿的时候，他操着一口纯正的北京腔，全身上下的穿着打扮透露着一股浓浓的"土豪"气息，于是，我们半调侃地让他把自己的社群内花名定为"老炮儿"。他说："老炮儿太老了，我这么年轻，还是叫'小炮儿'吧。"渐渐地，大家习惯了这个充满特色的花名，我们也都和小炮儿打成了一片。

小炮儿身上具有很多特点，这些特点甚至本不应该在同一个人身上出现。他的豪放来自他的眼界，可他却又时而带有与生俱来的腼腆；他浑身上下没有一件衣服不是昂贵的名牌，可他却又可以在最艰苦的条件下进行工作……

第四章

郭安自述：既是二代，又是草根

与其他创业者比起来，小炮儿一定不是较聪明的那一个，甚至于他还始终总是差了那么些运气。在他的创业路上，总有着各式各样的突发情况，这里面甚至包括身体健康问题对他创业带来的困扰。但他也和其他家庭条件不错的同龄人一样，喜欢消费、喜欢娱乐。用一个老北京常说的词汇来形容他，就是"局气"。

二代的眼界是别人羡慕不来的，但倘使他们承担着难以言说的压力，不依靠家庭的力量，在创业路上孤独行走，那么他们所面临的挑战将是我们很难体会的。

其实创业的动机无非三种：对某项事物的热爱、为自我的证明或是实现财富自由之路。顺带一提，如果创业的动机只是出于热爱或情怀，那么其最终的创业成果无非是"小而美"或是夭折。小炮儿面对满世界的质疑眼光毅然选择了创业，我们应给予他钦佩的目光以及最真挚的欣赏。

提笔，整理小炮儿的故事，我的眼泪早已是抑制不住。我的眼里仿佛看见一幅幅画面，那是一个大腹便便、在美索充当着"娱乐担当"的谐星少年，他脚步蹒跚的背影里充满着无比的坚定，他坚持着他的正义，闯荡着属于他的江湖：他莽莽撞撞，却在加工厂机器停止运转以后咬着牙带几位伙伴一同杀到海南，向死而生；他好财图名，却为一位素昧平生的老人握紧拳头和家族企业里的前辈争得面红耳赤，最后毅然决然，离开那一片温床；他出身富贵，但我甚至能想象到大雨滂沱中孤单的他有多么倔强……

和小炮儿熟络以后，我总是会用非常严厉、尖锐的语言向他表达我的观点，虽然他总能虚心接受，但我还是要在他的故事里告诉他：郭安，你是一位合格的创业者，你，终会因你身体流淌的沸腾蓝血而伟大！

第五章

张定员自述：起源西南边境的创业故事

第一节　不认输，你就赢了

　　我出生在云南省腾冲的一个小村子里，在我的记忆中，村子里只有一条路和外界畅通。当下，我们把都市里的柏油大道叫作"马路"，想来其实我们村子里那一条只有健马才能通过的山路与之相比似乎更适合被称为"马路"。我的父亲和哥哥一直在做腾冲最发达的木材生意，所以我家的经济条件与村子里其他人家相比称得上是中上水平，父母对我们四个儿女从来都是有求必应，而我年龄最小，所以也最受宠，父母从来没有在物质方面亏待过我，也正因如此，我小时候从未想过自己将来会成为一个什么样的人、会从事什么行业，每天就只是幸福度日。

　　1996年，父亲和村里的几个朋友一起在文山承包了一个矿场，那时大家手里都没有什么钱，所以由父亲牵头，带着大家去农村信用社贷款。

从 0 到亿

创业从失败开始

但是矿产开发总是有风险的，开采了一年之后，大家沮丧地发现他们根本采不出什么矿产。没有矿产，大家就挣不到钱，贷款也就还不上了。在利益和虚荣面前，那点同村人微末的交情显得十分微不足道：其他人找了个借口，说其实矿场挖出了矿，但是被我父亲偷偷卖掉了，他们以此为由把我父亲送上了法庭，我们家败诉了。那时，我最大的一个哥哥才十七岁，还没有成人，我父亲毫无疑问是家里的顶梁柱，他要肩负的压力实在是太多，他甚至不敢回家。母亲看到其他人陆陆续续回了家，却唯独不见我父亲，便找来一个与我父亲一同去文山挖矿的人，向他询问父亲的情况。那个以前对母亲说话一向客客气气的人用非常蔑视的眼神看着我们说："你家官司打输了，他怎么敢回来？"母亲一下子就慌了神，哭瘫在地上，家里也直接乱成了一锅粥。只有六岁的我既没有哭也没有闹，只是对母亲说了一句话："妈，没事儿的。以后我要挣很多很多很多的钱，我要把这些讲我爸爸坏话的人抓来跪着给你们道歉。"到如今，我已经早就没有这种幼稚的想法了，可当时发生的一切在我的心里种下了一颗种子。我渴望财富、渴望影响力、渴望出人头地，我告诉自己我要活得和村里人不一样。

初中还没毕业的时候，我产生了去做木材生意的想法。那时候，我们那边第一批富起来的人就是如此这般发家的：他们从缅甸森林里开采出来珍稀木材，然后倒卖给中国的有钱人。仿佛搞一辆车，砍几根木材，随随便便就能成为百万富翁。年少的我对财富十分眼红，抓破了脑袋想象自己以后要如何发家致富。我记得有一个与我年龄相仿的亲戚跟我说过："老弟，初中毕业以后我要去深圳打工，要不要一起？"

我说："好啊，但是深圳在哪儿？"

第五章

张定员自述：起源西南边境的创业故事

"鬼知道。深圳就是一个打工的地方。"他说完，还与我击了拳，我们就像完成了某种仪式似的，仿佛说好了的事情就不会改变那样。但是命运似乎并不甘心就让我这样庸碌一生，我考上了腾冲一所很不错的高中。虽然我一门心思想要出去闯荡，但我的家人绝不允许我放弃学业——看着父母渐渐老去的面庞，我妥协了，只是心却再也收不回来，每天都和社会上的无业青年混成一片。

我们一行人没有想象过自己的未来，只是浑浑噩噩地度日。高三的一天，我们中的老五请我们其他几个人喝了一台酒，在大家都醉醺醺快要不省人事的时候，他说他希望我们可以考上大学，出人头地，而外面那些惹是生非的事情由他一个人担下来。我们都笑着骂他，对他说的话完全不放在心上，可是第二天一早醒来的时候，我们却找不到他的人影了，只有桌子上留下了一张字条，上面歪歪扭扭地写着六个字："给我考上大学。"在那一瞬间，我感觉自己错了，我不应该再如此浑噩度日下去。我的眼睛早就快要收不住泪水了，可死要面子的我嘴上却说："不就是考个大学的事情，你们都哭什么。"

从那天开始，我每一刻几乎都在拼了命的学习，我用了三个多月的有效学习时间，考上了云南省内的一所一本。唯一让我感到遗憾的，是从那天以后，我们再也没有见过老五。

在假期结束的那一天，我从小山沟里坐车一路晃晃悠悠到了昆明。我一年的学费是四千多块钱，这当时对于还在还着因官司欠下的债务的我家来说是一笔天文数字，我只能靠助学贷款交学费。除去吃饭、交话费等固定的开销，我还要应付各种饭局、聚会，每个月600元的生活费对我来说远远不够，于是我萌生了去兼职的想法。我顺着学校板报里张贴着的兼职信息找到中介，"认领"了一份每天 40 元钱的发传单工作。第一天工作结束的时候，主管把我叫了过去，他说："小伙子，你干得很不错，如果你有找兼职的朋友，可以一起叫过来。"我点了点头，第二天带了一个舍友和我一起发传单，我们在工作的间隙聊聊天、说说笑话，我甚至觉得这就是我整个大学四年真正想要的生活。

发传单的工作并不体面，我们遭受白眼和嘲笑，但我还是告诉自己，无所谓别人怎么说，只要自己能挣到钱就行了。过了几天，昆明下起了大雨，我和我的那位舍友不得不抱着传单冲回店里避雨，我们刚刚走到门口，就听到我们的主管对另一个主管说："我这边这个 80 块钱一天的传单工作，包早餐、晚餐，我觉得用不到这么多。刘总让我给带人进来的学生提成，我都……"

那一时刻的我就像是脚底灌了铅一样走不动路了，愣愣地站在原地：本应属于我的那份儿钱被这个可恶的主管榨取了一半还多！大脑短路了半分钟后，我带着舍友冲进店里，把传单摔到地上辞了这份工作。我们拿着当天结算的 40 元钱在店面的附近找了一家苍蝇小馆，一人要了一份儿盖饭加啤酒。我和他感慨找工作不易，到亢奋时，我对他说："我以后再也不要给别人打工了！我要让别人给我打工，我要创业！"他却只是摇头，这一切对我们这些草根实在是太过于遥远了。

回学校之后，我开始尝试着各种各样的倒腾。我卖过台灯，也卖过报纸，卖台灯的时候，我大学期间的第一个合伙人出现了：他是大三的一位学长，当时也想做点事情，看到我在路边卖力地叫卖，就过来找我聊天，我们两个一拍即合，决定在宿舍里开个小卖店。我和同宿舍的另外五个舍友一起把小卖店开了起来，学长负责供货，我们负责卖，我们的服务态度和服务意识都特别好，成了整个呈贡大学城所有的小卖店里流水额最高的一家，我们不仅把业务范围扩大到了整个男生宿舍楼，还印发了传单，提供上门服务。

一个月之后，我惊喜地发现我们宿舍里的每一个人至少能分到六七百块钱的利润，我去找那个学长，说："我不想再做你的下线了，不如我们两个合伙吧。"

于是我们凑了两万块钱，在昆明的市场以每辆1500元的价格淘回了一批电动车，按八块钱一小时的价格租给同学，这样算下来，每辆电动车只需要租出去200个小时就可以回本。我也想过最坏的结果，无非就是生意做不下去，把车通过正常渠道转手卖掉，也不会赔本，这么想来，我们做的基本就是"没本钱的买卖"。

没想到，当生意好不容易有点起色的时候，除了我和我的学长，另外两个合伙人竟突然决定离开——他们两个或许是因为家庭条件还算不错，觉得做单车租赁这件事儿太辛苦了，我和学长说不动他们，就只好给他们两个退股。但是，做车行是需要投入的，我已经把所有的积蓄都投进去了，根本拿不出现金来给他们退股。走投无路的时候，我拨通了念中学时朋友们的电话，大家一起给我凑了万把块钱，才让我把这一关给熬了过去。剩下我们两个人每天就着咸菜啃馒头、抽着三块钱一包的破烟、守着我们的二手车等生意。就在日子越熬越好，我们能渐渐过上温饱日子的时候，问题又来了：我们当时一共有四辆电动车，一天夜里不知道被谁偷走了两辆。我们两个骑着另外两辆车在大学城里疯狂寻找丢失的那一半"家产"。可即便这样，最后我们也没有找到那两辆电动车。

生活原本就是一场讽刺喜剧，给了你希望，又让你陷入更大的失望。

从 0 到亿

心灰意冷的我们俩买了几瓶啤酒，坐在马路旁边喝酒边相互打气，我和学长两个人又哭又笑，我们对未来充满希望，可我们也失落于命运的不仁慈。我们足够有理由相信，车行在学校里是能够做下去的，我们只需要解决将车的数量提升上去的问题。于是我们到处去借钱，与各路朋友好言相向，我压力很大，心里总是想着自己上大学才几天，就把自己搞得负债累累了，而这一切只是为了做一件让自己身心俱疲的事情。可即使是这样，我和学长也还是咬着牙坚持着，终于我们的车行拥有了第五辆电动车、第十辆电动车……

大学城里的其他人看到了这件事情的商机，纷纷做起和我们逻辑完全相同的自行车租赁车行。学长和我说，遇到这种情况不要害怕，自己害怕就是给对手打气。于是我们两个人每天都刻意表现的很淡定，就算生意被别人抢了，也还是对着竞争者们嘻嘻哈哈的，心里却憋了一口气。后来学长找来了一个投资人，拉了 50 万元的天使投资，其他车行的人见状，自知斗不过我们，便主动把单车和电动车全都卖给了我们，我们的车行空前壮大，一夕之间拥有了三十余辆电动车，三百多辆自行车。

其实，在最初拉投资的时候我们并没有思考太多，租车模式也与摩拜或是小黄车有所不同，这并非是共享经济，但比起旧的单车租赁行业来说却先进了不少：用户租车使用后不需要还回原处，只需要把车放在我们的就近租车点就可以了。一时，我们的小场地门庭若市，生意兴隆……

然好景不长，或许是因为创业太过于一帆风顺，我和那位学长的矛盾也逐渐暴露出来。他向我提出收购我手里的股份。他的估价比市场上高很多，我同意了他的提议。

这时候的我，靠着被学长收购的股份，已经拿到了在大学里的第一桶金，这一笔钱大约有几十万，我拿它做本钱，又重新组建了一个团队，这个团队所做的依然是大学城的车行租赁市场。我最大的竞争对手就是往日的合伙人——我的学长。为了抢占市场，他又拉了几位做金融的大哥入股，我一度被他挤压得喘不过气。还好天无绝人之路，为了破局，我找来了一位专门卖电动车、自行车的合伙人。在我看来，他的电动车和单车堆积成库存，对他的资金流造成巨大的压力，如果他拿车来入股，我们就可以用车开拓市场，我们的车资源明显多于我的学长，且我的这位合伙人的现金流问题可以得到有效解决。

而我的那位学长把车行的规模多次扩大以后，地上车棚的面积就完全不足以给他摆放车辆了，为了节约成本，他把大部分单车和电动车转移到了地下室。但是我依然把车摆在车棚里，车棚离学生宿舍比较近，对于学生来说，能少走两步就少走两步是一种"懒"原则。我猜对了，哪怕那位学长以及他带领的、昔日由我们共同打造的租车行知名度和资金状况要远远优于我们，学生也都倾向于来我这里租车。我和学长一样付不起那么多地上车棚的租金，但我懂得灵活变通：我找到每一家学校的学生会组织，让他们帮我解决场地问题，我们与他们分利。有很多熟客跟我关系非常好，后来即便我不再做车行了，每到周六早晨还是会有许多人打电话来问："张老板，还有车吗？"我一般都笑着回答："没啦，我已经不做车行了。"说实话，做车行的风险性还是很大的，学校一禁止就做不下去了。幸运的是，在学校大面积封杀车行之前，我就抛售了股份，全身而退。

2010年的时候除了做车行，我也没有放弃开宿舍小卖店，这个时候我已经转换了身份，成了一个小老板，每天负责进一下货，督促一下下

从0到亿

面的人，光是小卖店这个事情，就可以让二十岁不到的我每个月收入几万块钱。这个时候我的心态已经发生变化了，已经不再是那个从小山村里走出来的畏畏缩缩的少年了，我的人生前十八年从来没有见过一万块钱放在我的面前，我觉得自己好厉害，一个月能挣三四万块钱，我愈发膨胀。

2011年的春节，我的初中同学小强来我家吃饭，我向他提起了我的创业计划，回家后他就萌生了要和我一起创业的想法，但是小强的家人极力反对，他们更希望儿子大学毕业之后考公务员或者当老师，在他们看来，创业是一件虚无缥缈而且极其没有前途与希望的事情。纠结了半个学期以后，小强瞒着家里人，借了两百块钱车费，来到昆明找我一起创业。他来找我的时候，正是我比较倒霉的时期，团队崩盘，项目没落，那个时候美团还没有兴起，我们想到了送外卖。我们又找了两个合伙人，在他们住的小区里开始了我们的外卖生涯，等到我们生意好转，可以分红的时候，这个团队又一次崩盘了。我和小强重新找了一间房子，找了合伙人，继续做外卖生意，不幸的是，在生意有了起色的时候，该合伙人觉得做饭太辛苦，甩手不干了，我们的外卖小作坊项目彻底失败。

当时全国电商行业正搞得如火如荼，我去北京，请来了关工委（中国关心下一代工作委员会）的人，他们派了一个80后的创业者来协助我们，我们主要售卖烟酒、小零食以及送外卖。为了更快更精准地送外卖，我们投入大量的精力做了测试，我背着十多块砖在宿舍楼梯间奔跑，就是想得到一个精准的数字来使送外卖这件事做到好又快。我的目标是把民族大学作为一个试点，继而在整个大学城推广，最后引入融资，虽然在云南谈融资无异于天方夜谭，但当时我就是这么想的，跟饿了么、美团相比，我们的小项目根本不值一提，可我是把他们当作假想敌来看的。

后来我们跟投资人已经把所有的条件都谈妥了，就差签协议。为了每个月五百块钱的工资，我们像疯了一样拼命工作，去宿舍宣传做地推，能做的都做了，后加入的几个人甚至只有两三百块钱的月薪，那时候我们见面打招呼的方式是这样的："你今天吃了什么牛肉？"而对方一般会回答泡椒或者是红烧，其实我们所说的都是方便面的口味，我们就靠着这种方式自娱自乐。

虽然生活得很苦，但那时大家的积极性都是很高的，都认为这件事情是可以做成的。那时我不幸出了一场车祸，住院的时候，还在关心着我的项目，伤还没有完全养好的时候，我就急匆匆办理了出院。回到公司后，我就傻了眼，从我住院到出院，不过短短三天的时间，那些跟我一起创业的兄弟，包括我在内，通通由部长、组长贬为了"送货的"。来自北京的那位创业者打的算盘是，我们为他培养了一批由在校大学生组成的尖子团队，这些大学生完全可以独自胜任这个项目，他不再需要我们，要把我们变相赶走。从5月到6月，每天晚上我们都在烧烤摊进行谈判，但每一次都会谈崩，愤怒之下，我们集体辞职走人。

如果故事到这里就戛然而止，我是否应该继续说下去？

一连串的尝试，几度沉浮后的我做了一个对自己来说意义重大的决定，我要去昆明市区，我要做广告！呈贡是我梦开始的地方，是我寄予厚望的地方，但，这里并不是适合我长远发展的地方，更何况当时的呈贡跟昆明比起来，简直就是一个小小的"山沟沟"，那里没有政府大楼，没有斗南花卉市场，更没有比较大的商业地产，完全就称不上是"城市"。

做了决定后的第二天，我就背上行李，去了昆明。投资商从北京回来

从 0 到亿

创业从失败开始

之后发现项目出了问题，他找过我三次，请我和团队回去，我每次都果断地拒绝他，虽然我当时做广告做的几乎连饭都吃不上，但我觉得还是很有发展前景的，更重要的是，我立志一定要做出个样子来，不再被别人牵着鼻子走。我给公司取名叫作"纳百川"，这个名字承载了我的远大志向：以海纳百川的态度，成壁立千仞的服务。

八个人的团队，启动资金只有 12800 元，我们要解决办公场地、吃饭、住宿等等问题，最重要的是，广告，是一个我们谁都不曾涉足的新领域。但这些东西显然是难不住我的，我那"心机婊"式的活泛小心思开始跳跃了。我有一个不知是好是坏的习惯，跟别人聊天的时候，我会很直白地告诉他，我有什么，我能给你什么，我需要什么。我告诉一个只见过两面的老乡："我现在正在创业，有一个很优秀的团队，但是我们没有钱租办办公室。"我的老乡很爽快地说："他们公司楼上有个房间，可以给我们用。"

年末的时候，大家一核算，发现所有的收入刚刚够八个人糊口，年底的最后一次会议上，我说："做人还是要有一点目标的，2014 年大家有没有什么必须要做的事情？"因为我们八个人全部都是山坳坳走出来的，没什么太大的见识，思维上相对简单，所以当时的想法现在听来未免会有些好笑。他们说："我们能不能花一两万块钱，买一辆属于自己的面包车，二手的也行，起码做活动的时候可以拉拉物料，出去玩的时候大家也都能坐下。"我说："好，没问题。"然后沉思了一下又说："再具体一些，咱们几月份买这辆？"大家商量后说："八月份。"到了七月份的时候，我们全款提了一辆七万多块钱的面包车，那是纳百川文化传播有限公司的第一辆车，创业不易，都是回忆。

在这一年里，我把小强、赵远送去了全国一些比较知名的 4A 公司去学习，而后他们又回到我们这里。随着伙伴们的成长，我们的业务能力已经远远超出带我入这行的那位大哥了，公司每年有 600 万元的业务，200 万元是他拉来的，剩下的 400 万元都是我们拉来的。2014 年底开会的时候，我说："我们也给 2015 年定一个目标吧。"大家说："在广告执行的地推模块里，我们要做昆明最大的团队。""那么这个最大是团队最大，还是业务量最大呢。""当然是都最大了。"

2015 年底的时候，我们的业务量达到了 600 多万，在昆明的地推团队里的确算是 No.1，团队鼎盛时期的人数也一度达到了三十多人。后来那位大哥起了一栋楼，导致了账面上只有 5.8 万元钱的尴尬局面，这是我的一个失误，我相当信任他，公司的钱和账都由大哥来管，他想在这上面做手脚是很容易的，但我觉得他把我们领进了门，他多拿点钱又有什么呢。我告诉他："我决定自立门户，带着团队走出去。"我的原则是，他的客户我不抢。因为我心里一直是感激他的，如果没有他，我连这个行业的门都进不了，更不要提今天的成绩了。一路走到现在，全靠团队的兄弟们不离不弃，我是要对他们的未来负责任的，这个责任涵盖了很多方面，因为他们基本上都是家里的顶梁柱，对他们负责也就是要对他们的整个家庭负责，我不希望他们一辈子跟在我屁股后面，老张哥老张哥地叫着，我希望他们能够通过这个平台的扶持，每个人都有属于自己的事业。

我的理想是打造集团性公司，让团队里的每一个人都有着一定的自主权。我不希望等哪天我想打个麻将喝个茶的时候，翻开通讯录却不知道该喊谁，因此，我不得不把事业和生活分得很开，公司的兄弟为追求共同利益而进步，该严厉批评的时候就要严肃。我也在不停投资一些新的项目做尝试，我们 2016 年的新项目高校 U 频道就是一个试点，它成功以后，我会马上去做别的项目。我想把高校 U 频道打造成一个品牌，但在未来，我更多的是希望它能够帮助到想要创业的大学生，让他们有一个充分展示的空间。

除了创业之外，这些年我也一直在做一些公益项目。2009 年来昆明上大学之后，我见识到了各种各样的活动，大一寒假过年回家的时候，我第一次发现我们那个"山沟沟"里的春节是如此无聊，大人们除了赌博就是聚在一起抽烟喝酒，小孩子们最多点个鞭炮就算过年了。我始终认为，我年少时的自卑感，除了我自身的缺陷之外，更多的还是源于一些外在的条件。从小我连篮球都没有摸过，到了初中的时候，学校里有了篮球场，小强喜欢打篮球，他叫我："走，打篮球去！"我告诉他我不会打，小强自己去了。他第二次叫我的时候，我还是不会打，他又自己去了。到了第三次、第四次，小强就不再叫我了。打篮球这件事情我再也学不会了，也没有机会学，我不去接触不去学，它就离我越来越远。

现在很多孩子身上都有这种缺陷，出于这个原因，我和村里其他考上大学的人商量，全国有春晚，我们不如就地举办一个"村晚"，这在我们那里算是开天辟地第一例。我们八个人在一起商量办这个晚会需要多少成本，天真的我们觉得一人出 100 元，800 元就足够办个晚会了，第二天我们在村子里张贴手绘海报呼吁村民报名，尴尬的是根本就没人来，大概他们觉得这只是小孩子小打小闹吧。没办法，我们只能发动身边的人来参加，有钱的捧个钱场，没钱的捧个人场，好不容易才召集了一帮人来参加。

整个活动的组织策划、节目安排，我们八个人全包了，搞得精疲力竭，我们当时想得很简单，能把活动办起来就行了。活动前两天，问题逐渐凸现，我们去借村委会的音响，结果发现音响效果差到不能再差了，而且我们承诺了前来参加活动的人会赠送小礼品，但我们也没钱采购礼物，音响要换，舞台要搭，奖品要买，唯一的问题是我们没钱。当时我父亲在村里正好负责这一方面的事情，我去找他谈判，父亲说："既然你这么想办这个活动，村里面就资助你们 2500 块钱。"

靠着这些钱，我们买了礼品，搭了舞台，租了音响，总算把活动顺利做完了。结束以后，村委会说："你们这个活动搞得不错，来村委会表演一次吧，我们可以承担你们来回车费和吃饭问题。"在村委会演出的时候，我们租来的音响被村委会的人不小心碰了一下，碰瓷一般地倒在了地上，没办法，村委会以 3500 块钱的价格买下了这套音响，这让我们颇为得意，因为那套二手音响远不值这个价格。

我们的晚会在村里搞得声势浩大，在活动现场，我倡议大家为活动捐款，当第一个人把钱给我的时候，我立马拿起话筒扯着嗓子喊："某某先生捐款一百，感谢他！"大家一听还有此"殊荣"，争相捐款。活动结束后，我们总共募捐到五千多块钱，一部分人主张把这些钱分掉，因为为这件事大家都辛苦了个把月，现在"分红"也在情理之中。我说："这些钱谁都不能动，我们把这些日子的花销公示出来，让大家知道我们挣了多少钱，花了多少钱，都花在什么地方，剩下的钱，就用来做第二届、第三届、第N 届村晚的经费。"后来我的梦想成真，村晚从 2009 年一直延续到今天，我们也把交接棒给了村中其他出来上大学的大学生们。

受我们的影响，现在腾冲市几乎每个村，一到春节就搞村晚活动，这个活动不仅锻炼了大学生的能力，更重要的是给了村里面小孩子们展示的机会和舞台，我不希望他们像我一样，青春期都在自卑中度过。

在未来，只要我力所能及，我会去做更多公益方面的事情。

第二节　社群百像

定远的集团梦并没有实现，但他一直保持着热血和激情，磕磕绊绊地走在创业的这条路上。

纳百川是一家专注于线下广告的活动策划与执行落地的 2B（to B，为企业服务）类创业公司，但从 2014 年开始，纳百川和定远的另一家广告公司成都老骥一起陷入了一个瓶颈，它们每年的收入接近一千万元，可我们却看不到这两家公司的成长空间。对所有的 2B 类中小创业者来说，"天花板"就在那里，谁能打破它，谁就可以扶摇直上九万里，但大部分人却被它撞得头破血流。新的机遇、新的挑战，并不是像说起来那般意气风发，简单易行的。

定远的第一次尝试是"高校 U 频道"，一个服务于呈贡大学城的旅游平台。尽管纳百川的两把利刃，广告营销和线下传播，可以让高校 U 频道快速的覆盖到呈贡大学城十八万大学生的视野中去，但定远和高校 U 频道还是受限于不够强大的供应链——他们拿到的，是万达风光旅游的昆明总代理，他们对于产品的信息并不熟悉，也没有自己的产品，更没有从事于旅游行业的经历或是受过关于旅游行业的系统化培训。说到底，高校 U 频道在这里只是一家旅游产品的代销公司。

在和定远充分沟通以后，我认为高校 U 频道应该面对年轻的小众高净值人群，提供增值服务，例如东南亚小高端定制游。年轻消费者看重的并非是产品的性价比，也不是产品的安全感，他们需要"优越感"。这个建议最后在定远这里因为需要投入过多的时间和精力而不了了之，反而是美索的马来西亚分站理事长朱硕海（花名：老猪）做了这件事情。高校 U 频道今天在定远手上成了一家收入和利润稳定的眼镜店，也渐渐弥补回了当时在旅游行业上犯下的错误所带来的损失。

张定员，花名"定远"，纳百川文化董事长、成都老骥创始人兼 CEO，第四十一位加入美索不达米亚社群的伙伴。其实纳百川面对的问题，也同样是其他执行商、广告商所面对的问题。以奥美和蓝标为首的 4A 公司横行霸道，层层分包，食物链低端的执行商们只能看他们的眼色度日。关于我们的思考与尝试，我会在书后面具体表述。

第六章

潘淑敏自述：抓住机遇的女生

第六章

第一节　创业也是一种生活态度

　　我上学的年纪要比身边同龄人早一些，小学的时候因为成绩优异还跳过级，以至于1996年出生的我，2012年就来到北京读大学了。我从2014年开始创业，那时候，我还不满十八岁。

　　我从小身体就不太好，高三的时候生了一场大病，在医院住了好几个月，出院后不到一个月就参加了高考，因为住院耽误了高考复习，我发挥得不是太好，我的父亲与我商量是否要再复读一年，他觉得我可以考得更好，甚至已经开始帮我联系复读的学校。但是我从小到大，都有一个毛病，每逢重要的考试就一定会生病，每年的期末考是这样，中考是这样，高考也是这样。我认为自己即使再复读一年，也不一定会考得比这次好，我不想再浪费一年的时间去赌那个肯定赢不了的局，所以我瞒着父亲偷偷填报

从 0 到亿

了志愿，读了北京一所不好不坏的本科大学，学了商业企业管理专业。我出生在北方，也长在北方，这就导致我特别想去体验一下南方的生活，于是高考第一志愿我首先填了一所位于厦门的学校，但是后来转念一想，虽然厦门也算一座不错的城市，但发展程度跟北上广等地仍不可同日而语，这辈子不在一线城市生活奋斗一下，是一件多么遗憾的事情啊，于是我又把志愿改成了位于北京的学校。

大学里的每个寒暑假时间都长达两个月，我想与其回到老家每天无所事事，倒不如留在北京找工作实习，实习的时候我做过市场营销专员、策划等工作，虽然都是一些很基础的岗位，但也为后来的创业打下了基础。大二的时候，我在一家知识产权公司实习，因为表现优秀也有干劲，老板很欣赏我，我在这家公司工作了两年，不断升职加薪，一路做到了公司合伙人的位置，这就算是第一次创业的起源了。那时候我还在读着大学，手头没有积蓄，对于经营公司也没有什么概念，只是靠着工作经验的积累和在公司里学到的知识，懵懵懂懂就开始经营一家公司。

我的合伙人擅长公关，很有演讲的天赋，他负责与外部对接业务，我则擅长管理把控，负责公司内部人员管理。我们两个优势互补，强强联合，居然让公司的年盈利从五十多万元上升到了一千余万元，这对当时刚成年的我来说，是一个不小的成就。公司的业绩虽然上来了，但是在人员管理方面却出现了纰漏，这也是创业期间最让我崩溃的一件事。当时公司的人事主管负责给员工签署劳务合同，却没有给自己签，我和合伙人都被蒙在了鼓里，最终人事主管因为能力不足被我开除了，几天后我收到了被他起诉的通知，原因是没有签署劳务合同。

我在公司里翻箱倒柜了很久，都没有找到他的劳务合同，这时我才明白被他给耍了。那是我第一次上法庭，整个人紧张到不行，一直在发抖，这件事明明不是我们的错，却因为管理方面的疏漏，被人钻了空子，最终我们败诉，被判决赔偿对方人民币将近五十万。这件事情给我造成了很大的打击，那个时候我才十八岁，也正是需要被长辈呵护的年龄，却早早地开始面对职场的血雨腥风，从那时起，我才意识到，不管一路走来有多少人为我保驾护航，我真正可以依靠的，还是只有自己。

过了一段时间，我和合伙人之间的问题也逐渐浮出水面，我们两个首先在公司的未来发展问题上产生了分歧，我是一个有野心的人，目标是把公司发展成业界第一，尽量把业务板块往外拓展，但是合伙人觉得我们只要把手头上的事情做好就行了，而且公司的营业额也不低，没有必要野心勃勃。在公司员工的管理等方面，我们也渐渐产生了不同意见，眼看着我们的分歧越来越多，越来越大，我不想再与合伙人一直耗下去，这样不仅问题得不到有效的解决，我们两个的时间也被白白浪费了。我想，与其这样，不如我离开公司，寻求更好的发展。

如果故事到这里就戛然而止，我是否应该继续说下去？

那一年是 2016 年，我大学即将毕业，"大众创业、万众创新"正开展得如火如荼，借着这个势头，我成立了两家公司：一家主营品牌管理，包括品牌塑造、品牌调研、品牌策划、品牌推广四个方面；另一家做品牌设计。在知识产权公司工作的时候，我就招聘了设计师，负责给品牌主做设计，那时候我就发现，很多人对汉字的识别度很高，但是对设计没那么看重。于是我开始教化创业者，提出了"品牌创意设计"这个概念，把设计和品牌融为一体。

现在很多公司打着"精准设计""高端设计师团队"的旗号招揽业务，

他们格外注重设计师的学历，我们公司虽然也注重设计师的学历、能力以及发散性思维，但更重视的还是设计师的创意思维，也因此我们的作品往往更与众不同，令人耳目一新。在互联网没有发展之前，信息传输的速度很慢，很多人对别人的公司都没有太深的印象和理解，而互联网的冲击让信息得以迅速传播，导致品牌的概念、品牌的识别度越来越强，所以我的两家公司一家着重于品牌的策划，一家着重于品牌的设计。

我的公司名字叫作"君生"，每当有人问我这个名字由来的时候，我都会告诉他们，这是由公司的企业文化"君子之道，正身明法，无上上品，生生不息"衍生而来的，取第一句和最后一句的首字组成了"君生"这个名字。其实这只是其中一个原因，更深的原因则是来源于我的一段短暂的爱情。

长期的住院生活和高考的重任让我压力很大，为了放松一下紧绷的神经，所以在高考之后，我去了青岛旅游散心，不太会游泳的我套着泳圈在海边慢慢游动，一个急浪扑来，我从泳圈里掉了出去，在我扑棱着海水不知所措的时候，一个男生救起了我。那个时候的我对任何事物都特别执着于颜值，所以对这个高高帅帅的救命恩人一见钟情，我们两个相互留了彼此的电话，我从青岛回到家乡之后，就和他开始了甜蜜的异地恋。这段恋情持续了不到三个月，在我即将读大学之前，男友的母亲瞒着儿子给我打了一个电话，她说："你的年纪实在是太小了，我们家等不到你能够和他结婚的年龄了。"

那个男生的家世显赫，他的父母早已经为他选定了一个门当户对的姑娘联姻，更重要的是，那时候我只有十六岁，而他比我大了整整十二岁。我那时候认为，恋爱一定是要得到双方父母祝福的，如果得不到祝福，那

潘淑敏自述：抓住机遇的女生

我宁愿舍弃这段感情，尽管有万般不舍，我还是和男友分了手。我心里很清楚，除了年龄的差距外，真正阻碍我们的还是悬殊的家世和身份。他的母亲在电话里还说："我们希望他未来的妻子，是一个能够在事业上帮助到他的人。"那时候我就决定，大学毕业之后，我一定要拥有一家属于自己的公司，不是为了挣多少钱，也不是要向谁证明我自己，我只是希望自己以后不要成为一个只会依赖丈夫的女人，我一定要做一个能够站在丈夫身边的人，即使我离开了职场，也能够在他失意的时候为他出谋划策，不管在台前还是台后，都能有自己独特的价值。

其实私底下，我把自己定义为"文艺青年"，我特别喜欢中国的古诗词，有时也会自己写一些诗歌和小说。有一首广为流传的诗是这样写的："君生我未生，我生君已老。君恨妾生迟，妾恨君生早。"每次读到这首诗，我都觉得这就是我那段无疾而终的感情的写照。在想公司名字的时候，我脑海里一闪而过这首诗，由此我确定了公司的名字，并为它提了十六字的企业文化，就是前面提到的"君子之道，正身明法，无上上品，生生不息"，而这里面也包含了找对公司的发展愿景，我希望公司能如同中国的国学文化一样，传承千年，像君子一样，永远知道自己想要的是什么，要做的是什么，这也契合了公司的定位——只做创意设计。

我现在的目标是让公司成为整个品牌创意界的领导者，未来能够走出中国，拓展至全球，同时我也希望公司君子的企业文化能影响到与我们合作的公司，让大家都知道自己要做什么，要成为什么样的人。从而达到公司和个人相互促进、共同进步的目的，而其中最高的境界就是生生不息、循环往复。

我的经营理念是"口碑制胜"，因为行业内的人都知道，只要肯出钱，

从 0 到亿

创业从失败开始

做营销是很容易的一件事情，与公司本身的业务水平并没有太大关系。本就做这一行的我更是深谙其道，所以自公司创立以来，我一直致力于口碑传播，从来没有对公司进行过任何营销。

从我开始创业到现在，已经有四年多的时间了，家里人一直都不支持我创业，哪怕我有再多的成就，挣再多的钱。我是一个工作起来就不要命的人，经常熬夜到凌晨三四点，也很少像别的女生一样注重保养，每天一定要睡"美容觉"。甚至有朋友说："我怎么觉得你活得像个男人一样，生活里糙，性格上也糙，从来没见你像小女生一样狂躁过。"

的确，在工作中遇到烦心事的时候，我从来不会抓狂，也不会对员工和朋友发脾气，而是选择一个人慢慢消化。我把自己关在房间里写东西，写东西没有灵感的时候，是我精神状态最崩溃的时候，我会把笔扔在一边，蹲在地上号啕大哭，哭到眼泪再也流不出来，我就盯着窗外发一会儿呆，直到大脑完全放空，再也想不起任何事情……直到心态完全平静下来，我知道该继续工作了。

也许是我歇斯底里的样子太过疯狂，妈妈希望我能活得轻松一点，不要那么累。爸爸则认为女孩子就应该早点找个人结婚，他担心我因为工作而变得越来越强势，很难找到对象。的确，我从创业到现在，因为太忙分不了身，已经有两年多的时间没有谈恋爱了。似乎家长都是这样，毕了业就催你赶紧工作，找到工作之后就催你找对象，我才二十二岁，就已经被催婚无数次了。但是我不想在本该奋斗的年纪选择安逸，选择结婚是一种生活态度，选择单身也是一种生活态度，没有对错之分，既然我选择了独自奋斗，那就代表我已经做好了承担后果的准备。

很多人在创业之初都会四处碰壁，但我显然是创业者中的幸运儿，我的朋友、老师、同学都给了我很多的帮助，才让我一路走来都这么顺利。在刚刚创业的时候，我通过一个从来没有见过面、只是在群里聊过天的男生介绍，认识了北京一个女性创业者组织的创始人，这位姐姐创业的时间只比我早了三个月，她在参加工作七八年之后毅然决然地辞职决定创业，我们两个一见面就有一种相见恨晚的感觉，聊得特别投机，后来我们成了闺密，我的第一单业务就是她帮我谈下来的，我至今还清楚地记得，那单业务的金额是 15.6 万元，负责上海一家公司的品牌设计，我在和公司负责人没有见过面的情况下，仅靠着对方对这位姐姐的信任，就完成了这次合作，直到第二年我去上海出差，才见到了负责人。

由于我在创业方面经验不足，很多东西都靠着自己一步一步摸索，在招聘员工的时候也没有人帮我把关，最初招聘的几个员工多多少少都有些毛病，我在与他们的磨合中也出现了不少问题，我尝试了很多方式，但都没有办法让他们真正与公司融为一体，对公司产生认同感，反而让彼此之间的矛盾越来越大，不得已我只好把他们都开除了。那段时间我一直在自我怀疑，怀疑自己到底适不适合创业，为什么连几个员工都管理不好，我不知道接下来该怎么做，也不知道如果继续下去能不能做好，我每天都把自己关在房间里纠结这些事情，连觉也睡不着，纠结了好几天，我突然想通了："反正都已经开始了，就没有理由半途而废，如果在这么多前辈、朋友的帮助下我还是会失败，那么就证明我真的不太适合创业，大不了回公司上班历练两年再出来继续创业。"我还这么年轻，未来还这么长，还有无限种可能，失败了也不过是从头再来。

到现在为止我都没有再找合伙人，公司的所有业务都是我一手打理的，其实我很怀念跟合伙人一起工作的那段时间，出了事情也有人和我一起分担，不至于像现在这么累，可惜我们两个最终因为管理理念、发展规划等方面的原因分开了，这一度让我很惋惜，所以我在公司设立了合伙人制度，给员工预留了 20% 的股份，就是希望在困难的时候有人能够和我一起并肩作战。

在创业之初，为了公司有更好的发展基础，我曾经"四顾茅庐"了一位设计师，她是一位妈妈，孩子刚刚上学，因为考虑到家距离公司实在太远，所以一再拒绝我邀请她来上班的请求。我坚持不懈地每天都给她发微信，邀请她出来吃饭，每次她都说："我实在没有时间，待会儿还要接孩子放学。"我说："姐姐，就只是出来坐坐，我给你讲讲我公司的发展规划，耽误不了你几分钟的。"在我满满的诚意下，这位设计师终于同意来公司上班。这些年她一直陪在我身边，为我出谋划策，直到 2017 年因为家庭原因，才不得已离职。

我在工作中是一个很强势也很固执的人，有时候有的员工会劝我，不要总盯着固定的业务，能挣钱的业务都要尝试做做看，我对员工们说："我们公司的核心就是平面设计，如果我们什么案子都接，那就脱离了平面设计的本质，从长远来讲，公司是发展不起来的。如果你们觉得薪资太低，我可以涨工资，如果你们觉得别的公司待遇好，我不会强留你们，既然你们决定跟我干，那就一定要遵守公司的原则。"赚钱的门路有很多，但是我想做的事情只有一件，我不希望让一些复杂的外物扰乱了我的初心，哪怕最终注定会失败，我也一定要试试看。

我是一个工作和生活分得很清的人，从来不会把工作中的情绪带入到生活中，也不会把生活中的情绪带到工作里去。在工作中我是一个典型的白羊座，霸道又果断，大家都评价我是霸道女总裁。但是在生活里，我却是一个分不清东南西北的路痴，同时我又有一颗少女心，闲暇的时候会写一些童话故事，员工送我一个外号叫作"二次元少女"。虽然我闲暇的时间真的很少，但不管多忙，我都要给自己开辟一块不被工作和世俗污染的净土，在这里的我，才是纯粹、真正的我。

我在学业和事业方面一直都比较顺利，虽然大学期间我一直在创业，但是学业也没有耽误，即使整个学期都不去上一节课，但只要我把课本通读一遍，借来同学的笔记看一下，考试就能很轻松地通过。我特别信奉一句话，上帝为你关闭一扇门的同时，也会为你打开一扇窗，在生活中，我总是不停地生病，大大小小的意外不知道出了多少次，可能上天在给你一些东西的同时，也会拿走一些东西吧。

很多创业者都饱受抑郁症的困扰，我也一直在否定和肯定中审度自己，有时候事情达不到预期的目标，我也会突然怀疑自己，觉得自己能力不足。但好在我的自我调节能力比较强，心情烦闷的时候我会去 KTV 唱歌把情绪宣泄出来，心态调整好了再继续回去工作。这种乐观的心态和自我调节的能力，也许是创业者必需的标配吧，只有这样才能在高强压力下顶风前行，适者生存。

2018 年 1 月 7 日那天，通过一个朋友的介绍，我第一次见到了高参和小明。我们约在一家火锅店见面，相谈甚欢，饭后我们一起去喝咖啡，聊到了很晚。小明邀请我加入了美索不达米亚这个专属于 90 后创业者的社群，在交谈中我发现，高参和小明都属于那种努力向上生长的人，跟我很像，我很欣赏坚持不懈持之以恒做一件事的人，不管这件事情是大还是小。

加入美索之后，我帮助社群里的一些成员进行了品牌梳理，接下来我准备在美索的牵头下与其他社群成员共同成立一些公司，我和高参两个人也就这件事情达成了共识。我很喜欢高参的性格，他上一秒还在一本正经地跟你谈工作，下一秒就因为别的事情夸张大笑，跟他在一起让我感觉十分放松，很多难题在不知不觉中就轻松解决了。写作的人似乎都有这样一种通病，只有半夜的时候才会才思如泉涌，我喜欢在半夜写东西，没有灵感的时候会自己发呆，但是高参会不停地骚扰别人以获得灵感，尽管如此，我和他还是有一种相见恨晚的感觉，他的思维方式让我很是欣赏。

接下来我准备把君生企业打造成一个商业服务业的集团，实现企业的闭环式服务，从工商注册到知识产权认证，从税务到品牌策划，从新媒体运营到广告片拍摄推广，乃至活动的策划落地，我们都会为客户提供一条龙的服务。让君生成为中国品牌创意设计的引领者，是我短期内的目标，而把君生打造成商业服务业的 No.1，则是我毕生要追求的目标。

第二节 社群百像

元宵的创业经历是一帆风顺的，我们能看到她一次又一次抓住了机遇。其实元宵的家庭背景非常优秀，但是她的父母希望她恪守本分，去做一些相对没有风险、比较安逸的事情，所以，她的家人其实是很反对她创业的。于是，她孤身上路，靠自己做出今天的成绩。

其实整个品牌大行业还远远未到达上限，这是一个不可限量的未来市场。随着无数创业公司蓬勃发展、野蛮生长，市场上对于品牌塑造的需求只会越来越多。但，哪怕是这样一件拥抱未来的事情，在今天也已经是一片红海。在过去几年，有越来越多的品牌公司出现在市面上，也因此他们的溢价能力渐渐有所下降，很多时候的设计和创意，没有得到知识应有的尊重，且整个行业的天花板终究是有限的，行业壁垒低，也就意味着难以"做大做强"。

元宵想摆脱这种现状，最好的做法——或者说唯一的做法，就是让君生企业产生差异化。提供别人提供不了的服务，提供别人提供不了的产品，同时利用好君生企业在品牌行业产业链的顶层优势。他们现在要做好的，就是如何整合顶层资源，找到更多机会，抱团突围。

潘淑敏，花名"元宵"，君生企业创始人兼董事长，第一百零三位加入美索不达米亚社群的伙伴。关于美索和君生企业的联动，我在本书的后面还会讲到。

第七章

杨程成自述：青年导演，『中国表情』

第一节　"中国表情"里的"中国符号"

高考以后，我被一所警官学院录取，这在家人看来，是一种莫大的荣耀，我也被冠以"高才生"的名号。在学校生活学习了一段时间后，我逐渐发现那并不是我想要的生活，于是，我向家人宣布我决定退学重新参加高考，去攻读我喜爱的电影专业。

然而家里人都不同意我退学的决定，对于一个传统的家庭来说，电影，只是一个不务正业且遥不可及的梦。他们分别与我促膝长谈，试图做好我的思想工作——但最终我还是力排众议，坚定了我的梦想，也正因为我的坚持，我的生活和创业得以如此多姿多彩。

我从小就喜欢看电影，也喜欢研究和影视有关的事物，在我所观赏过的无数部影视作品中，我最喜欢的是黄晓明版的电视剧《上海滩》，正义、

从 0 到亿

创业从失败开始

勇敢、重情义的主人公许文强，用他身上独特的个人魅力深深吸引了我。那个时候我就在想，如果有一天，我也可以饰演甚至创造一个像许文强这样的角色，在银幕上展现并演绎他们的人生，那该有多好啊！

第二次高考之后，我如愿考取了成都一所还算不错的高校，攻读影视表演专业。那已经是多年以前的事情了，在当时，微电影还不被称之为微电影，我们认知范围内的只有 DV 短片。但想要真正踏入电影行业，我必须从 DV 短片开始，把自己的时间和精力投入其中。为了圆自己的电影梦，我在学校里组建了自己的 DV 小组，并注册了一家属于我的 DV 制作工作室。

我们的工作室里有专业的导演和专门负责道具筹备的朋友，也有负责最源头工作的编剧，以及其他和我一样听从导演的指令演戏的演员。通过自己的表演丰富戏剧的内在是一件非常有意思的事情，但我并不满足于此，我想，如果我可以自己写剧本、自己导演，而非重复相对比起来较为机械的演员工作，这样会不会更符合我的追求？就这样，我开始学习导演方面的相关知识，从一名演员变成了一名创作者。再后来，我攻读了北影导演专业的硕士生，直到今天，我也依然是别人口中的"杨导"。

我的工作室一直都运作得不温不火，这一份可以让我充满满足感和虚荣心的小事业似乎从不曾发生过什么大的变动。如果一直都是如此，我的人生并不会发生改变，我也不会成为一名真正意义上的创业者。

那是 2013 年，我在成都读大四，4 月 20 号，四川雅安发生了 7.0 级地震，成都震感明显。那一天我刚好没有课，地震来临的时候，我还在宿舍睡觉，突然感觉床板在剧烈晃动，我以为是下铺同学在恶作剧，刚要出口训斥他，就听见宿舍走廊里传来喊声："地震啦，地震啦！"我和舍友急忙穿上衣服冲到宿舍楼下，那时楼下的广场上已经聚集了不少学生，大家议论纷纷。

杨程成自述：青年导演，"中国表情"

我打开手机就看到了雅安发生地震的新闻，看着报道里面目全非的灾区，我突然萌生了一个念头，去灾区做志愿者！我对身边的两位同学说："咱们不是一直都想在毕业季做一件有意义的事情吗？现在机会来了，咱们去灾区做志愿者吧，也算给大学生涯画了一个圆满的句号。"

这个提议得到了他们的响应，于是我们火速回宿舍简单收拾了行李就赶往客运站坐车去雅安。在去雅安的路上，我一直通过收听广播来了解灾区的情况，我向来是一个多愁善感的人，听着听着，不禁想，如果这个地方是我的家乡，出事的是我的家人、我的父母，那该怎么办呢？这样想着，我更下定了决心，一定要尽全力来帮助灾区的人们。经过数个小时的颠簸，上午十一点左右，我们到达了雅安西门车站，在购买矿泉水、方便面、药品、衣物等物品的时候，我们恰巧遇到一位老家在芦山的大哥，大哥在得知我们是前来救援的志愿者后，主动要求开车载我们前往芦山。

然而去芦山的这段路程走的漫长而艰辛，因为灾情严重，进入芦山最近的一条公路被封锁，不允许私家车通过，只准救援车辆进入。没办法，我们只好调头进入高速，舍近求远前往芦山。因为事先就做好了攻略，所以到达芦山之后，我们并没有像无头苍蝇一样盲目乱闯，而是首先去了志愿者服务站，在那里进行了登记并咨询了灾区情况，我们告诉工作人员，如果有需要，请随时通知我们。

尽管一路舟车劳顿，大家都很疲惫，但我们没有多做耽搁，而是立刻帮助服务站搭建帐篷，并给附近的医疗站送去了药品和矿泉水。之后，我们就在城区范围内寻找需要帮助的灾民，帮助他们包扎伤口，送他们去就近的住宿点。但我觉得我们做的这些还远远不够，我要去重灾区的震中，那里的灾民更需要我们的帮助，当地村民极力劝阻和挽留。他们对我们说：

"前方天黑路险，你们不要再前进了，不如先在这里住下，等天亮了再走。"我们谢绝了村民的好意，还是选择继续向前，对于现在的灾区来说，时间就是生命，能早一秒到，就能多帮助一个人。

在前往震中的途中，我们遇到了几个同样自发前往重灾区进行救援的年轻人，众人拾柴火焰高，我们六个人组成了一支救援小队，决定一起前往震中，我们给队伍命名为"穿山甲"，顾名思义，意为我们将拿出穿山甲"穿山打洞"的劲头，翻山越岭去救助灾民。此时夜幕已完全降临，山上不时有滚石下落，强行前进实在太危险，我们在山下一辆部队运兵的卡车上休息下来，准备天一亮再继续前行，半夜余震不断，山中温度下降，我们彼此紧紧依偎相互取暖，后来我每每想起这个场景，心中都会感慨万分，我们明明是素不相识的陌生人，却因为一个共同的目标相聚在一起，又因为一个共同的信念而在寒冷的夜晚紧紧相偎。

当晚，我半夜醒来上厕所时发现有武警官兵在帮助当地居民搭建临时帐篷，于是便加入了他们的行列，一直忙到凌晨三点，在与武警的交谈中，我得知一起搭建帐篷的士兵里居然有一个和我是老乡，顿时心生"老乡见老乡，两眼泪汪汪"的感叹，我们两个人激动地攀谈起来，他见我衣着单薄，还把身上的制服外套借给我取暖，其实他的年纪也不见得比我大。在大部分这个年龄的年轻人都在家中享受父母宠爱的时候，他为了人民的幸福，已经不知奔波了多少路，吃了多少苦，不眠不休过多少个夜晚，想到这里，我心中对武警官兵的敬佩又深了一层，也愈发觉得自己来灾区的这个决定做对了。

天刚蒙蒙亮，我们"穿山甲"小队就起身继续向前，我们徒步穿越塌方的悬崖，悬崖下是湍急的河流，我们不仅要注意脚下，还要时刻提防着头顶的落石，每一步都走得小心翼翼，短短几公里的路程我们足足走了一个半小时。好不容易翻过这条难行的山路，我看到前方有几个官兵抬着担架往我们的方向急奔过来，他们是要经过那条山路把重伤员送到救护车上去，最前面的官兵明显已经体力不支了，尽管刚刚走过的那条路仍令我们心有余悸，但我与另一位同学还是当下就决定替换下疲惫的战士们，帮助他们抬送重伤员。

山上碎石滚落，随时有可能山体滑坡，伤员奄奄一息，一定要及时救治，否则危在旦夕。我们一路扛人快跑，只听见耳边山坡上小碎石"哗哗哗"的滚落声，不时有小石子砸在我们的头上脸上，我心里又紧张又害怕，紧张的是又踏上了这条危险的山路，害怕的是不能把伤员及时送到。一路的颠簸让我的肩膀被担架磨出了血泡，但是又不能放下肩上的担架，我又疼又累，在一旁的一位记者拍下了我夸张的面部表情，这张照片登上了第二天的新闻联播，被网友称为"中国表情"。

这张照片让我迅速走红，我从来没想过我会通过这样一件事情出名，返回学校之后才知道。一路小跑十多公里，我们终于成功将伤员送达救护车，我累得气喘吁吁，坐在地上大口喘着粗气，身上的衣服已经被汗水浸透了，我看了看其他人，他们的情况也和我差不多。这时一位战士从扁扁的背包里掏出了一袋干粮递给我们，说："兄弟，谢谢你们，拿着路上吃。"我的眼泪差一点就涌出了眼眶，内心百感交集，在食物匮乏的时候，他们还分出一部分给我们，这种感觉，就像是患难兄弟。

因为在灾区信号不好，我们一直都没有和外界联系过，而且因为走得匆忙，只有少数几个同学知道我们去了什么地方。回到学校后，我们才知道家长和老师都特别担心我们，如果我们再晚回来一天，他们就要前往灾区寻找我们了。老师说："你们能安全回来就是最令人满意的结果。心系灾区、大爱无疆的精神是可嘉的，但是我们要有组织、有序地进行志愿者服务，这样才能真正地帮助灾区。"妈妈也打电话告诉我："儿子，你的做法很勇敢，支援灾区是应该的，但是我们还没有做好失去你的准备，所以你要爱惜自己。"

听到妈妈的话后，我心里有些难受与后怕，我意识到，自己这次行动实在是太冲动了，只顾自己一意孤行，完全没有考虑过身边人的感受。虽然我不能深入到一线，但我还可以在后方支援灾区，有了之前的教训后，我们在学校的志愿者工作，就以"理性爱国、理性救灾、科学救灾"为主，以我们的亲身经历为指导，呼吁同学们不要盲目行动，应该有组织、有纪律地进行。我们在学校建立了"穿山甲爱心志愿团"进行后方志愿工作，积极建立后方服务站，并在中央民政救灾成都物资储备部帮助救灾物资的清点、分类、搬运、上货下货。

从灾区回来之后，班主任半开玩笑半认真地对我们说："我现在感觉你们的眼神跟以前都不一样了，干净又透彻，升华了？"对此，我只是笑笑，我并不太肯定自己是否得到了改变，但也的确明白了很多。在灾区那种特殊的场景下，我们面对危险、直击死亡，金钱、地位不再是论高低贵贱之分的砝码，在生死面前，所有人都是平等的，这种平等簇拥着形成了一种大爱，所有人在它面前都抛下了所谓的光环、包袱，回归到了最本真的状态。人生无非就是生与死，生命的价值不在于富贵贫穷，而是在于你对社会、对身边人的贡献。灾区的经历让我清楚地认识到，生而为人，就应该不停地奋斗，直到生命最后一刻，才不枉来世间走一遭。

如果故事到这里就戛然而止，我是否应该继续说下去？

第七章

杨程成自述：青年导演，"中国表情"

大学毕业之后，我回到了老家创业，成立了金灿影视公司，那个时候的影视行业已焕发出勃勃的生机，我下意识地认为这会是一个在未来爆发力很强的行业，不仅与我的专业相关，也是我真正所热爱的事业，我决心抓住这个机会，全力打造"金灿影视"这个品牌。

创业之初，父母是不理解也不支持我的，他们一厢情愿地认为我应该去考个公务员或者去国企上班，然后娶妻生子，在小城里安安稳稳地度过一生，就像我第一次高考被警官学校录取一样，捧个铁饭碗，就能衣食无忧、无波无澜地过完这一辈子。而我能预想到自己未来每一天的生活轨迹，可这样平静的生活有什么意义呢？我对母亲说："做公务员或者去国企上班确实很好，但那不是我想要的生活，你儿子未来很可能会成为一个很了不起的人，我不想平平淡淡地过完这一辈子。"

母亲理了理我的衣领，温柔地说："我不希望你成为什么了不起的人，你这一生，只要踏踏实实、平平安安的就行了。"我知道父母所做的一切都是为我好，但是我也有自己的抱负和理想啊，我不想一辈子都按照父母的意愿来活。于是我说："现在我只知道自己叫杨程成，只知道自己是你们的儿子，但是我未来会成为谁，谁也说不准，所以我要用奋斗去证明我到底是谁，不然我当初退学二次高考又有什么意义呢？你们不要劝我了，我是一定要创业的。"父母拗不过我，只能由得我去做。

公司创立之初，老板加上员工一共只有两个人，后来又有两个朋友在我的邀请下加入了公司和我一同创业，过了一段时间之后，他们觉得创业实在是一件很辛苦的事情，而且公司也接不到什么业务，于是纷纷离开了公司，只剩下我一个人还在坚守。我也不是没想过放弃，也曾想过把公司转手盘给别人，我想，是不是自己把创业想得太简单了，以为有了一腔热血，

从 0 到亿

创业从失败开始

全世界都要给我让步，结果导致现在寸步难行，不光业务量少，品质也不能保证。

纠结了很久，最后我还是决定坚持，既然已经认准了这条路，就要义无反顾地一直走下去，更何况，我当初好不容易才说服父母支持我创业，如果我现在放弃，岂不是要回去考公务员，平平淡淡地度过一生吗？不，那绝不是我想要的生活。如果公司的业务量少，那我就努力去谈客户，如果作品品质差，那我就提升作品的质量。我发现，要想让作品好，首先作者的业务能力要好，这样才能带动团队，调动全员的积极性，创造出优秀的作品，击败其他的竞争对手。为了提升自己的业务能力，我去攻读了导演专业的研究生，边读研边创业，做到学以致用。

我导演拍摄的第一部影视作品是一部名叫《少校村官》的微电影，拍摄地是在中缅边境上一个叫作镇康的小城，条件十分艰苦，期间还不幸遭遇了泥石流，拍摄不得不延后。此外，我们剧组的经费还差点超支，但是不管是演员还是工作人员，大家都没有放弃，尽管条件艰苦，但每个人都坚持着拍完了这部影片。我从来没想过靠这部电影挣钱，只希望拍出来的成品能让我满意，能让我把所有的能量都发挥在这上面就够了。

影片放映之后，我确实没有获得太多利润，但是这部片子获得了 2014 年全国微电影大赛全国十佳、亚洲微电影节金海棠奖以及中国武汉微电影大赛金鹤奖。一时间我在圈子里面名声大噪，有了一些口碑，大家没想到这个名不见经传的青年创业者真的能做出靠谱有思想的东西。我也从来没有想过，这部处女作居然获了这么多奖，也许是因为，它是我们团队真正用心做出来的成果吧。《少校村官》的珍贵之处不是它取得了多么不俗的成绩，而在于这是一部我倾灌了全部心血的作品，观众感受到的，除了影片中主人公的精神，应该还有我们金灿影视永不言弃、绝处寻生的精神。《少校村官》这部片子获得了无数国内国际的大奖，趁着风头正劲，我成立了四家分公司，把这些资源和团队分布在各个地方，这成了金灿影视传统影视制作的基础。

在 2017 年之前我拍摄的都是微电影、宣传片、MV、专题片、电视广告之类的传统定制类的片子，2017 年我决定转型，开始拍摄长篇电影，也就是人们口中所谓的大电影。现在我们公司有两部大电影正在紧锣密鼓地制作中，其中一部是藏族题材的，类似于《冈仁波齐》的电影风格。我们去藏区拍摄了四十多天，因为天气原因，出入藏区的路中断了，所有的工作人员被困在藏区，四十多天都没有洗澡，不少女同志因崩溃而大哭，但在信仰和梦想的支撑下，我们最终还是完成了这部电影的制作。这部电影是我的电影长篇处女作，也是金灿影视公司由传统的影视公司转向影视制作、长篇电影制作和院线电影制作公司的一个关键转折点，这部电影可能没有办法跟很多著名导演的大制作相提并论，但在我心里，它比任何一部经典影片都要优秀，它之于我的意义，是无法用简单的言语形容的。

创业的过程其实很孤独，很多东西都必须自己一个人来面对，没有办法——或者说没有办法完全跟别人阐述你的现状与感受，也正因如此，我才能在创业的孤独中坚强地成长。这一路走来，我认为，我真正的对手不是别人，而恰恰是我自己，我总是跟自己较劲，不停地问自己："我能不能坚持，我能不能忍，我能不能打？"我觉得只要把自己战胜了，很多事情就能迎刃而解了。作为一个电影工作者，我的梦想很大，我想走院线，做真正的票房，成为一个在中国乃至世界具有影响力的真正的电影人。这世界上比我优秀的导演太多了，我从来没想过要成为下一个谁，也没有想过要超越谁，我只要做好我自己就够了，今天的我只要比昨天的我进步一点点就行了。

我的研究生导师孙敏老师，不光是我学术上的导师，还是我创业路上的导师。他是金鸡奖的最佳男主角，著名的电影艺术家，在影视制作方面有很高的造诣，我有时会把剧本发给他让他帮我修改、把关，拍摄过程中遇到瓶颈也会和他商量，有时剧组资金不够，但又需要明星来参演的时候，我就会请老师来客串一下，老师从来不会拒绝我，对我们这些学生，他从来都是有求必应的。孙敏老师对我说过这么一句话："做人要善，演戏要真。"我一直在奉行这句话，并把它作为座右铭，我想有朝一日，我也能成为孙敏老师的骄傲。

2017 年，中宣部举办了"社会主义核心价值观微电影创作大赛"，面向全国征集优秀作品，云南省一共有五部影片获奖，其中有三部是由金灿影视制作拍摄的。获奖的消息传来，我几乎不敢相信自己的耳朵，我长久以来的努力果真没有白费，只要肯实干，皇天终不负有心人。业界称赞我们"金灿出品，必属精品"，我也因此积累了不少客户，很多人对金灿影视的认知，就是对杨程成的认知，我的很多客户都是通过口口相传被推荐过来的，他们说："杨程成这个小伙子很不错，找他拍片肯定没问题。"现在与金灿影视寻求合作的公司特别多，第二年的业务基本上在头一年就预约满了。

对于一个青年创业团队来说，我们现在处于最好的状态，有活干，有钱赚，但是我不满足于追求今天。我选择电影不是为了钱，钱只是我实现梦想的一个工具而已，真正支撑我前进的是我对电影的热爱，这也是我想打造院线电影大 IP 的主要原因。但梦想的实现是需要过程的，毕竟我是一个年轻人，在我前面还有许许多多电影界的前辈，身边也有很多优秀的青年导演，我得不断学习，才能追赶上前人的脚步，才能不被同龄人抛弃，才能不被后起之秀超越。现在公司手头上的业务我都交给了下面专业的导演和制作团队来完成，我主要负责剧本把关、成品审核以及具体指导，这样既能让团队良性运转，作品品质也有保证，也不影响我的继续进步。

现在的我是"两条腿走路"，一方面坚持传统影视制作为基础，另一方面努力向院线电影方向靠拢。以后我还要主打"少数民族电影"这张牌，读研究生的时候我一直在研究民族电影，在民族文化研究领域虽然称不上是专家，但也信手拈来。西南地区分布着二十多个少数民族，有相当优秀的文化基础，但民族电影在中国电影市场里只有很少的占比，我坚信民族电影在未来会成为一个发展趋势，我决心把它当作重点来研究，做出一部部有品质有内涵的民族电影。

我希望世人在观看我的电影时，看到的不是一个个没有营养的商业噱头，而是真正属于中国人的民族文化。多年以前，我曾靠着一张照片成为"中国表情"，现在，我希望通过我的努力，我的电影能成为新的"中国符号"。

第二节　社群百像

我曾经问过杨导一个问题，这个问题同样也是《赢在中国·蓝天碧水间》上，马老师问博洛尼董事长蔡总的问题："你究竟是一个懂企业的艺术家，还是一个懂艺术的企业家？"杨导思考了一下，告诉我说："他现在是稍微懂一些商业的艺术人，但是他希望在未来他可以做一个懂艺术的企业家，在 30 岁前把公司开到北京。"

其实文创类的创业者最忌讳的就是把自己当成艺术家。他们的第一身份必须是企业经营者，做一个懂商业的管理者乃至于投资者，他们才可以把自己的生意做好。

每一个导演都有一个院线梦，杨导也一直想做他的院线电影。我们知道，做一部院线电影是难度很大的，在绝大部分情况下，制片方和院线实

第七章

杨程成自述：青年导演，"中国表情"

行分账模式，一张电影票不管卖多少钱，只有 45% 的票房收入是属于制片方的，这就意味着，一部总投入 1000 万元的电影，票房要达到 2200 万元以上才能勉强回本，这还不包括宣发时需要付出的隐形成本，在这种激烈的市场竞争以及不友好的商业环境下，杨程成选择了稳妥发展之路，做民族电影、小众电影，以低成本投入的方式制造大 IP。杨程成不太可能会做出像《疯狂的石头》这样以小博大到极致的惊人之作，但是他的每一部电影都会取得相对来说不错的成绩，这和他一直以来做 to G 的生意的优良口碑是有关系的。

杨程成，花名"杨导"，制片人、电影出品人、导演，金灿影视创始人兼董事长，第八十三位加入美索不达米亚社群的伙伴。每次和他见面，聊起最近的日程规划，我会发现：他不是在领奖，就是在去领奖的路上。他的确有一些优秀作品，但，我相信未来，一定会有更能代表他水平的大作诞生！

第八章

肖文颉自述：我来自九河下梢之地

第一节 "笨小孩"告诉我的道理

在最开始着手准备《从0到亿：创业从失败开始》这本书中的故事的时候，高参就对我说过："创业无大小，关键看人品，我们既然发起了这样一本书，就要保证它的质量，万一你跑路了，或者做得很不好，导致这本书的口碑很差……"

高参没有把话说完，但我知道他要表达的是什么。我出生在一个很看重人品的家庭，我妈妈从小就教育我，一个人不管钱多钱少、能力大不大，都跟人品比不了，人品是一个人身上最重要的品格了。所以我给高参吃了一剂定心丸，我说："我明白，我也跟彪少说过，既然大家看重的都是人品，那彼此之间就要交心，没有什么好隐瞒的，在这一点上你可以放一百个心。"

从0到亿

创业从失败开始

我是通过彪少和小炮儿的介绍进入到美素这个社群里面的，我出生于1994年，放在社会上可以说是一枚小鲜肉，但是在这个仅限90后创业者加入的社群里，我已经算是年纪比较大的了，可不管是能力还是阅历都不见得比其他人强，他们一会儿讲什么新零售，一会儿又讲互联网商业，这对我来说简直就是天书，所以尽管美素的微信群很活跃，但是我很少在里面说话，我想，我何德何能，加入这样一个团队里面。在他们面前，我唯一能拿得出手的，大概就是人品了。

我在大学里做过社团联合会的主席，当时我提出了一句口号："厚德载物，不忘初心"。其实这八个字有些前言不搭后语，可以说是我瞎凑的，没有什么特殊的含义。我只是单纯地觉得人一定要有高尚的品格，便借这句话来提醒和勉励自己。那时我在社团里有一群臭味相投的朋友，大学四年就在和他们的嘻嘻哈哈打打闹闹中度过，可能他们身上都没有什么令人印象深刻的闪光点，不是每次考试都能拿第一的学霸，不是一掷千金的富二代，但每个人的人品都特别好，这也是我们能成为朋友的最主要原因。大学毕业之后我们也一直没有断过联系，会时不时地通个电话，了解一下彼此的近况，我觉得我可能再难遇到像我这群朋友一样对我脾气的人了。

大学的时候，我和我的姐姐、姐夫一起在夜总会和私人会所做过经纪人，那时候做的事应该也属于创业，只不过创的没这么干净。我们不仅要有敏锐的洞察力，防止被警察盯上，还要打点好各路人马，和黑道白道都搞好关系，我就曾经在这上面栽过跟头，还挨了打。

有一次，我去酒吧找了一些女孩子，想让她们做我手底下的演员，没想到她们是有经纪人的酒托儿，刚没聊上几句话，我就被冠以"挖墙脚"

之名，而后被闻声赶来、人多势众的对方经纪人打了一顿，我完全没有还手之力，被打得头破血流，最后在家躺了整整一个月才能下床。

其实我也没有做什么过分的事情，只是简单询问了一下，后来回想起来可能是遇到了行内的竞争对手，对方存心挑事。经历过这件事情之后，我意识到这是一个危险的行当，就不太接触这类工作了。2016 年 6 月，那段时间这种见不得人的生意被查得比较厉害，这一行慢慢变得不太好做，我也临近毕业，想找一些别的事情做，便逐渐淡出了这个圈子。我有一些舞蹈功底，就在一家舞蹈培训机构教孩子跳舞，白天上课，晚上去小酒吧驻唱挣点外快，唱一晚的收入是 100 元，每天从八点半唱到十一点半，一晚上下来要唱 30 ～ 50 首歌，有的客人会重复点一些时下最流行的歌曲，我只能把一首歌翻来覆去不停地唱，唱到最后完全是机械式的发声，每天收工后，我的嗓子几乎都是沙哑的。但因为我喜欢唱歌，饶是如此，我还是乐此不疲。

如果故事到这里就戛然而止，我是否应该继续说下去？

9 月，我和姐姐偶然接触到了电商，突然在其中看到了一些赚钱的门路，于是琢磨着不如我们也做电商。我姐夫的家族世代行医，他自己也在医院工作，家里有很多祖传的古方，其中就包括足贴的药方，所以我们决定从这方面入手做足贴，"景壹堂"就此诞生。姐夫负责配药，姐姐学习电商营销的方法，我就负责打杂跑腿，做一些琐碎的工作。

因为请不起人帮我们设计产品的包装盒，所以我花了两周的时间学会了 PS 和 AI，自己设计包装盒。为了尽快把足贴研究出来，我在姐姐家的沙发上蜗居了半年，白天坐在上面工作，晚上躺下就是我的床，忙得连家都没有时间回，沙发都被我睡塌了，由于长期睡在沙发上，我现在的颈椎和腰椎都有点儿毛病，躺在稍微硬一点的床上都会作痛。我没日没夜地研究足贴，有足足两个月没跟在同一座城市的女朋友见面，连电话都很少打，她忍受不了我对她的冷落，向我提出了分手。虽然为公司付出了这么多，但在姐夫看来，我每天的工作无非就是作图跑腿，能胜任这种工作的员工，人才市场里比比皆是。

最开始创业的时候，我每个月只有 3000 块钱的工资，公司没有会计，每个月我自己从公司的账上拿钱，自己记账。当时身边所有人都对我说："文颉，别跟着你姐夫干了，每天忙活到半夜三四点，一个月也才 3000 块钱。"姐夫的弟弟是一个摄影师，他说："文颉，你来我这里吧，月薪五千还管吃管住，怎么样？"还有不少人要给我介绍待遇更好的工作，但我都一一拒绝了，所有人都说："文颉这孩子，人品是真的没的说。"但是扭过头私下里又会叹口气："这孩子怎么就这么死脑筋呢。"

我是这样想的：既然答应了姐姐姐夫要一起创业，哪有半途而废的道理？一天下午，我实在累得不行了，打算上楼睡会儿觉，姐姐姐夫在楼下聊天，姐姐说："你也知道，三千块钱在外面雇不来这样的人，每天加班到深夜，没有周六周日，也没有休息的时候……"我隐约觉得他们的谈话内容和我有关，睡意全无，支起耳朵听他们在说什么，姐夫打断了姐姐说道："原来文颉每天跟你聊天说的都是这个，借你的口来埋怨我。"姐姐立马急了，她语气激动地说道："你怎么可以这样想呢，你跟文颉认识了这么长时间，他能是这样的人吗？"他们以为我睡着了，说话的声音逐渐加大，我听着姐姐为我据理力争，心中颇不是滋味，如果我能再争口气，再多做点事，姐夫也不至于看不起我，姐姐也不会因为我和他吵架了。

但即使是这样，我也没有恨过姐夫，多疑对一个创业者来说是很正常的一件事，姐夫教会了我很多为人处世的道理，如果真的有一天我们分道扬镳，在他身上学到的东西也足够我在社会上立足了，基于这一点，我对他是怀有感激之情的。我是一个不会记仇的人，即使有人对我不仁不义，这件事情过去就算完了，更何况我跟姐夫是一家人，他年纪比我大，阅历比我丰富，有时候就算教训我也肯定是为我好，不管他再怎么对我发火，我开口称呼他的时候永远是用"姐夫""您"之类的敬辞，在我看来，不管发生什么，他始终是我的姐夫，我应当对他保持应有的尊敬。

每个想创业的人，目的也各有不同。富二代去创业也可能只是想证明自己不依靠家里，也一样能过得很好。很多人讨厌富二代，其实不是讨厌这个人，而是讨厌他们的身份，这种身份会让普通人产生自卑感，他们会下意识地寻找跟自己一样的人，排斥那些天生优越的富二代。

我小的时候家境不是很好，一个月也吃不上一顿肉，所以我特别喜欢去姥姥家，因为每次去都会有肉吃。我还有好几年没穿过新衣服，总是穿妈妈同事的孩子淘汰下来的衣服，每次走在校园里，看到身边衣着光鲜亮丽的同学，我都会想：为什么别人都有幸福的童年而我没有？为什么他们可以穿新衣服而我不能？想要改变命运的种子大抵就是在那时种下的吧，年岁渐长之后，我也隐约明白了：每个人都是在经历一些特殊的事情后，才慢慢成长起来的，创业者尤甚。

虽说我全权负责设计了"景壹堂"的包装盒，但是姐夫也会提出很多意见，我最初的设想是做成简约风的包装，但是姐夫考虑到足贴属于养生类的产品，客户群大部分都是中老年人，所以在包装配色上选择了沉稳大气的暗红色和金色，虽说我并不太喜欢，但终归是自己一点一点做出来的。现在它改了名叫作"壹小贴"，我对"壹小贴"的感情没有"景壹堂"那么深，虽然它换了全新的包装，但是在设计思路上还是能看到老包装的影子，看到它的时候，我心里还是满满的感动，窝在小小沙发上的日日夜夜又浮现在眼前，它和"景壹堂"一样，都是我的孩子。

我是一个在晚上很情绪化的人，总是会不由自主地想很多东西。项目起盘后的某天晚上，我独自一人住在公司，坐在楼梯上，窗外摇晃着影影绰绰的灯光，耳边传来时隐时现的汽车鸣笛声，顿时思绪万千，无数往事涌上心头。我辞掉工作创业也有几个月的时间了，感到了前所未有的压力和辛苦，性格也发生了巨大的转变，以前在外面和别人一起吃饭，我是只会埋头吃的那个，现在我学会了餐桌文化，知道什么时候说话什么时候闭嘴，知道自己该坐在哪个位置上，知道茶杯空了及时添满。在创业途中，我有所得吗？有。我有所失吗？有。

我又想起了因为太忙没时间见面而导致分手的前女友，想起了我们往日在一起的欢乐时光，三年的感情怎么能说忘就忘呢？如果我能抽出一点点时间来陪陪她，也许她就不会离开我了，如果不是因为创业，我们现在应该还在一起吧，说不定已经到了谈婚论嫁的地步了。想着想着，我不禁泪流满面，最后竟失声痛哭起来，创业，真是一段难熬的征途，来路坎坷，去路茫然。

天津人在骨子里很享受安逸的生活，他们下意识里会认为创业是一件危险的事情，担心被人骗，我最初创业的时候家里人也很不理解，没有一个人站出来帮我，虽然创业很辛苦，但在这几个月里我的确得到了成长。

以前上班的时候，我总是把工作做在别人看不见的地方，也不会去领导那里邀功，甚至听不懂别人话里话外的意思，所以在工作里总是吃亏。姐夫会在这方面提点我，遇到我不懂的，他会很耐心地向我解释，久而久之，其他人在说话的时候，我甚至能搭上茬了。我犯了错之后，姐夫会骂我，但同时也会第一时间帮我解决问题，第一次做包装盒的时候，因为我的疏忽，没有和厂家协调好，导致包装盒出现了瑕疵，我和厂家产生了争执，姐夫知道后，赶来工厂处理了问题，他并没有责骂我，而是告诉我下次出现这种情况应该怎么解决。有一次他喝多了酒，对他最好的兄弟说了一句话："文颉是个好孩子，我想带他，我想把我所有的东西教给他。"虽然姐夫是一个利益至上的人，但我能感觉到，他是真心在帮我，如果没有他，就没有今天的我。

我是一个很少有怨言的人，吃了亏也不会多计较什么，我觉得与人交往最重要的就是将心比心，做一件事情之前，把最好和最坏的结果都考虑到，这样就不会有太大的心理落差。但是姐夫教导我："文颉啊，做人不能太佛系了，你这样早晚会栽跟头的。"他教我在与人交流的时候，先观察对方是一个什么样的人再进行接下来的谈话，就是所谓的"见人说人话，见鬼说鬼话"，但是性格使然吧，我总是学不会如何看人，别人跟我说话的时候我会顺着往下说，别人不愿意多说，我也绝不会多问。

姐夫经常会带我去见一些客户，每次不到迫不得已，我坚决不开口讲话，因为在那种场合下，我总是支支吾吾表达不清楚意思。姐夫私底下不厌其烦地教我放平心态，他说："人不可能一生下来就会这些东西，任何成长都是需要一定的过程的。"以前我在做事的时候总会征求姐夫的意见，遇到解决不了的事情总是问他该怎么办，他怎么说我就怎么做，后来我对一些人和事接触久了，也有了自己的想法，姐夫对我的变化很是惊喜，让我单独负责很多业务，公司的事情也会和我商量，我也逐渐发现他并不是那么独断专行，而是一个很乐意倾听别人意见的人。

从 0 到亿

有人问我："文颉，你打算一直跟你姐夫干下去吗？"答案是否定的。我不否认他给了我一个创业的平台，教会了我很多东西，我不后悔和他一起创业，他是我创业上的导师、人生路上的导师，但同时他又是我的姐夫，两种身份交织在一起，会让我们之间的关系复杂化，导致合作不那么明朗。我姐姐为姐夫怀过两个孩子，都因种种原因流产了，姐夫每天晚上都出去喝酒、打台球，在姐姐怀孕和流产期间也一直如此，姐姐最初还对他有所期待，现在只剩下了心寒，我至今还记得姐姐在一次次失望后眼角的泪光，她已经做好了和姐夫离婚的打算。再加上起盘那天发生的事情，让我更加明确不会一直留在这个公司，我们现在的目标就是把"壹小贴"做大做好，这样牵扯到利益分割的时候，我和姐姐才有足够的资金接着创业。

跳出小舅子这个身份，用一名员工的视角来看我姐夫，他是一个无可挑剔的老板，他做的所有抉择、说的所有话——我不敢保证是百分之百，但我相信，这其中的绝大部分都是从员工利益、公司发展角度出发的。我是一个能看清楚是非的人，姐夫对我的好我全都记在了心里，但是作为我姐姐的弟弟，他对姐姐的种种不好我都看在眼里，这个时候我只能以一个娘家人的身份来评判他、指责他，现在想来，我怨他，也只是因为他对我姐不好。

在我心里，是把亲情看得比什么都重要的。我生长在一个单亲家庭里，已经整整七年没有见过父亲了。我刚出生那几年，家里的条件还算不错，冬天穿的羽绒服都是六七百元的名牌，后来父亲生意失败，从北京回了家，从此一蹶不振。父亲迷上了游戏机，一玩就是一整天，连饭都顾不上吃，那时候流行刘德华的一首叫作《笨小孩》的歌，我觉得自己就像歌里的笨小孩一样，可惜老天并不眷顾我。听着这首歌，我抱着妈妈买给我的小熊玩偶，坐在里屋一哭就是一整天，父亲在外面打游戏，即使听到我的哭声，也从来不会进屋安慰我。

后来，父亲借了四万块钱的高利贷和朋友合伙开了一家游戏厅，半年之后，因为生意不景气，游戏厅倒闭了。因为还不起钱，父亲被债主扣押监禁起来，他们放话说："如果不能按时把钱还上，我们就把他的腿打折，让他下半辈子都坐在轮椅上！"妈妈急得几乎哭晕过去，她和伯伯借遍了所有的亲戚，凑齐了钱才把父亲赎回来。因为这件事，父亲有整整两年的时间没有迈出过家门一步，我每隔两天就在楼下超市给他买一包最便宜的吉庆烟，也只有在我递给他烟的那一刻，父亲才会对我露出笑容。

初三的时候，爷爷奶奶给父亲找了份工作，那阵子家中的生活慢慢有了起色。父亲常年在外，经常不回家，只是定期给妈妈送生活费，也时不时给我零花钱，我现在用的工商卡就是那个时候为了让父亲给我打钱而办的卡。记忆里最后一次见他是在我高三时的寒假，我问他："爸，你下次什么时候再回来看我？"父亲摸了摸我的头发笑着说："等你高考完吧，考上大学之后，爸爸给你换手机，买电脑！"但是这个承诺至今没有实现，那天以后，我再也没有见过他。高考完后的某一天，我接到了一个陌生号码打来的电话，我"喂"了好几声，奇怪的是对方并不作声，过了好大一会儿，听筒里传来一个声"儿子"，是父亲！我的眼泪一下子就涌了出来，我哽咽着问："爸，你什么时候回来？"父亲没有回答我，只是询问家中人身体如何，随后就把电话挂了，后来我再拨打那个电话，已经没有人接听了。

我妈妈这么多年一直留着长头发，从来不肯把头发剪短，有一次我对她说："妈，最近流行短头发，你不如去把头发剪短吧。"妈妈没有看我，

●●

她只是淡淡地说："你爸喜欢。"我内心一怔，什么话也说不出来了，妈妈这些年一直是一个人，我以前以为她是为了我不肯再嫁，原来她一直在等父亲回来，其实我又何尝不是这样呢？这些年里，我经常会想起他，也设想过无数个与他重逢的场景。我有一个习惯，不管是在公交车上，还是在马路上，只要是人多的地方，我都会下意识地一张张脸孔看过去，生怕在某个瞬间跟父亲擦肩而过。

我从小是在姥姥姥爷身边长大的，他们俩都非常疼爱我，姥爷刚去世的时候，我的大姨夫和二姨夫因为一件小事起了冲突，当着姥姥的面就争吵起来，二姨家的姐姐也参与到了争吵之中，姥姥是一个不善言辞的人，只会不住劝他们停下来。这件事情谁对谁错我不多做分析，我也没有资格去评价他们，我只是在一旁静静地照顾姥姥，在我看来，这只是大姨夫和二姨夫之间的事情，最多涉及大姨和二姨，跟我和大姨二姨家的两位姐姐没有任何关系。不管发生什么，小辈都不应该参与到长辈的任何纠缠之中，对于我父亲来说也是一样的，不管发生过什么，他都是我的父亲，这一点谁也改变不了。

我选择创业有很大一部分原因是因为父亲，最后一次见他的时候，他给了我 2000 块钱，让我省着点花。我希望某一天他回来的时候，能看到一个事业有成的儿子，而不是一个依旧向他伸手要钱的儿子。那个时候我也可以有底气地站在他面前对他说："看，你儿子有出息了！"

一个人可以没有天分，但只要肯坚持就会成功，这是那首"笨小孩"告诉我的道理，我想下次听到这首歌的时候，我可以笑着哼唱出来。

第二节　社群百像

　　肖肖在天津创业，而天津是一个商业环境相对来说不那么好的地方，在平台经济和消费升级时代来临的今天，天津并没有一家全国闻名乃至全世界闻名的拥抱未来的企业，而且因为天津人的传统观念比较强，他们对于"创新"其实是不够重视的。

　　但，天津人又非常喜欢消费，这也就意味着天津的机会多，会涌现出很多很多的创业公司，咖啡、影视、社交、养生甚至汽车，等等，这些具有消费升级色彩的项目在天津会有非常大的机会，"壹小贴"属于养生产品，故此，"景壹堂"可谓是应运而生。但是机会多并不意味着以肖肖为代表的天津创业者应当着急忙慌地创业。对于早期创业者来说，摸爬滚打是很好的学习机会，但同时也有些浪费自己最宝贵的青春。在"壹小贴"这个

从0到亿

项目平稳运营之后，我给了肖肖一个建议，我说："我建议你去大企业学习一下，去感受一下它们的管理方式、运营模式，乃至于它们是如何做公关和销售的。"对于创业者来说，想要把企业做出一定的成绩，让自己的公司在社会上稳当立足，很重要的一点就是要对成熟企业固有的发展模式有所熟悉。

年轻人的确应该到飞速发展的年轻企业去历练、打磨一下自己。试想：如果有一位想要创业的年轻人短期加入某个做硬科技产品的创业公司，并和这家公司的团队一同成长，那么，当他出来以后，他可以挺着胸脯告诉别人，他在这家公司担任产品经理，参与过某款产品的开发中。在他创业或者就业的过程中，不论是投资人还是面试官，都会更喜欢他。但是，如果没有在大企业工作的成熟经历，他并不能很轻松地让公司走在正确的道路上。说到底，创业者到大公司学习的无外乎是常识：很多人连财税、管理、股份架构、法律等很普遍出现的坎儿都没有摸清楚的时候就开始创业，那么他的公司和项目注定是既做不大也做不好的。

肖文颉，花名"肖肖"，"景壹堂"联合创始人，第七十四位加入美索不达米亚社群的伙伴。现在，他在京东就职，但他的创业之路不会就这么停下来。未来，让我们一同见证他的成长！

第九章

李学贵自述：草根的连续创业之路

第一节　披荆斩棘，一路向前

　　我的父母是农村地道的农民，直到三年前，我才把他们接到城里来住。农村的条件不是太好，我读小学的时候，不是背着书包去上学的，而是要背着篮子去，因为每周我们都要上山捡一次柴，捡来之后冬天在教室里生火取暖，跟"变形记"里的场景差不多，下课的时候大家围着柴火堆取暖，所以小学一到四年级，我们基本上都没有用过书包。

　　五年级的时候，我开始住校，一个星期才回家一次，在学校吃的是玉米面做的饭，菜是干腌菜和洋芋片煮的汤，常年只有这一道菜。小学我是在村委会读的，离我家有一个小时的路程，农村交通不便，只能靠走。初中我就到了镇上读书，两个星期回家一次，当时初中生生活费的标准是五十块钱，三十块钱买饭票，十块钱作为来回的车费，剩下十块作为零用

从 0 到亿

钱买一些学习用品。在我整个读书生涯中，我的排名一直稳定在班里前十。初中生活平淡又有条不紊地进行着，我长高了也长壮了一些，每次回家会帮家里做些家务或者农活。

初三的时候，我的心理发生了变化。我父亲和母亲双方的兄弟姐妹都很多，我母亲姊妹九人，父亲姊妹七人，这十六个家庭全是清一色的农民，没有商人，没有公务员，顶多在农闲的时候出门打个小工。那时我慢慢长大，也体会到了父母的艰辛，看到想买的东西，想想在田间地头劳作的父母，我就不敢再开口要钱了。我想，如果我继续读书的话，能带给我什么？我给家里带来的负担又是什么？

进入高中后，我渐渐对学习没有了兴趣，那时我们村里有两个人，一个靠做短程物流赚了大钱，一个承包建筑工程做粉刷，村里很多人都去给他们两个打工，大家也都赚到了钱。那时我十五岁，看到村里这些人都渐渐富裕起来，我也有些蠢蠢欲动，但是因为我还在读书，很多事情不能放开手脚去做。我自己合计了一下，我现在刚读高中，读到大学毕业还需要七年的时间，这七年我不仅不能赚钱，还得经常跟家里伸手要钱，按照家里现在的情况一定会增加很多的负担。高中的时候我一个月回家一次，每个月的生活费要三四百块钱，我当时很想改变这种状态，不想再跟家里要钱了，心思也不在学习上了。

高一结束后，我跟班里另外一个男同学商量着，要一起外出打工，那时是 2009 年，我对父亲说，我不想读书了，要出去打工，希望他给我一点路费。父亲坚决不同意我这个决定，因为在老家，只有读书是唯一的出路。在 2012 年的时候，我老家的电要一块钱一度，电网没有改造，直到 2016 年，手机才能接收到信号，在此之前手机都是没有信号的，我一回老家，就等于失联了。我很早就有了车，但是车开不到家门口去，坑坑洼洼的路绵延十几公里，车辆根本无法行驶。我的老家，就贫穷到这种程度。

我对父亲说："我外出打工，一方面可以减轻家里的负担，另一方面，我觉得照这样一直读书读下去，永远得不到我想要的东西。"我爸死活不同意，怎么可以不读书呢？我们宣威人很注重对孩子的教育，每一家每一户都逼着孩子拼命读书。我跟父亲谈到了深夜一两点，父亲就是不松口，在我一筹莫展无计可施的时候，我一抬头，看到了挂在房梁上的火腿，我想，我可以把火腿拿去卖了凑路费。我对父亲说，这个路费，你给也得给不给也得给，反正我已经决定了，一定要出去打工。

父亲气呼呼地回屋睡觉了，凌晨五点多，公鸡第一次打鸣，我就悄悄地起床了，我找了个袋子把火腿装起来，扛着就出了家门往镇上走。母亲起床后发现我不在了，火腿也不在了，连忙叫醒了父亲，父亲追我一直追到了镇上。我把火腿放在了相熟的店铺老板那里，打算先去街上看看火腿的行情，在卖火腿的地方，父亲抓到了我，我料定他想不到我把火腿放在了什么地方，我说，要不你给我钱，要不我就把火腿卖了。最后父亲给了我五百块钱，我把火腿还给了他，拿了钱之后连家也没回就坐车走了。

我的第一份工作是在特步专卖店里做导购，保底工资是七百五十块钱，不包吃住，卖到一万元以上有提成。我当时的生活非常拮据，因为要租房子住，还要吃饭，我每顿饭保持在三块钱左右，尽量让自己吃饱，按照当时的物价，四块钱可以吃一份素菜炒饭，加肉的话需要五块。好在那个时候我很瘦，吃的不是很多。

我做销售很厉害，每个月的业绩都是数一数二的，我会抓住人们购物的高峰期，比如周末，因为那个时候上班族还有学生都放假了，我会把自己的状态调整到最好。十一黄金周的时候，我的业务总额接近十万，当月工资有四千多。做销售对我的人生影响很大，我从小就不太爱说话，后来变得会说话了，你要是想拿工资养活自己的话，必须要把商品卖出去，不仅如此还要会做服务。帮客户试穿鞋子的时候，一定要表现得非常开心，鞋带的系法也有三四种，仓库里的衣服分大小码，有不同的颜色、款式等，在推荐客人试穿的时候，我要精准快速地分析出他适合什么尺码什么颜色，以最快的速度找到适合他的衣服。

做服务行业就是在磨自己的性子，你得接受客人在店里试了一个下午最后一件衣服没买的结果，这时候怎么办呢？这时候更要服务好，做了这么多事情他还不买，你一定要把客户的心拴住，让他下次想买衣服的时候想到你，这可能是我跟别人不一样的地方，别人看你试了这么多衣服一件都不买，就会很生气，但我不会生气，我觉得既然我已经做了这么多服务，在你身上得不到这样东西，那我一定要得到另一样东西。做销售这件事情直到现在对我还有影响，我也是从一个普通的员工普通的销售做起的，现在我对我的员工以及每一个人都很尊重，其次，我给他们分享的东西都比较实用。

我在特步待了一年，当时的大区主管说要把我提升为旗舰店的店长，但是等来等去，也没等到。我想，我堂堂一个男子汉，来到人世间，难到要一辈子卖衣服吗？这真的是我想要的吗？我想要找一个比较有空间的行业去做，当时比较热的行业是建筑，我想自己做个建筑老板，但是干建筑对于我们这种没有任何关系和背景的人来说，只能从头做起。当时四川地震才过去两年，我的第一想法就是，这个地方已经被夷为平地了，建筑业的发展空间会很大，机会会很多，我就去了四川的新北川一个建筑工地打工，每天的工作就是搅沙灰。

　　我大概做了三个月，有一次在跟朋友聊天的时候，我吹牛说现在在四川做工程，老板很看重我，我现在在帮他打理各种事务，我有一个同学的哥哥也在做建筑行业，但是没有人手，他听说我也在做这一行，就把他哥介绍给了我认识。我回到曲靖后，从他那里拿到了一个十六万元的工程，专门负责粉刷，我成了一个小包工头，招了一批人来打工。为了节约资金，我也跟他们一起工作，我做得很卖力，大老板来检查的时候看在眼里，觉得我做事挺靠谱，他的儿子跟我同岁每天只会去网吧打游戏，他觉得自己的孩子跟别人家的孩子差别怎么这么大呢？每次发工资的时候，他一定要把我叫到他的办公室亲自把工资交给我，所以我的工资从来没有拖欠过，工程做完的时候，也快过年了，他还给我包了一个八百块钱的红包，他说："小伙子，你可以的，能成大事。"

　　工程做完之后，我赚到了人生的第一桶金，大概有三万块钱，我把钱揣在衣服兜里，左右都装满了钱，睡觉的时候放在枕头边，觉得有钱的感觉真是太好了。我想，过完年之后我再包个四五十万元的工程去做，但那些工地的老板都嫌我年纪太小了，不愿意把工程交给我，我想起过年的时候有一个表弟说，他在牛角厂工作，我就去昆明找了他，他手里有货源，有客户，也知道在哪里买零件组装机器来加工产品，邀请我和他一起单独开牛角厂。我了解了一下当时的行情，发现做牛角制品做得最好的是一家叫作"谭木匠"的，创始人是一个残疾人，我想，人家都能把事业做得那么好，我一个健全的人，只要有恒心，也一定能成功的，当下就决定跟这个表弟一起开厂。

　　我们俩每人出了七万多块钱，凑了十五万，把厂子开了起来。我负责做饭，表弟负责带着两三个人一起生产，做饭做了个把月之后，我觉得像我这样的人才怎么能埋没在厨房呢？我对表弟说："要不咱们来分分工，你管生产，我管销售，我以前就是干这个的，擅长讲话。"但是表弟觉得如果他把资源给了我，我出去单干怎么办呢？我们俩出现了分歧。

大概僵持了两个月，我们俩决定分道扬镳，我整个人很失落，因为我什么都没学会，表弟把厂折算到了很低的一个价格，说不如把厂给你吧，因为他知道我没有技术，肯定不会要这个厂，这样他就能以极低的价格拿到厂子。我给父亲打电话借两万块钱，父亲给我凑了三万块，那是我自辍学之后第一次向家里要钱。我跟表弟谈判，说这个厂我不要，我什么都不会做，要它干吗。到了最后拍板分家的那一天，表弟很谦让地说："哥，你先来，你要什么就挑走，我拿剩下的。"那天我们俩的父亲都在现场，还请了一位中间人做公证，我当着大家的面说："我要这个工厂。"表弟一下子就懵了，他心里有气但又不好发作，只是恶狠狠地说："明天必须把钱给我。"我把钱给了他，这个工厂从此属于我一个人了。

如果故事到这里就戛然而止，我是否应该继续说下去？

我的老搭档何希明那时也刚从高中辍学，跟着我一起做事，我又找了两个有手艺的师父，四个人一起做。做一把梳子需要十几道工序，我们每人负责两三个工序，刚开始做的时候，我每天带着礼品去别人家拜访，想学习一点技术，要来一两个样品来照葫芦画瓢。我当时进了一万多块钱的货，想着就当练手了，能做出成品最好，做坏了也不心疼。两个月之后，我们做出了第一批产品，这时我才发现，做不是最难的，难的是卖。我的套路是从失败者身上找经验，我去找了在这一行做得不怎么样的一些人，问他们要了几个不重要的客户，挨个打电话问需不需要货，我可以便宜点卖给你。就这样，还真的有了客户，慢慢地，我积累了不少客源，卖着卖着，我的生产量已经追不上销售量了，我只好从别家进些货，三块钱买进，

●●●

四块钱卖出，赚个差价。

后来，我遇到了一个机会，我去进货的时候看到了一批牛角，外表看上去很烂。牛角这种东西很多时候都是表里不一的，有时候外面是烂的，切开来里面可能是好的，外面是好的，也有可能里面是坏的，这样做出来的梳子完全不能用。我看到了这批外表很不讨喜的牛角，当时商家正在处理，我觉得自己刚刚在起步阶段，没必要用太好的原料，所以我就把这批货买了回去。

惊喜来的就是这样突然，这两吨没人愿意要的牛角剖开来之后，里面居然是好的，从这批货开始，牛角厂开始盈利了。我去销售产品的时候发现，卖货的永远比我们这些生产的赚钱，因为牛角梳子原材进价很高，最后只能做出数量很少的产品，我开始思索要借鉴谭木匠的模式，自己生产，自己开店销售，从加工到零售全部自己来，做品牌连锁。我在曲靖的一个旅游景点开了一家店，主要贩卖牛角梳，顺便卖一些民族风的小饰品，生意居然很好，这极大地勾起了我做连锁的欲望，我把所有的积蓄拿出来，在市中心找了家店面，重新装修来卖梳子，前前后后投入了大概四十多万元，后来我又发现，来市中心的人是不会去买梳子的，相反在旅游景点，人们很愿意买这种民族工艺品，最终，我在市中心的店亏损倒闭了，我的连锁梦也破碎了。

进入社会以后，我也认识了很多小老板，我发现装修好像比较能赚钱，于是我把牛角厂交给了希明，跟朋友又合伙开了一家装修公司。之后我还投资了快修店和理发店，每个月大概有十多万元的收入。

后来，由于经营不善这几年的积蓄很快就用完了，我每天都在酒店里思考问题，思考我这些年做过的事情，只跟固定的几个人联系、从一开始出门打工、我的初衷、这几年的创业历程、我的钱怎么赚来的又是怎么出去的……那天高参讲到了狼性文化，我现在看似狼性其实不狼性，我已经错过一次了，不能再犯同样的错误，从创办这家公司的第一天开始，我就强调要制度化管理公司，制度化管理团队，制度大于我，一定要严格执行下去。

两个月以后，也就是2016年的8月，滴滴方面全部落实，授权也拿到了，我想，虽然这几年的积蓄都没有了，但我这些公司都还在，我还这么年轻。"未来"对我来说，是无限美好的。

当时我还投资了养殖场，基于产业链来讲，我想把养殖场的猪杀了自己来卖，所以开了家鲜肉店，在菜市场租了两个门店，开始卖猪肉，真正开始卖了之后我才发现，养殖场的猪是一批一批出的，但是猪肉每天都要卖，每天都要宰猪，我只能去屠宰场买猪，买猪的时候要把钱给人家，但是我供应猪肉的单位一个月才结一次钱，一来二去，搞得我特别累，钱还拿不到手，我跟希明每天四点钟就要起床，最后不得已我把这家转手了，基本上也没有赚到钱。

这些乱七八糟的店铺，我能合并的合并，能转让的转让，快修店、理发店停了，鲜肉店转了，服装店、精品店都给我二姐了。来昆明开始一心一意做网约车，把所有错误的经历在这个项目上纠正，管理也好，销售也好，全部都做好。去年9月，已经有人在网约车项目上赚了几百万了，一辆车可以赚三万块钱，我们的目标和他们不同，我们希望把网约车项目做成更广阔的生意。这一年来，我网约车的生意发展得很快，一方面是因为这个行业现在确实是风口，另一方面也是因为我之前错误经验的积累。

我现在的信条非常简单纯粹：坚决执行公司制度，一路向前。

第二节　社群百像

贵哥是云南宣威人，而美索有三位来自宣威的伙伴，除了贵哥，还有一位是立足于中国西南四省的小众平台约觅YueMe的创始人黄光武（花名：光武幸会），另一位是极简科技CEO管尤阳（花名：凤凰），这两位创业者都是比较认真、踏实且机灵的人，贵哥也是如此，他们身上最显而易见的一个共同特点就是聪明。

贵哥的创业经历和早期的70后下海者比较类似，虽然几经起伏、连续创业，但所从事的都是传统行业，例如工程、养殖，均是如此。我第一次见到贵哥并和他交流的时候，他说他这边就一家再传统不过的传统企业。我相信了他的话，但是随着逐渐深入的交流，我发现事情并没有这么简单，他把数据作为自己的武器，在传统的汽车行业以外，还拥抱了平台企业滴滴出行，同时，他把金融、互联网这些近几年持续火热的行业重构了他旧有的传统行业玩儿法。有句话说得好：互联网+，加的是什么？加的是制造业、服务业等传统行业，它们有一些可以作为基础的东西，当它们走上"互联网+"的道路，用互联网重构自己的商业模式的时候，它们会与一般的互联网企业或是传统企业大不一样。很多做汽车行业的创业者和企业主，都在拥抱滴滴、人人车这些大的平台企业，但是，对他们来说，他们更愿意把互联网当作一种工具或者一种武器，而绝非是重构自己的商业模式。

　　李学贵，花名"贵哥"，云运网约车创始人兼董事长，第三十一位加入美索不达米亚社群的伙伴。而对于贵哥来说，平行进口也好，汽车金融也好，其核心均来自互联网思维，有效的后台系统，流淌着互联网蓝血的公关，与滴滴、58速运以及弹个车这些互联网企业紧密的合作，都是非常具有研究价值的模式。当然，他同时也没有放弃老一辈企业主身上那种跑马圈地、占山为王的特性，他的动作非常快，路子也非常野——他值得我们期待。

第十章

陈正军自述：守正出奇

第一节　在沉浮起落中勇往直前

我的大名叫陈正军，花名叫做"守正出奇"，很多人都好奇我为什么要取这么一个名字，确实，它读起来拗口又难记，但每一个字都有特殊的含义。"守"代表着坚守，"正"代表着正直，"出"代表主动、拥抱，"奇"则代表创意、独特，合起来的大意就是不忘初心，主动进击。我所有社交软件的昵称基本上都是"守正出奇"，这几个字里我最看中的是"正"字，除了因为我名字里也有这个字外，它还代表了我的做人准则——"行的端坐得正"，我大学时的院长也经常跟我说，做事情要"守正出奇"。可以这么说：这四个字不仅是我的花名，还是我的人生格言。

我创业的最初目的，是为了帮老家解决物流问题。我大学是在北京读的，老家则位于湖南岳阳的一个小村落，那里交通不是很便利，随之而来的问题就是物流不发达，甚至连个快递站点都没有。我从北京寄回家的东西，只能送到距离我家还有十公里的镇子上，而从我家到镇上的路费最低需要八块钱，这就意味着，取一次快递不仅要在路上耽误大量时间，还要花费将近二十块钱的路费，这对于一个普通的农村家庭来说，是很难承担得起的人力与物流成本。

我们村有三户菜农，他们每天都要去镇上卖菜，早出晚归，节假日也很少休息，他们的工作时间与性质让我产生了与其合作的想法。如果我把快递业务承接下来，请菜农每天卖完菜回家的时候把快递从镇上带到村里来，每单快递给他们一定的提成，他们一定不会拒绝。而根据我的调查，每天从镇上需要送到周边村里的快递高达千余件，这些快递产生的提成对于菜农来说是一笔可观的收入，何乐而不为呢，而客户只需要支付很少的代取费，就能省去大量人力成本跟时间成本拿快递，他们一定也乐意接受这种服务。

基于这一点，我走上了创业之路，还给自己勾勒了美好的创业蓝图。物流是所有商品流通的根本，今天我既然可以把快递带到农村，那么未来，我是不是可以利用物流把更多的东西引进农村，甚至像阿里一样，不止把城市的东西带到农村来，还能把农村的好东西带到城市去，说不定过个一二十年，我就是下一个马云了。

但是除了我自己，没人认为我能成为第二个马云。2015 年 12 月，我正在北京上大三。我的成绩在班级里排名中上，不出意外的话，一年半之后，我就可以拿到毕业证顺利毕业了。父母为我规划的未来是：毕业后考事业编制或者公务员，最起码也要进入一家待遇好的大企业。我一度也认为那就是我所要追求的生活，但不知道从哪一天起，我突然想通了一件事，

第十章

陈正军自述：守正出奇

为什么我非要按照父母的意愿来生活呢，他们的所愿就是我的所愿吗？不，当然不是，我的人生，不应该由我自己来选择吗？

于是我毅然决然地选择了休学，决定回老家创业。父母、老师还有班里的同学都觉得我疯了，为什么放着好好的学不上，非要去创莫名其妙的业。父亲甚至放了狠话："只要你敢休学创业，我就不认你这个儿子。"但当时的我哪里听得进去任何劝告，我坚持认为自己的决定是对的，面对父亲的威胁，也毫不畏惧。我说："爸，你等着看吧，我一定会闯出点名堂来的。"为了表决心，我还一路从北京骑行回到了湖南，一千多公里的路程，历时二十六天，这是一段漫长的旅程，我从来不知道一条路原来可以修得那么长，一眼望不到头，我只觉得路的尽头还是路，似乎顺着它就能一直走到天涯海角。

如果不是耳机里的歌声让我疲顿的骑行多了些许乐趣，我简直不敢想象我将如何骑过这一千多公里。但是等我真的到达目的地，回过头再张望来时路的时候，我看到的是弯弯曲曲、坑坑洼洼的乡村小路，一眼望过去，竟也没有尽头。但是这次，我不再彷徨了，因为我就是从路的尽头出发到达这里的，我想："也不过如此嘛，千里之行，始于足下，古人诚不欺我。"没有我一米一米的积累，哪来这千里骑行的终结，而人生路又何尝不是如此呢？不积跬步无以至千里，谁不是靠着一点一点地努力来获得成功的呢？从北京到湖南的一千多公里我都走过来了，还有什么路是我不能走的呢？

高中的时候，我是一个很贪玩的学生，经常逃课去网吧打游戏，进入大学之后我发现，虽然课余时间比高中多得多，但我身边似乎每一个人都特别忙，他们不是整天泡在图书馆学习，就是从一个兼职地点马不停蹄地

从0到亿

赶往下一个兼职地点，相比之下，我简直是太清闲了。我懂得笨鸟先飞的道理，也读过人要赢在起跑线上的鸡汤，周围人的忙碌让我有了一丝危机感，而家境、阅历的差距则成了我奋斗的动力。在学长学姐的带领下，我也每个周末都去做兼职，也许是我特别努力有干劲的缘故吧，我的工作一直很顺利，最后做到了大学城总代理的位置，我还跟朋友合伙开过水吧，经营过服装店，巅峰的时候我手下有两百多个人，自己有一个小团队，不止本校，外校也有很多学生都认识我。

自打做兼职之后，我没有再向家里要过一分钱的生活费，手机电脑都是用做兼职赚来的钱买的。也许是看我一路走来过于顺利，老天爷决定和我开一个小小的玩笑，让我栽个跟头。2015年国庆期间，我带了五十多个人去河北做兼职，因为经验不足，我没有和对方签合同，结果工作完成之后对方跑路，七天的工钱只给我们结了三天的，剩下五十多个人四天的费用全部都需要我来承担，我的积蓄一时间所剩无几。因为我的一时疏忽，导致团队出了那么大的问题，那段时间我一直愁眉不展，每天都在想接下来应该怎么办。以前我只考虑如何赚钱，没考虑过失败的后果，所以出了事情之后没有一点准备，我心里特别沮丧，每时每刻都在自责中度过，老师评价那时候的我就如同一具没有灵魂的行尸走肉。

后来一个朋友邀请我和他一起出去穷游做背包客，正处于人生低谷期的我想，与其每天浑浑噩噩，倒不如出去散散心。于是我从湖南出发，朋友则从北京出发，我们在青海汇合，中途搭顺风车从一个地点到下一个地点，晚上住自带的帐篷或者青年旅舍，我们途径了西藏、云南、广西等地，最后回到各自的出发地。在青海的时候，有一天晚上我们在路边搭好了帐篷，正准备躺进去睡，突然有一个老奶奶走过来说："我看了你们好久了，

陈正军自述：守正出奇

你们是大学生吧？"我们急忙向老奶奶解释自己是出来做背包客的，老奶奶慈祥地说："我孙子跟你们年纪差不多大，也在外地上大学，看见你们我就想起他来了。我家就在这附近，你们等着，我去给你们拿几床厚被子，这里晚上冷得很，可别着凉了。"

老奶奶不仅给我们拿来了被子，还送来了开水，盖着柔软暖和的棉被，我们香甜地睡了一觉。第二天一早我们去还被子的时候，老奶奶又极力邀请我们去她家吃早餐，刚刚经历被骗事件的我，被老奶奶的热情感动得几乎要落下眼泪来，只会不停地说"谢谢"。其实除了这位老奶奶，这一路上让我感动的人和事还有很多很多：穷游的途中，我们搭乘了三四十辆顺风车，搭乘时间最长的有十五个小时，大多数车主会很热心地顺路搭载我们一程，有的怕我们在车上太拘谨放不开，还努力找话题活跃气氛；有时在商店买东西，店家得知我们是穷游的大学生后，还会把商品低价售卖给我们或者直接送给我们……

那种发自内心的感动不是我现在可以用简单的言语表达出来的，经历过欺骗的人往往都会有一种感觉，觉得自己再也不会轻易相信任何人，与人交往的时候都会有所保留，我就是这种人。但这个世界上确实存在诗与远方，存在至真至善的人心，只是你不知道，或者说，你暂时还不知道。接受帮助的时候，是我觉得自己的灵魂与纯净的天空最接近的时刻，从此我爱上了旅行，也在旅途中结识了很多有意思的人，我的心态也发生了改变，不再一味地怨天尤人，而是学会了多方面审视事物，很多次我难过崩溃的时候，都会想到在青海为我们送来棉被的老奶奶，想到送我们食物的店家，想到搭载我们十几个小时而不要求回报的热情车主，我告诉自己，在这个世界上，总有一个人是为了温暖你而存在的。

从 0 到亿

创业从失败开始

休学回家后，我放弃了与菜农合作的计划，自己买了辆二手车，把镇上所有的快递业务都接了下来，亲自把快递一个一个送到村里。和我一起创业的还有另外一个朋友，我们两个一起去送快递，轮流开车。他是一个性子很急的人，干什么事情都风风火火的，开起车来也是这样，我不止一次地劝过他不要把车开得这么快，而他总是不以为意地说："这里行人少，又没有红绿灯，怕什么？"结果有一天，他果真因为车速太快撞到了一位行人，对方家属不依不饶，一定要让我们赔偿医疗费和精神损失费，我知道朋友刚刚创业没有什么存款，所以替他出钱摆平了这件事。

原以为有了教训之后，朋友会老老实实地踏实开车，没想到规矩了一段时间之后，他又开始无视交通法规，并说："上次只是一个意外，如果不是因为那个人突然冲出来，我们根本就出不了事，以后我会注意看着的。"过了没多久，朋友出了第二次车祸，我本想与他商量一起分担赔偿款，没想到他反咬一口把责任都推到了我的身上，打了我一个措手不及，我们两个也因此闹掰而分道扬镳。经历这两次车祸后我也明白了一个道理，其实创业过程中所有的问题归根究底都是人的问题，如果能把人际关系处理好，那么事情操作起来起码会顺利一半。

在我的邀请下，一个大学同学决定成为我的新合伙人，与我一起送快递。他是一个性格和做事都比较稳的人，我也很放心地把车让他来开，只是因为我的车已经连续出过两次车祸，某些零件偶尔会失控，前两次修车的时候，修车师傅建议我给车买份保险，为了省钱，我没有听师傅的话，而是心存侥幸地想："我不会那么倒霉吧，所有的车祸都让我遇上了。"这个世界的确是不会给心存侥幸的人任何机会的，第三次车祸的发生让我无比自责，我害得同学受伤住院，自己也因此骨折，现在我受伤的腿部还留有后遗症，每到阴雨天或者长时间站立就会作痛。我以前很喜欢跑步，出了车祸之后，我看着打在腿上厚厚的石膏，特别害怕自己以后不能再继续跑步！

有一次我拄着拐杖过马路，看着行人一个接一个从我身边走过，而我只能一步一挪地前进的时候，我望着对面闪闪烁烁的绿灯，孤独、无助、后悔一刹那涌上心头，周围人来人往，我却忍不住放声大哭。出车祸的时候，我正坐在副驾驶上打瞌睡，我坐车向来不喜欢系安全带，如果不是那天我因为想睡觉而系上了安全带的话，可能就直接从车窗里飞出去了，后果不堪设想，从那之后，我终于学会了老老实实地系安全带。在我们的车追尾撞上前车的瞬间，我脑海中闪过无数画面，最后定格成一个问题：明天的快递谁来送？当腿上的疼痛排山倒海般袭来的时候，我又想到了另外一个问题：我前前后后辛苦了七八个月，却换来这样一种结果，可能还需要家人给我擦屁股收拾烂摊子，我放弃了学业回家乡创业，却落得这种下场，我真的好不甘心啊。我从来没有遭遇过这种灾祸，满脑子想的都是"完蛋了，我要死了，我该怎么办啊"，好在最后结果比我想象中要乐观许多，而我的性子在此之后也变得不再那么浮躁，可能是因为经历过生死时刻，所以我会比别人多出那么一点点稳重，在旁人不怕死地做某件事情时，我总要想一想最坏的后果，权衡利弊之后再做定夺。

关于我创业这件事情，其实家里大部分人的态度都是模棱两可的，他们说不上创业有什么好，但也说不出创业有什么不好，后来看我做的似乎还不错，也就不再阻止我，唯独父亲，坚决反对我创业，尤其在我买了车准备亲自送快递之后，这种态度更加强烈。出了车祸之后我才知道，父亲有一个从小一起长大的表弟就是遭遇了车祸去世的，因此父亲才对我开车

从 0 到亿
创业从失败开始

这件事情深恶痛绝，父亲对我说起这件事的时候眼里噙着泪花，我这才明白过来，为什么每天早上我开车出门的时候父亲总要跟在我屁股后面唠叨几句"慢点开，路上一定要多注意"之类的话，而我每天晚上回到家之后，他又总是不加掩饰地笑着对我说："回来啦，今天没出什么事吧？"那一声声让人听得心烦的唠叨里，藏着一个父亲羞于表达的爱啊！

我知道父亲是在担心我，作为家里的顶梁柱，他不仅要支撑起这个家，还要尽可能地保证每一个家庭成员的安全。只是我们家的经济来源绝大部分来自父亲，我还有个在上学的弟弟，每年的花销也是一笔不小的数目，我是真的想帮父亲分担一些压力，让他可以不要那么辛苦。有句话是这样说的："不要让你赚钱的速度低于父母老去的速度。"特别契合我现在的心态。我父亲生于 1969 年，到 2019 年他就五十岁了，我打算让他在五十岁的时候就退休，养家的任务以后就交给我。

面对其他人的不理解，我从来没有过多的解释，但是对于父亲，我会尽可能地去解释，告诉他我现在做的事情有怎样的发展前景，我下一步打算怎么做，虽然很多时候他并不能听懂我在讲什么，但我还是乐此不疲，一遍又一遍地向他解释。我知道，就算父亲不懂，但是听到儿子在认真规划自己的未来，他的内心也一定会欢喜的。

现在我准备再次上路，可能会再次失败，但天道酬勤，我有目标、有斗志，还有来自家人的爱，我相信，上天是不会辜负苦心人的。

第二节 社群百像

陈正军是一位稍微不懂得人情世故，也不太懂商业的创业者。但在他朴实做事风格的背后，是一种一往无前的勇气和决心。

我刚刚结识他的时候，他已经结束了早期的几次创业经历，在希鸥网任职CMO。当时，美索不达米亚社群北京分站的一位伙伴绽放品牌创始人、BN舞蹈创始人张帆远航（花名：Pandora）报名参加了希鸥会，并介绍他与我们认识。希鸥是一个为小创业者们寻找认同感和参与感的创业者俱乐部，里面有来自全国各地的数以千计的年轻创业者。希鸥并没有把这样一个俱乐部做成相应的生态，也没有做产业结合的推动，他们更多的是为创业者提供一个培训以及交流的小平台，每次邀请几位做得还算合格的融到A轮或者B轮的创业者来做一些相关分享。当然，我不是说他们做的事情没有意义，只不过他们做的业务太过于基础，我认为他们并没有有效地、合理地利用自己的资源。

陈正军二次创业的项目叫作"准脉"，和希鸥很像，他打造的是青年创业者的人脉社群。这个社群里面鱼龙混杂，说得难听一点，鸡鸣狗盗之徒也有，奇人异士也有，但他并不是孟尝君，他没有孟尝君那份气魄，也缺乏孟尝君沉稳的胸怀。但是在他的这次创业中，我们可以看到的是一种全新的尝试，它不像美索或者现有的商会那样落地或者务实，却又比希鸥网、正和岛这种所谓的创业者组织、企业家组织更具有实际意义。"准脉"虽然很难挣到什么大钱，但也是一件有意义的事情。

陈正军，花名"守正出奇"，准脉社群创始人兼 CEO，第五十一位加入美索不达米亚社群的伙伴。对于商业他其实并没有多独到的见解，甚至于他还曾经在我的老搭档小明的再三嘱咐下依然不小心妨碍了美索伙伴们与某平台企业的合作推进，也因此被联名要求短暂离开美索。但是，我们可喜地看到了他的成长，我相信，通过他的努力，美索的大门终会再次为他打开！

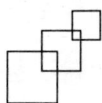

奇言奇语

说说 90 后创业

一

为创业者著书立说并不是一件轻松的事。

带兵打仗的军事家们，有时会被描绘成莽夫，比如张飞、程咬金；胸中一副治国方针、身担重任的能臣诸葛亮、刘伯温们，则被描绘成了呼风唤雨的妖道。流芳百世的作品往往并不能反映最真实的一切，原因很简单：英雄和阅读他们的受众人群是不一样的，读者最能够接受的永远都是故事。局外之人并不专业，他们无法理解在某一领域发生的许多事情。哪怕现在阅读本书的你是一家上市公司董事长，如果让你放下一切，重新创业，我也敢断言，假使你跨入本书中的创业者们的领域，你现有的知识体系与行业逻辑也不能像微波炉一样即拿即用。

从 0 到亿

创业从失败开始

描述一位创业者所经过的创业之路并使得读者理解他们，就必须用最通俗易懂的语言把事情描述得尽可能简单。作为美索不达米亚社群的创办人、深扎于90后创业群体的我，在进行本书编写工作时，总会有一种拳头打在棉花上般力不从心的感觉。我看着书里的他们，心中竟然浮现出一种"铁面无私包大人"或是"断案神探狄仁杰"的感觉，要知道，包拯和狄仁杰在历史长河中都是杰出的政治家啊！他们才不是影视作品里那样像是侦探一样四处探案。同理，我们描述师恩难报，永远都在讲述深夜路过老师的窗前，看到那一盏还没有灭掉的台灯，其实老师为学生做出的贡献，又岂止是那台灯可以概括的！可是，如果想要让拿起这本书的你知道这世上有这样的一群90后已经踏上了创业路，如果想要让消化完这些故事的你多少能记住他们，我不得不把他们身上发生过的创业故事用最简单的方式讲述给你。我深深地为没能将剖析他们的商业逻辑的过程展现在读者眼前而感到遗憾，但我又能怎么做呢？只是把一幅幅用文字编绘的画像送到你的眼前，盼你静静观摩、细细品味。

霍金是一位伟大的科普作家，他的这个属性要远远大于他身上的物理学家属性。对于我这样在上学时把物理考试视为灾难的文科生来说，霍金的著作为我打开了通往新世界的大门。我把本作看成是一本记录90后创业者故事的小书，这本小书可以让更多人关注在同龄人中先行一步的90后创业者群体。读者因本书而思考"创业者如何避开本可以避开的雷区""草根创业者如何突破瓶颈""不同行业的年轻中小企业主身上又有着什么样的共性"等几个问题，并给出自己的答案，对于本书来说就是一种成功。

创业是一场充满未知的冒险，但大部分开始这场冒险的人并非武装齐全。对于年轻的草根创业者来说，失败才是大概率发生的事情。或许有一天，年轻的准创业者不会在懵懂无知时就不负责任地踏入这一条不归路；或许有一天，草根创业者不会因为犯下的错误在深夜里独自买醉、失眠、啜泣甚至偷偷服下抗抑郁症的药物；或许有一天，所有的精英人群都可以用平等的眼光看待那些奋力挣扎的初创企业经营管理者……这一切对于我们来说任重道远，但在我看来，本书至少就是一个为年轻的草根创业者们所立的记录碑，为他们思考，为他们发声，也为他们正名。

希望你在看完他们的故事以后的某个夜里，铁马冰河入梦来。

二

荣誉只属于少部分创业者，而我的周遭大多数创业者均不在此范围之内。

在这些先踏上创业路的"野路子" 90 后们的世界观里，有马老师（马云）和柳传志，也有乔布斯和比尔·盖茨，但是他们甚至不了解新三巨头"TMD（今日头条、美团、滴滴）"的三位创始人的姓名与事迹。他们崇拜神话，又充满干劲儿，这也使得他们不会像老一辈企业家一样选择性地忽略趋势而大谈命运；他们充满敬畏之心，但又像是一柄柄利剑一点寒光万丈芒……

受限于年龄和阅历，他们对主流的创业者世界两耳不闻，他们会像发现了新大陆一样给我转发一些已经过时的文章，也会在听闻某件我们熟悉的创业圈事件时大为震惊。他们中的绝大多数人并不懂得风险投资家们的逻辑与理念，也没有真正有效地做到管理自己的知识。但，他们的想象力是无限的，这一点毋庸置疑。美索不达米亚社群有一百一十余位成员，这其中有一多半都是二代，但他们中的大多数与那些正统的"草根创业者"一样，从来没有用某个框架把自己限制在里面。这些不成熟的理念和不完善的知识在一方面限制了他们的发展，但，这些被把握着顶层资源的精英所诟病的主观思想和小环境又在另一方面使得他们注定要走出一条只属于自己的路。

我在与那些沿着"成功"的必然之路行走的精英们交流草根创业者与精英创业者的差异时，看到他们的脸上写满了一句"居然还有这种操作"。

每一位创业者都值得尊敬，从千军万马过独木桥的洪流中杀出来的他们，更是如此。

三

"创业从失败开始"是一种必然。

在美索不达米亚的一百一十余位成员里，有一些人在一路走来的路上，并没有经历过所谓的失败，在他们的眼中，"创业从失败开始"是一个伪命题。比如说：51钱包的创始人刘思宇，今天投身于区块链行业，也是风生水起；康纳雷克企业的徐世东，从二十一岁开始创业，到今天做集团公司，下属的八个板块中，没有一个产生过亏损。他们无疑都是很优秀的，但是他们并不能证明"创业从失败开始"是一种错误，我更想把他们看作是极少数的个例。

奇言奇语

说说 90 后创业

我不想说创业一定要从失败开始，但是至少这是一种中肯的建议，对于创业者来说，在所有人都觉得可以做好的时候，他把某件事情做失败了，其实是一种宝贵的经历。我认为这种失败能给创业者带来三个好处：

第一个好处，是发现自己的弱点和短板。绝大部分创业者在第一次创业和第二次创业时所从事的行业是不一样的，比如马老师最开始的海博翻译社和阿里巴巴是不一样的，王兴的饭否网和美团网也是不一样的，刘强东最早是开饭店的，后来才创办的京东多媒体。因为行业不同，他们创业时并没有什么所谓的行业资源，但是每一位创始人，只要我们聆听过他们的故事，我们都会知晓，他们在自己早期的经历里面，知晓了自己擅长什么、不擅长什么，最终知道了该如何改进，这些都是经验的积累，说白了，第一次创业的失败，就是花钱买教训的过程。其实一个创始人的思维模式在很多时候就决定了创业公司的天花板，所以说只有经历过失败，做过错误的尝试之后，才会有更好的、更正确的思路，这个正确的思路不是教育、眼界所能弥补的，而是一个实践操作的必然过程。

第二个好处，是敢于打硬仗，敢于铤而走险。其实创业说到底就是一场赌博，成功是小概率事件，在这样一个前提条件下，我们看到今天在市面上比较能耳熟能详的明星创业者和创业公司，以及行业寡头们，他们大部分都在尝试一件很难胜利但是一旦胜利就会拥有无限广阔天空的事情，所谓以小博大，拿很大的收获和很高的风险来做这样一件事情，而早期创业的经历，或者说一次失败的创业经历，会给创业者带来一种不怕输的心理，他敢于铤而走险，敢于打硬仗，敢于去拼去闯，敢去全部投入在一个生还概率很小但一旦生还就收益极高的事情上面。

第三个好处，是创业失败的经历，可以令创业者养成"透过现象看本质"的习惯,而这种习惯可以使这位创业者从此走得更加平坦。一方面,如果创业者在创业失败后选择了就业,他会因为这次创业经历而在就业过程中学到更多东西,他会懂得观察,会思考,会在一瞬间恍然大悟:原来某件事情是这样的。他会观察到他的领导,在管理以及执行的过程中是如何做的,这对于创业失败者来说是一种很有价值的学习,而大部分直接参与到单位、企业就业的人们,并没有学习这些东西的能力。另一方面是指,如果创业失败者继续选择了创业,他会养成一种批判性思维的习惯,会避开很多原本会踩进去的陷阱,比如税务、财务、工商等方面,这些看似都是很小的事情,但堆积在一起,也是很麻烦的事情。当然,单纯从一个消费者的角度来讲,一个创业者,或者一个曾经的创业者,他在去消费的时候,消费对于他来说就是透明的,因为他可以推算,哪家理发店更优惠,哪家理发店适合储蓄卡,如果想运动健身应该去哪家店,是开得久一点的店,还是刚开业的新店,这些消费性的技巧都会成为他的一种经历和收获,所以我认为,"创业从失败开始"不是一个伪命题,而是一个正命题,创业是有必要从失败开始的。

在以上我所提到的这种创业中的失败,指的是真正意义上的失败、给创业者带来痛苦的失败。如果说这次失败没有给创业者带来痛苦,那这次失败就算不上是失败,是没有意义的,是无用功。这种把失败视同儿戏的创业者有很多,我认为他们并不适合创业,甚至他们在创业过程中根本就没有尝到过创业带来的热血和甜头,所以失败的时候他们也不觉得可惜。所谓失败一定是和成功相对应的,先有了我们主流观点的成功,才有了失败,所以创业从失败开始其实并不是一个非常容易达到的前提条件,但是对创业者来说,是一个很不错的经历。

四

我常常思考一个问题，创业公司的天花板到底是什么？

人们常说一句话，叫作"心有余而力不足"，我想，对于创业者来说，他们的天花板大概就是这个。一方面，大部分创业者没有力量和坚实的后盾；另一方面，他们没有见识过更高层面的风景，尤其是对于 90 后创业者来说，他们没有过在成熟的上市公司或平台就业以及出谋划策的经历，而且他们也不具备、不掌握所谓的社会上层资源，这就像影视行业的演员，那些 90 后甚至 00 后一代的流量小生，他们所搭建的行业壁垒在绝大多数情况下来说都是资源上的差异，这些资源来自很多方面。2B 类的创业者的资源是客户，2C 类的创业者的资源是渠道甚至曝光。但，这一切也不只是我提到的资源差异这么简单，背后还蕴含着很多不同的逻辑，有时候，甚至一个创业者的背景和受教育程度，还决定了他是否了解资本、了解投资人，并且能够借用资本的力量来为自己做事。

美索不达米亚社群是一个致力于创业者们抱团突围，跨地域、跨行业的资源整合的平台。其实这样的组织并不是第一个，早些时候，是老一辈企业家们深度参与创办的正和岛，甚至，在最初的时候，马老师、柳传志都曾担任过正和岛的会长，一时风光无限。但令人惋惜的是，后来，这个组织渐渐地变了味，有很多山寨社团甚至非法集资机构，都通过种种手段与正和岛展开合作；另一方面，正和岛为了盈利，只需要通过很简单的审核就能让申请者加入其中，哪怕这个人不是企业家，只要愿意交两三万块钱的会费，就可以加入正和岛。其实这是一种非常不健康的模式，而免费的组织，或者说低会费的组织，又是完全不一样的光景，比如希鸥网，五六千名会

从 0 到亿

员中有相当一部分是 A 轮、B 轮的创业者，但是希鸥网能为创业者提供什么呢？因为人数过多，管理不到位，它始终只是一个松散的组织，并没有起到让创业者们产生合作和联动的作用。到今天为止，希鸥网也只能做论坛、做培训，哪怕从商业的角度来讲，它也是不健康的、不成功的。希鸥网的管理层并没有把手里的资源合理利用起来，也没有实现这个社群更好的价值。

美索不达米亚社群里面有一位伙伴，叫孔庆勋（花名：猫虎），他也给本书写了一篇序。他是 95 后里面最早成名的两位创业者之一，另外一位是神奇百货的 CEO 王凯歆。在 2015 年，猫虎曾经做过一个叫作"U25+"的 90 后创业者社群，这个群现在有三百多人，其中绝大部分人都已经不在创业了。这种现象很正常，可以理解，因为 90 后这代人中，已经踏上创业这条路的，属于"早鸟"，对他们来说，失败是大概率事件，但是能否坚持，能否把失败化成一种经历，就各凭本事，"修行在个人"了。

美索不达米亚社群和 U25+ 一样，是一个免费的组织，但是我们思考更多的是如何让 90 后创业者抱团突围。在过去，我们尝试过一个"抱团突围"计划，解决了跨地域和跨行业的资源不匹配的问题。我本人是很反对 2G 的创业者的，因为在我看来，不好的服务是对政府的浪费，是对国家资源的浪费，也是对百姓和纳税人的不负责。但是，如果能为政府和事业单位以更低价的方式提供更优质的服务，这是值得鼓励的。

据我所了解的，某地政府做一个网站的 UI 开发，投入了人民币 50 万元，但是其成本不过是两三千块钱，我们可以看到，这是一种很恶劣的行为，但是很多不良企业都在做这样的事情。而美索不达米亚社群在青海、云南、山东分站的很多成员都是当地的农村电商带头人，他们既要想办法为当地打造品牌、开发平台，甚至还要为政府部门建立当地的物流系统，在这其中，有很多为他们提供了服务的企业是蕴含了水分的。美索不达米亚社群为他们提供的，有来自广东的程序开发创业者，以及来自北京、上海等地的品牌设计、创意公司，他们之间的合作，既可以为当地政府以及当地县域品牌打造更好的服务，也可以帮助这些来自一二线城市的创业者更好地发挥他们应有的价值。

但这其中又涉及另一个问题，这种合作模式，说到底是不透明、不公开且不完善的，虽然美索不达米亚社群用这样一个计划，使每个参与到这个计划的创业者都成了"斜杠青年"，确实实现了跨地域的资源整合。但是，因为信息的不公开、不透明、不完善，成员之间的合作产生了大量矛盾和扯皮的事件，而美索在里面以介绍人或中间商的身份收取服务费的方式，相对来说也并不健康。我们现在已经叫停了这种对接合作的模式，如果有需要创业者双方合作的业务，美索只做简单的牵头工作。

林子大了什么鸟都有，在美索不达米亚社群里的创业者也好，在社会上的创业者也好，每个人的创业方式和思维逻辑都是不一样的，想要帮助创业公司提高天花板，光靠牵头简单的业务对接合作，并不是一个合理的方式。

五

想要帮助创业者打破天花板，就不得不放眼未来，思考何谓"平台经济"。平台化、数据化、普惠化，是我们今天所处的所谓数字经济 2.0 时代的核心特征。中国高达四亿的劳动力，将会通过网络自我雇佣和自由就业来解决收入的问题。2017 年，我国数字经济总量达到 27.2 万亿元，占 GDP 比重 32.9%，拉动就业人数 1.71 亿人，占当年就业人口比重达 22.1%（数据来源：中国信通院），这一切在过去是不可想象的。

2016 年 3 月，阿里巴巴的 GMV（网络成交金额）超过了 3 万亿元，阿里走到这一天用了 13 年，而传统零售巨头沃尔玛达到这个数字则用去了 53 年之久。我认为这件事情是一个符号：在过去，我们声称"互联网企业将会颠覆传统企业、重构商业"，而今天，这件令部分人恐慌的事情已经发生，互联网企业已经成了主流，或者说，平台经济体已经成了主流。从下图的逐渐呈稳定快速上升的网络零售市场交易规模增长之中，我们多少可以窥视一些端倪。

单位：亿元

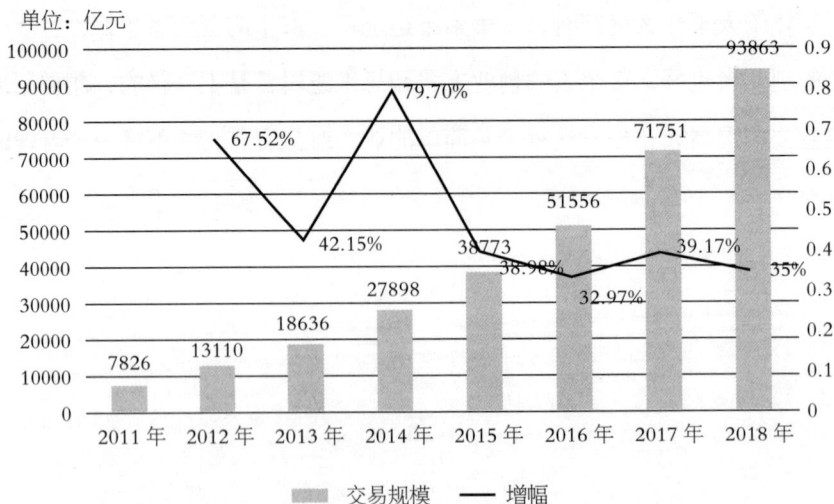

图 1：网络零售市场交易规模走势（2018 年为预测值）

现在，我们所熟知的平台经济体，大部分都是互联网企业，他们已经远远超过了旧有的巨头、寡头和跨国公司，例如，苹果、微软、亚马逊、Facebook、阿里巴巴、腾讯、百度、网易、京东等，他们已经遥遥领先于宝洁、雀巢、沃尔玛、AT&T、富国银行、通用电气、摩根大通、强生等老牌企业，而且，这些互联网平台企业和跨国企业比起来要更加年轻。骨子里流淌着互联网血液的这些平台经济体，平均年龄只有不到 30 岁，而这些跨国公司基本上都是百年企业，很多人都在讲百年企业的精神或是基因有多么伟大，但实际上，百年企业并不是他们的优势，相反，他们因为船过于大而难以掉头，用"恐龙"来形容他们，再合适不过。

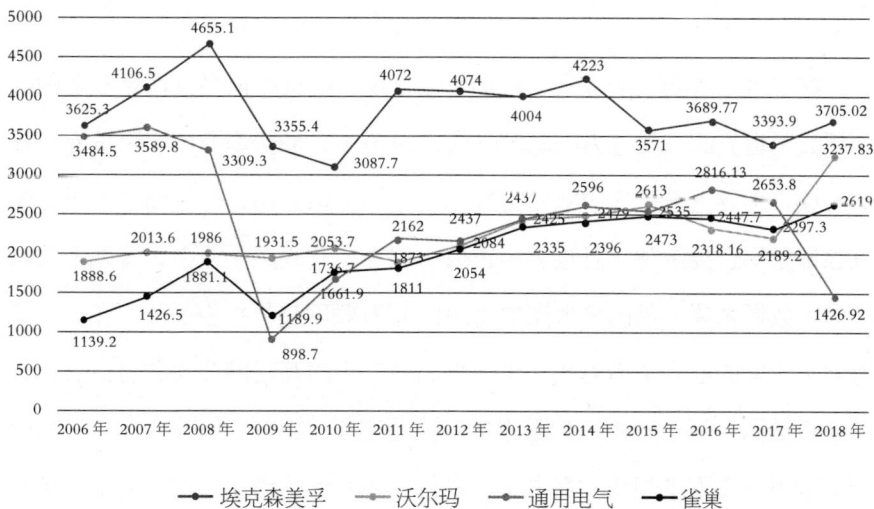

图 2：跨国企业市值变化图

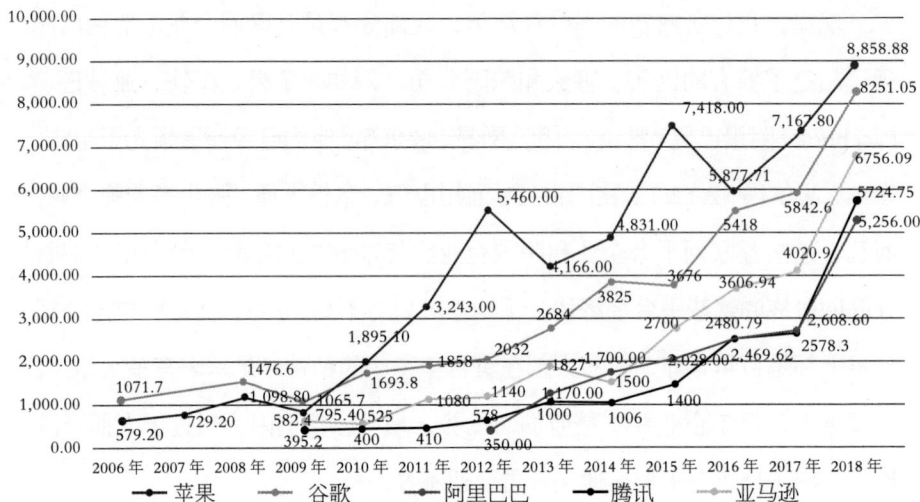

图 3：平台经济体市值变化图

在平台经济到来的今天，我们可以发现，中国在很多方面是和美国共同领先于世界的。在过去的能源时代，2010 年，油价飙升到一百美元一桶的时候，世界上前五大企业都是能源企业和金融公司，但是到了今天，前五强都是平台经济体，且世界上市值前二十的互联网企业中，有九家来自中国（数据来源：玛丽·米克尔《2018 年互联网趋势报告》）。在二十年前到十年前的信息革命时代，世界排名前二十的互联网公司和科技公司，都来自美国。那个时候我们眼中的巨头是惠普、IBM，但是今天，一切已经完全不同。不难想象，在未来，我们看到的优秀创业公司将会是跟随着他们成长的拥抱平台的中小创企业。

我们如果想要去思考明天、思考后天，大多时候都只是盲目揣测。或许，我们可以观察那能够被我们窥见未来的冰山一角，去推测、去推论，并且想尽一切办法去参与其中。

六

我常常提到一句话，"拥抱平台、走向生态"。

在今天，我们耳熟能详的明星创业公司，比如滴滴出行、美团点评、今日头条、小米科技、斗鱼直播、蚂蚁金服……它们都是平台企业，不是老牌上市公司，却比老牌上市公司要更具规模和想象空间。在未来，主流的公司将会减少，出现得更多的将会是庞大的平台经济体以及依托于这些平台建立的小平台或服务商甚至个人。我就以这些平台经济体来分析来举例，它们在今天是平台，其发展愿景是打造生态、打造开放式平台，把它们的资源更多地分散出去，而这些享用着平台价值的创业公司就像牛虻或是鳄鸟一样紧紧围绕着他们，与他们共同成长。这些创业公司的力量使得平台的体量和规模变得更大，他们的合作构成了真正的双边网络效应——这是一种协同化的运作，而非过去的跨国企业和寡头们所使用的垂直管理与扁平管理。杰奥夫雷·G. 帕克和马歇尔·W. 范·埃尔斯泰恩在《平台革命》中详细地阐释了成功的平台享有递增的规模收益，这里不再赘述。

平台的成长打破了我们的认知和想象空间，但这种爆发式增长却不是只靠双边网络效益可以解释的。滴滴出行的逻辑依托于双边网络效益：司机越多，乘客也会越多；司机数量的增加，也便于滴滴为消费者筛选更优质的服务。但滴滴早已超出了双边网络效应这一概念的解释：它不只是一个简单的平台，更是一家大数据公司、云计算公司，它背后的数据规模，不可简单想象。我曾经带着本书的主人公之一李学贵（花名：贵哥）一起，和滴滴的副总裁、研究院院长张贝有过一次深度交流。在西二旗的滴滴总部，张院长带着我和贵哥参观了滴滴的展厅，我看了优质而完善的人工智能计算系统和 AI 系统。假如 A、B、C 三人同时叫车，有一辆车离 A 最近，但是 A 车可能会去接 B 或者 C，因为 A 的周围有其他车，但是 B 或 C 周围没有车——这一幕每天都在上演，这也是为什么滴滴比传统出租车公司运作得更加高效的原因。虽然滴滴本身没有一辆快车，但其现在拥有的近两千万注册司机，是旧有的出租车公司两百万司机总和的数倍。传统的出租车公司和滴滴出行比起来，无法通过规模化的数据导向把司机送去乘客的身边。

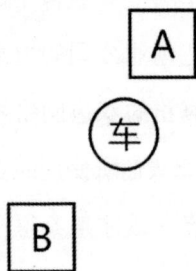
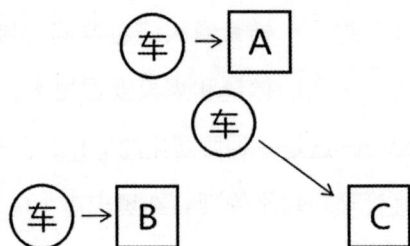

图 4   图 5

图 4 与图 5：滴滴出行的车辆分配逻辑

贵哥在某种程度上就是拥抱平台的创业者们最好的典型和画像，我把这样的创业者称为"鳄鸟"。贵哥从一家车行起家，包括后来的汽车后市场以及平行进口、汽车销售等方面的内容，依托于滴滴这样的平台，云运网约车在他的手中产生了全新的业务模式。如旧有的汽车金融模块，在滴滴的赋能下，贵哥和云运网约车可以把售卖价十五万、符合滴滴要求的轿车用分期的方式售卖给一位潜在的滴滴司机，这位有三年以上驾龄的司机只需要交两万块钱的首付款，每个月在滴滴平台接单，按时还车贷，就可以在贵哥这里完成业务转换和收入增长。

截至今天，贵哥已经是全云南省滴滴最大的服务商了，我和他讨论过如何与滴滴产生更好的合作，这些合作来自很多方面，一方面是青桔单车和小蓝单车的投放，这些单车是滴滴线下流量的入口，而滴滴是服务商投放单车时最坚强的后盾，服务商也是滴滴最坚定不移的执行者和拥护者。除此之外，云南的代驾市场是非常薄弱的，代驾员数量很少，但云南人又很喜欢喝酒，这就给拥抱平台的创业者贵哥带来了机会，如果贵哥可以通过合理的市场宣传行为以及公关行为，使得云南本地的消费者接受代驾这种习惯，并与餐饮店、酒吧展开合作，甚至与当地的交通部门产生联动，就可以制造大量的代驾员的就业机会，同时也能保障消费者的出行安全——数据化、普惠化的平台，通过"鳄鸟"之手，以双边网络效应飞速增长。而贵哥，是创业者与平台合作的典型案例。

平台经济体所蕴含的（甚至于是"创造"的）机会是过去的寡头和跨国公司们不敢想象的：创业者和就业人员可以轻松地把自己工作的时间和空间的壁垒打破，在不同的公司和不同的时段分散地就业，或是利用不同的资源和背景依托于平台创业。他们的名片上往往有一连串不同的职位，他们就是我们口中的"斜杠青年"。

七

除了滴滴以外，其实还有很多可以去思考的、可以和其他平台产生关联和合作的机会。

在今天看来，阿里巴巴和腾讯的市值在两三年内再翻五倍或者十倍听起来好像是天方夜谭，可是对于滴滴、美团、今日头条、斗鱼、猪八戒等这样的明星创业公司来说，它们想要获得体量上的成倍增长，其实并不是一件难事。滴滴现有的签约司机，还远远没有达到市场需要的承载量。

以此类推，美索不达米亚社群的另一个重点拥抱对象是猪八戒，猪八戒是一个企业服务平台，上面有着来自不同行业，诸如程序开发、公关宣传、市场营销等一系列的为企业服务的创业者和创业公司。举个简单的例子，来说猪八戒为什么在未来是一个可以产生更好的就业机会和让闲散的就业机会变为可行的平台。比如：今天有个小伙子，本科毕业，数学非常好，理想职业是精算师，他过去在一家企业任职，月薪大约两三万块钱就算得上很了不起了，但是他拥抱了猪八戒这个平台，同时为四到五家企业做精算服务，那么他一个月的收入就有 5 万~ 10 万元，甚至更高，他自己的工作时间和空间也得到了充分的尊敬和利用。

猪八戒网在做的就是这样的一种事情，美索跟猪八戒所产生的联动，是比较多的，如猪八戒本身对电商的服务更多的是程序开发、平台搭建以及 VI 及 logo 的设计，其实电商需要的更多是销售人员的培训以及创新的营销方式，比如彪少最擅长的社群电商。美索通过和猪八戒的牵头与合作，在八戒研究院院长、集团副总裁周勇（花名：周公）的邀请下，展开了多次交流会和考察活动，而彪少则以一个行业切入者的形式去帮助八戒为县域电商或者需要电商类服务的创业者，为他们提供组合服务，猪八戒旧有的商家帮助他们解决 VI 和 logo 设计，彪少则提供电商的营销方法以及社群裂变的思路。

八

上面提到的是拥抱平台的其中一种形式，另一种形式是真正地、切实地成为一家平台，这个平台一般是依托于大的平台经济体或是正在建设生态的平台中的某一个小平台，我把以这种拥抱平台的创业者，同样称为"鳄鸟"。

元宵和定远在创业过程中，面对的问题是相似的，虽然元宵是行业的上游，而定远是行业的下游，类似于供应商这种角色，但他们都在苦苦思考同一个问题：如何提高自己已经碰到的瓶颈和天花板。我们在讨论中发现一个有意思的事情：比如说乳制品品牌伊利，如果准备推出一款儿童奶，预算可能是 500 万元，投入到线下的广告营销中，这笔费用可能会翻五倍或者十倍，一般来说，在线下营销和推广上面，品牌都会寻找知名的 4A 广告公司合作，比如：蓝色光标、奥美，但是他们的模式还是层层分包，花费 5000 万元做 100 场活动，每场活动均价 50 万元，最后真正给到执行商手里的不会超过 20 万元，像定远这样下游的执行商并没有收获到本该收获的那一部分利润；同时，品牌方的活动执行也没有达到更好的效果，由于这过程之中的信息不对称，品牌方无法和下游的执行商、供应商取得最好的沟通。

定远在做纳百川的同时，聚合了来自全国 27 个省级单位的 50 多家优秀、但是体量都不算大的执行公司（年收入规模 500 万～1200 万元），在定远的牵头下，他们和元宵一同打造了"纳百川商盟"，这个商盟有元宵这样的上游资源拥有者，他们在做品牌方案的同时，就可以直接联系品牌公司，例如伊利、蒙牛、海信、安利纽崔莱、比亚迪等制造业企业，用商盟收取小比例服务费的模式帮助他们解决层层分包所产生的种种问题。

```
                        ┌──────────────────┐
                        │      品牌        │
                        └──────────────────┘
            ┌────────────────────┴────────────────────┐
  ┌──────────────────────────┐        ┌──────────────────────────┐
  │ 包括元宵的【君生企业】在 │        │      4A 广告公司          │
  │ 内的品牌咨询公司（品牌调 │        │   5000 万执行 100 场活动   │
  │ 研、策划、营销方案、咨询、│        └──────────────────────────┘
  │ 创意等）1000 万          │                    │
  └──────────────────────────┘        ┌──────────────────────────┐
                                       │   某执行公司（3000 万）    │
                                       └──────────────────────────┘
```

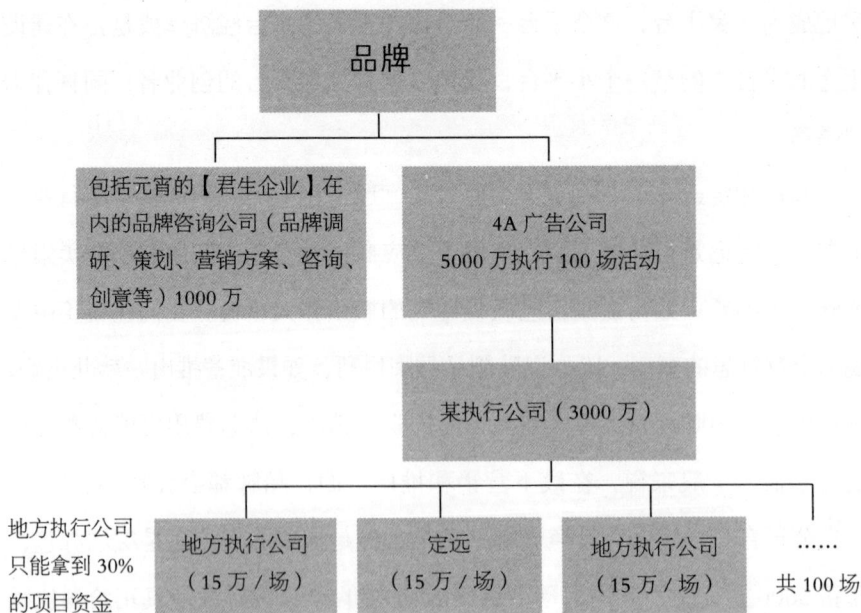

图 6：旧有的品牌产业链层层分包模式，"真正干活儿的人"遭受严重剥削

纳百川商盟也与猪八戒网产生了联动：在美索的牵头下，纳百川商盟

和猪八戒一直在碰撞中寻求更合理、更相得益彰的合作，在我们设想的合作中，猪八戒会导入更多资源，同时为中小品牌方提供更优质的服务。

九

对于美索来说，打造一个全新的平台并不是一件简单的事情，但是美索可以通过上层资源的导流，在社群内各司其职的优秀 90 后创业者们的联动和合作下，产生一个真正的聚合类的平台，玩一些过去不敢想象的新的玩法。

还是说回贵哥，我们也一直在思考，在和滴滴的合作中，有什么值得我们挖掘的全新的合作方式，比如跨城顺风车。如果有客人需要从上海虹桥机场打车去嘉定或者苏州，只需要呼叫顺风车，很快就会有司机来接他，既保证了安全，也节约了成本，但是在云贵川这些相对来说较为落后的省份，顺风车没有得到合理的尊重和利用，顺风车司机一般会让乘客在上车以后取消订单，并且提高价格——这样对于滴滴公司是不合理的，对于消费者也是不合理的，安全得不到保障，消费体验也得不到保障，过去三个人坐一辆车，现在四个人挤一辆车，舒适度自然不可同日而语。

而且，跨城顺风车这一方面的业务量每天也是非常大的，从昆明市区到曲靖麒麟区的顺风车乘客预计每天有四百到八百人次，而这些人如果都是通过滴滴顺风车合理合法地到达目的地，单是这条线每天将会产生十五万元到三十万元的流水。我们以这样的方式计算，如果昆明与十数个周边城市的交通都可以通过跨城拼车和跨城顺风车的方式解决，一方面滴滴可以更好地拥抱消费者，另一方面可以解决消费者的出行安全和是否便捷的问题，服务商也可以利用滴滴做更具有市场规模和社会价值的事情，这是在我们的假设中，贵哥可以和滴滴产生的全新的、可行的合作业务模式。贵哥完全可以通过汽车金融等方式与滴滴出行在全新业务模块里产生合理、合法的联动，我们也正为此而努力。

＋

不止一个创业者问我，咨询公司到底有什么用？咨询公司能为我们带来什么？

我认为创业公司寻找咨询公司合作，是一件非常愚蠢的事情。首先，这些创业公司并没有意识到，或者说创业者本身不清楚，咨询公司会给他们带来什么。麦肯锡、特劳特、华与华、北大纵横等知名咨询公司，他们更多的是对创业公司起到保驾护航的作用，帮助创业者解决一些他们解决不了的问题，帮助他们思考，乃至于重新规划，寻找新的发展方向。

但是我们不得不去思考这样一个问题，咨询公司们合作的客户、成功的案例是什么？他们的合作经历大多来自跨国公司，而绝非今天主流的平台经济体或者快速爆发的独角兽企业们，当然，瓜子二手车是个例外，但它基于特劳特的合作也只是一句广告词"没有中间商赚差价"，而这句话语远远不是瓜子背后真正所蕴含的价值。今天，创业公司的武器是什么？

是变革的决心和勇气，是以数字、云计算等新技术和思维方式去重构他们的商业模式的底气，而这些跨国公司远远没有他们掉头的勇气和能力。

如果创业公司寻找咨询公司合作，咨询公司会告诉你，如何让你从挣十块钱变成挣二十块钱，或者如何从亏十块钱变成挣十块钱，但是它永远不会告诉创业公司，如何把利润翻十倍、百倍，如何在未来赢得自己的一席之地，如何拥抱平台、走向生态。它们教给创业者的，可能是战略，更多的是战术，但是它们的战略在我眼中，也只是战术而已，它们自己都不懂得明天、不懂得未来，又如何去教育创业者？它们只能站在今天思考明天，而不会站在今天思考后天，窥视那冰山一角，帮助创业者拥抱变化、拥抱平台。

设想：如果我今天穿越回千年以前，杨贵妃说她想吃荔枝，而我恰好是一个驻海南或者广东的大臣，得了唐玄皇的指令给他们派送荔枝，吩咐驿站快马加鞭把荔枝运到宫中，如果皇上大发雷霆，责令荔枝为何还不到，我只能唯唯诺诺地说："下官也没有办法，我们已经用速度最快的马来运送了。不过可能再过一两百年，会有人找到更快的马的。"现在我们知道了，摩托车、电动车、火车都要比马跑得快，这些都是更好的运输工具，但当时的人是意想不到的。在我看来，咨询公司就是旧时代的智囊，哪怕诸葛孔明也解决不了未来的问题，所以，我的建议是，创业公司最好不要与这些所谓的懂商业的人产生联动，那样会害了自己。当然，找咨询公司做调研、品宣或者 slogan，还是有必要的。

在平台和创业公司的合作中，我们还可以看到无限的机会。美索不达米亚社群有一位很有意思的伙伴叫周舟（花名：朵思大王），他在成都、哈尔滨、云南做的是酷狗直播的服务商，公司名字叫作蜜果传媒，在他的公司里，一个有一两千粉丝的主播，每个月可以给公司带来一万元到两万元的收益，而这一两万块钱中的50%～60%，会直接由酷狗这个平台接收，也就是说，一个有两千名粉丝的主播，不仅每个月会给平台带来一万多块钱的毛利润，还能养活服务商企业，同时这些主播自己也得到了就业机会。而更主流的斗鱼、熊猫、龙珠、战旗、虎牙，同样也是这种盈利模式，如果非要举例说明哪个平台的网红资源没有得到很好的利用，答案是抖音和快手，抖音上这些百万级粉丝甚至千万级粉丝的网红，并没有得到合理的利用。

今日头条更是一个开放化的平台，在其中孕育了无数的创业和就业机会。就像五年前的百度一样，虽然其有些行为并不是很被认可，但从商业角度来看，它的确有很多生态化的运作，比如"无处不商业，无处不服务商"，贴吧是可以卖的，交由服务商经营，可以产生广告收入、流量收入等，在问答上产生了KOL意见领袖，在百度经验、百度知道上也有创业公司为人服务，而搜索中的SEO又是一种生态化的、开放式的平台，可以孕育出很多帮人创业的SKU公司。今天的今日头条在很大程度上和五年前的百度是类似的，只不过它的市场空间、它的未来，一定会远远超过今天的百度，因为它是一个开放式的平台。而在创意、营销、设计等行业的创业公司如果能和今日头条达成合作，我相信会是一种很不错的玩法。

十一

"早鸟"是容易受伤的，那些比同龄人更早闯荡江湖的 90 后创业者们，他们就是最典型的"早鸟"。美索有一位伙伴，是广州驾来也的创始人兼董事长周永川（花名：大川），大川从大学二年级开始创业，他的很多早年经历，其实也很值得我们思考。他在和我交流的时候说："其实我们这些草根创业者跟你们比起来，相差的更多的是见闻、是眼界。"我问他何以见得，他说："我在最初创业的时候，想，我得想办法多挣点钱。我一直在寻找好的机会和好的项目，但是那个时候的我对市场的规律一无所知，也跌倒过很多次，栽过很多跟头。"

大川最早离开学校去创业的时候做过手机充值卡的代理，网上的充值卡只需要两折就可以买到，五十块钱的充值卡只卖十块钱，但是都要求代理十万元、二十万元起进货，最终，大川东拼西凑拿来做启动资金的钱全被无良商家骗去了——充值卡是假的，根本用不了。在这之后，大川明白了，天下没有掉馅饼的事情。我觉得他说的对，这个世界很残酷，而且对那些年轻的创业者尤其残酷，他们甚至没有太多失败的成本和机会，也没有识别真伪的能力和见识，他们不懂管理、不懂运营、不懂渠道。

90 后创业者在创业路上面对着很多问题，美索的一些伙伴已经经历了这些事情，还有一些成员正在被这样的问题所困扰，大川今天已经做得很成功了，驾来也在全国有接近二十所分校，年收入规模过千万元，虽然利润率较低，但他们还在不断调整的路上，我相信在未来，他们只会越做越好。但，对于草根创业者来说，这件事情完全就是千军万马过独木桥啊！有多少人能像大川这样，杀出一条血路来呢？

很遗憾,美索不达米亚社群并不对每一位 90 后创业者开放,美索是有门槛的。到今天,再到未来,美索都会自始至终的只为少部分优秀且狂野的 90 后创业者服务。我们别无选择:资源是有限的,我们能够做到的也仅仅是为美索成员们赋能、加持,帮助一部分人保驾护航、帮助一部分人纠正错误、帮助一部分人从"早鸟"变成"鳄鸟"……

好在,我们让 90 后创业者看到了希望,当他们突破自我,进入我们的视野内,我们就会毫不犹豫地与他们交流、沟通,从而让美索更加壮大。

十二

还有太多太多是永远都说不完的:关于商业,关于 90 后创业,关于美索不达米亚社群,有太多太多值得记录的故事、值得思考的内容、值得研究的材料,这一切,都是全新的商业、全新的生态,甚至是全新的未来。

我为什么要创办这样一个社群?我和小明为什么要创办美索不达米亚?在我们面对老一辈企业家时,我们常说,美索是一个商会,那是因为很多人听不懂什么叫"社群"。其实"社群"二字的概念无非就是一群人,因为有着类似或者相同的使命和愿景,而汇聚在一起,这就是社群。习大大讲中国梦,什么是中国梦?千千万万个中国人的梦汇聚在一起,就是中国梦。那我们的中国梦是什么?我想无非就是"在商言商",把一群创业者的力量汇聚在一起,实现我们的中国梦。

"社群"这个词被很多人滥用,比如有位仁兄大谈社群思维,投资社群创业，但是他所了解的社群，压根就是一片浮云，他根本不了解什么叫作社群，他口中的社群都是幻影、都是泡沫，仅此而已。还有那些自诩为企业家社群、企业家组织的各种机构，这个会，那个岛，他们根本没有集中起来。这些老一辈的企业家和早一轮的创业者们，他们没有把自己的资源盘活，没有真正抱团在一起、共同成长。

虽然美素到今天也没有完全做到这一点，可是美素始终在沿着这条路前进，而且也收获了一些成果。作为创办人的我和小明所付出的，我相信是每一位美素的伙伴以及见证了我们所作所为的人们可以看到的：它是一种商业、一种实践，但是并非完全是商业和实践。其实在这个社会上，想挣钱，想发财，是很容易的，也有很多的机会摆在我们的眼前，如果我和小明今天抛下美素，我相信我们俩的个人收入以及在"生意"二字上的成长空间，可能远远要大过今天，但，美素才是我们所想做的事情。美素现在有一百一十余位成员，在未来，这个数字还会更多，而我们也会在不停完善，不停递进升级中，把各路的 90 后创业者们汇聚在一起。

美素美国分站成员、湾西智库创始人（湾西智库这个项目失败之后，他又参与创办了一家传媒公司）梁博明（花名：Mr.Bee），他说过一句话，花开一阵子，树青一辈子。那是做花，还是做树呢？他的选择是做树，我们的选择是做花，是拼命地绽放、是努力的向阳。写作对我来说是一种强制的知识输出，它可以让我脑海里的所思所想变得更加系统化，可以更好地去帮助美素里面的每一位创业者，使他们得以成长、得以求变、得以打破自己的天花板。包括我父亲在内的很多人都劝我，把主要的精力放在商业的实践上，去做一些可以快速变现，且具备规模效益的创业项目，但这不是我想要的。美素。就是我的一份答卷。

我不知道美索在未来能走到多远，但是这个社会的权杖，终究是要交到 90 后一代人手里的。我们有幸作为 90 后，作为未来社会发展的推动者和见证者，我相信，这是值得我们为之奋斗、为之努力、为之倾注心血、为之投入感情的，这就是我的答案，这也是美索的答案。

我们无法想象，明天、后天会是什么样子，但是，我们尽力而为、全力以赴。我们设想一下不久的将来：五年以后，美索的这些 90 后创业者，都会成长到什么样的境界？

十三

汇聚天下 90 后优秀创业者，打造未来 90 后企业生态圈。

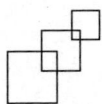

后 记

感谢本书之发起人李远哲。

感谢本书之编委会的伙伴，他们是：李远哲、陶建平、许彬彪、郭安、张定员、潘淑敏、杨程成、肖文颉、李学贵、陈正军。

感谢愿意将自己的宝贵故事作为与 90 后创业者的对比，分享于世的两位朋友：施铉雨、张肇鹏。

每一位创业者，都始终走在前进的路上，而他们的故事，就像滔滔不绝的河水，永远不会干涸。或许，他们将会调整他们的方向，也会再一次失败，但没有什么会让他们停下脚步。

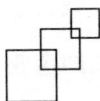

70后创业家张肇鹏自述

　　我从小到大，很少有十分强烈的意愿去做一件事，我读书的时候考试成绩十分不稳定，有时候我会交白卷，有时候我会考满分。受家庭的影响，老人经常会讲一些"天行健，君子以自强不息"的话，你也会埋一颗种子在心里，但你又完全不清楚要做什么。

　　因为祖上老家是南京的，所以考大学的时候，我想不如考个南京的学校，当时学校组织了一些数学物理基础比较好的学生，组了个数理培优班，那时候学校教学资源少，很多班人数都比较多，但我们班只有十几个人，我们也没有属于自己的专业，读到大二大三的时候，我们突然发现，自己每天都在学基础的数学、物理知识，学校的打算应该是等我们本科读完，

从 0 到亿

创业从失败开始

再去读硕士，等读到博士的时候再选择专业，同学们每天都惴惴不安，我们做不了科学家是不是就失去了价值，我们找到校方，学校又给我们加了两门课程，计算机和暖通（供暖通风及空调专业），以后做不了科学家还能靠这两个专业混口饭吃。

大学毕业之后我回到云南，待在了昆明，但昆明是一个四季如春的城市，不需要供暖通风和空调，我学的知识完全派不上用场，所以我就去了药材公司，那时候刚好中国加入世贸协定，国企不再垄断，正是民间企业家迅速崛起的时期，例如阮鸿献的一心堂，如果你去问他，他一定会说，那是他最辉煌的一段时期。但反过来，那也是国企衰败的一段时期，我当时在国企，我感觉这个公司越来越不行了，如果我当时机灵一点，手段灵活一点，我可能也是阮鸿献了。后来我开始做计算机行业，但是云南发展缓慢，计算机根本发展不起来，我发现这个不挣钱之后就去做工程，相当于包工队，但是挣钱的东西不只你做，大家都做，到了后期，就开始拼实力、拼资金，我完全没有任何优势。我准备去读研究生，我的专业是花卉方向，研究生毕业之后我很是纠结，不知道该不该做专业相关的工作，我和几个人集资办了一家公司，同时我进了一家国企，但是在国企很受限，很多事情不能放开手脚去做。

人会有一颗种子埋在心里，觉得做人不能太平庸，要做些什么，但心里又会有第二颗种子，就是世事无常，你想做的事情可能不是你能驾驭的。我就是一个很纠结的人。大概在五年前，另一颗种子冒了出来，我想做点什么事，所以我从国企辞职了，自己单干。

除了我现在做的这个，我还在另一家农业公司做兼职，这个公司已经经营十多年了，但是在我手里它倒闭了，倒闭的主要原因是我没有全职在这里，导致公司管理失控。研究生毕业的时候我立志要做成亚洲第一，结果第一没做成，还把公司整倒闭了，有点伤自尊呢，所以我就辞职，全职做自己的。当年虽然公司扭亏为盈，但也只能挣个 100 万元，不过已经算不错了，我请了一个朋友帮我经营公司，只有一个要求，利润为零，不亏就行。后来挣了 100 万元，我心里得意得要死。

我当时觉得传统的生产方式是彻底有问题的，我认为中国很典型的一个问题是土地破碎化，小农经济，导致生产零散，盈利一百万元是没有问题的，但是往大了扩就会出问题。所以我自己建了实验室，结合自己本科和研究生的专业，试着做植物工厂。实验比较顺利，我只花了一年多的时间，就整通了，产量基本上能翻十倍，我野心勃勃地想要扩大生产，结果上头一个指令下来，不允许干了。我无比痛心，好在天无绝人之路，弥勒市市长偶然间参观了我的实验室，当机立断，邀请我去弥勒。

我想要建温室，但是一个温室起码要 2000 万元，我没有这么多钱，我只能去找亲戚朋友借，凑了 4000 万元，那个时候借给我几百万元的，基本上就是倾囊相授了。但由于各种原因，弥勒一时找不到合适的土地，一年后，等到土地问题终于解决的时候，我的合伙人因为等不耐烦已经离开了，我借来的那些钱因为准备各种东西花超了，我只能再去借钱。

我这一路走来受到了很多人的帮助，我父母的，亲戚朋友的，还有政府各级领导的支持。

我做软通是失败的，因为挣的是快钱，伸手就能拿到钱，基本上算是捡漏，一般人遇到这种情况一定不会回来，他会去北上广深或者出国，一流的去了硅谷，二流的在中关村，你能挣钱是因为稀缺，并且稀缺是没有瓶颈的，因为有钱赚所以别人也来挣这个钱，所以你会迅速被别人打压下

从 0 到亿

去。云南有一种矿叫鸡窝矿，你一锄头下去就能挖到矿，但是越往下挖越什么都没有，矿藏只在最表面，我前半生挖的就是鸡窝矿，刨几锄头下去就刨没了，刚尝到一点甜头，整个行业就翻盘了。我那个时候太年轻了，二三十岁，但是年轻人有个好处，就是思想比较灵活，随时能发现哪里有机会，他就去做，但年轻人的缺点是，沉不下心来，承受不了痛苦，遇到困难就不想往下继续了，他发现隔壁有更好的赚钱机会，转头就走了。

这么多年下来，我发现自己虽然涉猎了很多行业，但每一种都只能算勉勉强强及格。这也导致了我们公司跨界跨得非常厉害，就像任我行一样，乱七八糟吸了一堆真气，搞不好真气还会在自己身体里打架，我也经常跟公司的员工吵架。我觉得自己真是一个拧巴的人。

有跟我合作的公司希望我上市，但是被我拒绝了，因为往后肯定会越来越忙，另外有一家公司决定上市，我在和他们公司创始人聊天的时候，那位创始人说，为了上市，他觉得自己现在的生活越来越不像样子，越来越不是自己想要的生活了。我可以少挣一点钱甚至不挣，但是我不要这个样子，被人逼着向前。虽然我现在有钱挣有钱花，但如果我一直裹足不前，说不定过几年我就要被后起之秀打败了，所以我很纠结，到底要不要接那些投资。

人很难决定你自己要做些什么，前两天有一个学软件的人来找我要跟我一起干，来之前他的朋友问他，你真的打算不继续做软件，要去种花了吗？他觉得这两件事情完全不搭。

全国最优秀的玫瑰种植人都在云南，云南气候环境优越，占尽了天时地利的便宜，同样的品种，云南种出来就是好。

每个时代都有烙印，我们七几年这一代，算是最后一批身上留有计划经济烙印的人，再年轻一点的人，脑袋里面就没有那么多条条框框了，他会更清晰地认识到自己需要什么，什么是对的。

云南人跟其他地方的人不一样，云南人没有投资的概念，他们更喜欢玩。我去版纳的时候，版纳的朋友跟我说，他们那里上班上到年底就不干活了，要回去玩两天，就算你跟他说明天你再上一天班，我算你工龄有两年，人家根本不搭理这些事，我就要回去玩。我觉得很搞笑，去村子里找一些上了年岁的老人问，结果老人们都说，这是他们的传统，那几天一定要去玩，就算不去玩，你也要在家里瘫着，不然第二年田里会不长庄稼的。云南人的生活态度可见一斑。

云南人的平均收入在全国来讲是很低的，但昆明街上有很多豪车，汽车保有量特别大，人的消费和他的收入有关系，但不是唯一有关系的，同样的收入，昆明人的消费欲望和消费力更强。

我在酒店当过维修工，修马桶、电梯、制冷剂这些东西，1999 年要开世博会，90 年代是昆明酒店行业发展很快的时期，世博会结束之后，酒店行业一下子就冷淡了，没有人去住，当时在昆明三星以上的酒店，50 块钱就可以住一个标间，还不一定有人住。当时我在的酒店是国企，每个月工资 300 块钱，有私企邀请我去做设计师，报价 3000 块钱，被我拒绝了，因为我觉得人家是私企。现在我觉得那个想法很可笑，但当时真的就是这么想的。

云南土地分散，所以大农业很难做起来，如果大面积种植一些高收入的作物，比如鲜花，反倒容易做起来。很多人觉得做农民很丢人，但我不这样觉得，农业的发展也是需要高科技的，这也是一个技术活。

80 后创业家施铉雨自述

　　我本科学习的是播音主持专业，后在伦敦读了研究生，学的是国际传播。研究生毕业以后，我做了 sky195 频道旅游节目的主持人，后来又加盟了凤凰卫视的"今日欧洲"。2012 年，恰逢伦敦奥运会，国内的制度也发生了变化，我顺势回到了国内，先后在央视和香港卫视工作过。

　　我创业源于两个很现实的原因：首先，我是一个北漂，想要在北京扎根，继续走下去，靠主持人的工作是不成立的，那时我每个月的工资是 7800 块钱，其中有 5500 块在双井租一套房子，一两千块钱的生活水平对我来说是远远不够的；第二，在做媒体的时候，为了生存下来，我打了无数次零工，卖过酒、翡翠、耳机，接过活动主持人的私活儿，做过营销卖牛奶，这些加起来才能组成我一个月 1 ~ 2 万元的收入，如果一直这样下去，我就会变成一个负债累累的车奴或者房奴。我是一个目的性很强的人，所以我给自己做了一个全盘的分析，当时我二十六岁，在陌生的北京一无所有，我觉得，自己或许应该去创业。在正式创业之前的两年，我做了一件让所有人都不能理解的事情。

　　随着对主持人工作的了解，我发现这个岗位角色只是一个公关形象，是一个没有过多专业能力的职位，一个靠语言来传播文字的职业——这并不是真正有能力或者有眼光的职业。在 2013 年年底，我毅然辞掉了电视台的工作，找到了当时中国地产的营销女王梁上燕，恳求她收我做她的私人助理，向她学习市场营销的知识。我跟梁上燕去了贵州，在贵州待了半年，每天都在工地上脸朝黄土背朝天，一天平均只能睡四个小时。半年以后，梁总派我去了上海，跟着一位艺术家继续学习，这位艺术家是英国籍的香港人，与法拉利、浪琴等国际大品牌都有合作。2014 年 11 月，我结束了上海的学习，重新回到了北京。在这两段学习经历里面，我都是通过做助理的方式学习关于市场和营销的知识。我们这一批半路出家的 80 后创业者似乎都是与主流创业反其道而行之的，我们没有 BP，也没有拿过天使，我们带着一种初生牛犊不怕虎的冲劲儿，就奋不顾身地闯进了创业热潮里。

从梁总那里辞职以后，我回了一趟老家，告诉了父母我要创业的消息，因为五行缺金，所以我给公司取名为"金铉"。父亲在知晓我的创业计划以后对我非常非常失望，他是传统的人，只希望我可以安安稳稳地生活、工作。他说："你看着吧，不出三个月，你肯定是要回来的！"而我的母亲则去银行贷款了 30 万元，再加上我平时接私活攒下的钱，我凑了 100 多万元作为自己的启动资金。那次回老家，我带了一个发小来北京，现在他是公司的运营总监，当时是公司的财务。

创业第一年，我什么都不懂，唯一一点支撑我创业的理由是，我在做主持人期间留下大把的欧洲政府公共关系和旅游资源，让我的旅游产品有了一点基础支持。"金铉"第一年的运营非常困难，我们的第一款产品是泰国的电音派对，当时的电音派对远没有现在那么火爆，我们算是第一批吃螃蟹的人。我不懂中国旅游市场，因为我不是旅游行业出身的，我也没有看过系统的书，我的职业功底连一个小导游都不如，我自以为是地带了一个团队去泰国当地，打算开发一条线路。踩点结束之后，我们制作了一条自认为很不错的线路，把它推向了市场，但是四个月过去了，公司没有招来一个客人，我甚至连员工的工资都发不出来，我回家把我在英国买的

从 0 到亿

创业从失败开始

奢侈品拿去了三里屯的二手店卖，希望能变现出一点钱来。那时候是 2015 年的冬天，北京下了好大的雪，我和发小去三里屯和南锣鼓巷一些文艺青年聚集的俱乐部，挨家挨户推广产品。

我的第一个客户是一家影视公司的老板，他带着二十多个员工去泰国旅行，我很清楚自己做的是中高端定制旅行，主要拼的就是服务，依靠着优质的全套服务，"金铉"产生了第一批团体客户。我不了解市场，所有的事情都是"我以为""我要干""我认为会好的"，别人怎么劝我都听不进去，但是在 2015 年，我对自己有了一个新的认知，我明白了，商业是服从市场的，那只"看不见的手"告诉我，不是我认为产品好，这款产品就真的好。但好在，公司总算有了一些收入，没有陷入父亲预计不出三个月就倒闭的境地中去。

2016 年，为了公司的快速发展，我开始尝试去找投资人，但是我不认识任何投资人，当时也许是初生牛犊不怕虎吧，我找了一些诸如沈南鹏、李开复等人的公开邮箱，把我的 BP 和个人履历发送了过去，但是三四十封邮件不出意外地全部石沉大海，一条回复都没有。

我的第一个合伙人给我介绍了杨宁、胡海泉等知名投资人。拜访杨宁的时候，我话说得很不利索，呼吸也困难，坐在我对面的他仿佛是一尊大神，而我又太渺小。最终，杨宁没有投我们的项目，但是他一直在观望，现在也还在持续跟进我们。见胡海泉的那天我穿得特别正式，虽然已经提前预演过无数遍，但还是遏制不住地紧张，我抱着电脑，在餐馆等海泉等到半夜两点半，终于海泉坐在了我对面，我听见自己用特别小的声音说："海泉老师你好，我是一名创业者，您给我十分钟时间，让我讲一下我的 BP，您投不投都可以。"海泉老师点点头，开门见山地问我："你觉得自己的产品跟别家的产品有什么不一样？"我说："旅游行业万变不离其宗，我跟别人都一样。"

这个回答显然是出乎他意料的，他说："你总得告诉我一点你不一样的地方吧。"我说："如果真要用什么不一样，那就是我敢把我们公司这一整年的银行流水公开给你看。"海泉笑了一下，问了我第二个问题："你的团队怎么样？"我不知道该怎么回答，毕竟现在连坐在他面前的 CEO 都是这样子的，团队又能好到哪里去呢？十分钟很快过去了，海泉临走之前，我们相互加了微信，但我从来没有主动找过他。我已经把我最真诚的一面展示给他了，既然对方没有投资意向，我也就不再抱有希望。但令我没想到的是，一个月后，海泉主动找到我的合伙人，咨询我的情况，他认为，"金铉"猎奇、高端的定位比较对他的胃口，最终海泉老师成了我第一个正式的投资人，在公司占了 5% 的股权，因为有海泉的背书，我们公司在业内逐渐被关注。

我在做媒体的时候认识了清科集团的董事长，但是当时我并不知道他就是专门投资创业者的，后来融资的时候我也没有找他，因为我不想把私人的关系弄得那么商业化，在一次谈话中他说："旅游行业的天花板很低，但是你可以汇聚各个行业精英代表，进行中产阶级和中高产阶级的资源整合。"听取了他的意见后，我的第一轮融资对象就是各个行业的代表，但是后来我发现，他们越来越把我的思路搞乱了。互联网的大佬说："你就用互联网的模式经营公司，互联网模式真的非常好。"影视公司的老板说："你就结合我们的新媒体技术，用旅游＋娱乐的方式去做。"资本圈的又说："具体怎么做，还是要看你的收入。"……

这些建议我并没有完全听取——我用什么方式保证互联网的流量呢？

我甚至连导流技术都不懂；至于旅游＋娱乐的模式，没有真正站在公司的角度看待问题。我是一个很叛逆的人，别人越怎么说，我越不会那样做，在迷离了一两个月之后，我把这些方案都 pass 掉了，并且开始主推线下。我的创业理念是"活着就行"，我不忙着上市，我认为，只要我能在这个行业里一直活下去，我就能有一席之地，只要能赚钱，那么融资、并购乃至于上市，都是必然的。

到了 2017 年，"金铉"的营业额开始成几何倍数增长，但同时也出现了不少问题，这其中最明显的就是创始团队的问题。挖地基的人不能盖房子，盖房子的人不能软装，软装的人卖不出去房子，在公司发展到一定程度，没有太大发展空间的时候，创始团队的一部分人开始不相信我能继续带领他们走下去。80 后都有这样一种属性，因为年龄带来的危机感而不愿意浪费时间，所以这些人选择了离开公司，还有一部分人，他们相信我，但是他们本身能力不行，这些人会成为我的负累，让我没有办法带着公司继续前进。我进行了一次人员大清理，公司又回复到了三四个人的状态，这是一件比失恋还令我伤心的事情，公司现金流断了的时候我也没有这么失落过，但是团队散了的时候，我整个人一下子跌入了低谷之中。

2015 年，我聘请了我在香港卫视工作时的领导来公司做运营总监，我知道不该用朋友和关系创建团队，但是当时的我根本就找不到人担任这个职务。当我说我要开发中国市场上没有的旅游线路的时候，大部分人都认为特别荒谬，只有这个领导，选择了相信我。半年后，在一次团队会议时，所有人都认为我的老领导不适合留在公司，我一直在推脱隐忍，坚持不开除他，但到最后整个团队的人几乎都失控了。已经习惯了传统媒体的工作生活模式的他，不再具有狼性的团队管理心态，我在办公室哭着开除了他，我说："老哥，我真的留不了你了，哪怕今天这个位置上的人是我妈，我也得让她走人。"他说："你放心吧，我走。"我当时是一个非常感性的人，哭的不能自已。但是经过了这两年的历练，我不得不承认一个现实，商场是反人性的，生意就是生意。前一阵子，我眼睛都不眨地开除了创始团队的一个元老，他是和我有十年之交的大学同学，我说："于私，我怎么样都行，但是于公，我养不了你一辈子，一切都按结果说话。"

上学的时候，我的数学成绩并不好，也不习惯理性思考问题，每当我遇到问题，就只会感情用事，但是现在，我做任何事情，都要用逻辑性思维思考一下，而且我只尊重结果。这种性格的转换，就是因为无奈的人事变动，我是一个很要强的人，辛辛苦苦工作了一年半之后，公司的市场总监带着整个部门离开了，临走之前，他质问了我很多问题，最后他说："你的理念根本就实现不了，我也根本没有搞清楚过你的理念是什么！"他离开后，我的状态就像离了婚一样，整个人非常失落。

我以前很从善如流，特别擅长听取各式各样的意见，也没有专门的制度来管理团队，2017 年年初的时候，我出了一场大车祸，为了不影响工作，头上缠着绷带就去公司上班了，还陪一个迷茫期的 90 后聊天聊了两个小时，结果他第二个星期就离职了，以前那么多困难都没有击垮过我，但在那一分钟我真的崩溃了。有段时间，我非常害怕踏入公司，感觉自己的自信心都没有了。我问公司留下来的几个人："你们留下来的理由是什么？"其中有个人说："因为你这人实在是太好了。"听了这话我是真的高兴，但也真的难过。离开的和留下来的理由都是单纯因为我的为人，这个理由单纯得让人悲哀，他们离开和留下居然都不是因为我的理念、我的追求。休息了两个月之后，我又重新组建了一个团队，这时候我已经明白了，作为一个 CEO，我应该是坚定的，或者说不应该太去听取别人的意见。

我是一个有野心的人，2017 年团队重组之后，一年 365 天我只出去参加过一次和工作没有关系的聚餐，其余时间我都在研究产品，我觉得公司一定要开发出真正的旅游产品，打败竞争对手，而不是靠人去打动别人，那不是商业。我见了签证中心的老大，他要寻找一个供应商，服务于他的高端客户，我满怀信心地去和他谈合作，但是他说："施铉雨，你这个公司的每一样东西都不是我想要的，如果你真的想要在定制行业有立足之地，一定要从头再来，我现在没有看到一丁点你公司的价值。"于是整整一年，我都沉浸在公司里，从产品开始入手，打造了优质的管家式服务，年底的时候，我开了一场发布会，这是真正想展现给客户看的，而不是为了给外界看而做的秀。

曾经有人问过我一个问题："你认为中国市场上目前有哪家企业的旅游产品是值得你学习的。"我当时的回答是："我觉得中国市面上的旅游产品没有一个是好的。"这个问题放到现在，我依然会这么回答。这句话听起来没有那么好听，但事实确实如此，我不觉得其他公司是在做产品。现在人普遍走的旅行线路，大部分是当地旅行社给的线路，经过包装、营销变成了商品，然后卖给大众，这根本不叫旅行。我认为的旅行是，寻找当地最有意思的景点、最好吃的餐厅然后再设计成线路，有些地方甚至在地图上都找不到，这才符合我们"猎奇"的口号，这也是我们"金铉"能提供给客户的最有价值的东西。

我们一直在强调的高端不是价钱的高端，而是内容的高端，这种高端是通过不同的生活体验来领略什么是真正的旅行，别家公司的管理、机制好于我们，这些我都承认，我唯一不能承认的是产品不如别人的好。曾经

●●

有客人拿我们的产品去和携程比价钱，我直接通知销售给他退款，我认为他不适合在我们这里消费，如果客户和公司的理念都不在一个层面上，第一次旅行回来的体验绝对是有争议的，是不会有复购率的，我们倒不如不做这单生意。

不只是客户来挑选我们的产品，我们同时也在挑选客户。曾经有客人半夜三点打电话骂我，说当地硬件设施差，但是尼泊尔就是这个样子啊，我也造不出豪华的迪拜酒店，后来我们在业务中专门加了一项行前培训，客户在旅行之前必须要来公司接受培训，或者定制师上门培训，专门为客户普及当地的情况，应该注意些什么。

截至目前，我这一生最大的遗憾就是关于我大学时的一位室友。2015年，我初来北京创业的时候，她开着车带我去花鸟市场买了一些花，我没想到那一次竟是我最后一次与她见面。她经常给我打电话约我见面，但我永远没有时间赴她的约，我总觉得还有机会和她见面。2016年6月15号，我去了福建出差，当天晚上她出了意外在抢救室门口给我打了好多个电话，我没有接。回到北京之后，我才知道她去世了，这成了我心中永远的痛。现在我一直在照顾她的父母，每个周末都要去她家看望两位老人。

我回过头来回顾了一下我的2016年，我搞不清楚自己到底在干什么，连朋友最后一面都没有见上，我不停地反思人活着是为了什么？其实有很多老同学、老朋友时不时会给我发消息问我"你还活着吗？"其实我很想去见他们，但是我的生活变得越来越单一，每天都是"家－公司－出差"，而且停不下来，想改变也改变不了，后面所有人都在推着你走，你不走的话，就会被90后干掉，被00后干掉，但是走的话，又会失去80后这个年龄应有的友情、婚姻等很多温暖的东西。我朋友出了事情之后，我现在就算再忙，

从 0 到亿

创业从失败开始

每个月也都会回家去看望我外婆。我们每天都在奔跑，但为什么我们不能拿出喝酒唱歌这些无效社交的时间去多陪陪我们的家人、朋友呢？

作为一名女性创业者，我遭遇过欺辱，也从不屈服。创业最初的时候，我的合伙人带我去公关，有个人打着资本的旗号，上来就动手动脚，他问我："你做什么的？我可以投你……"边说着，他的手就伸到了我的腰上，我立马就发火了，站起来对他说："你缺妞我给你叫，缺酒我给你买，不要你就给我滚！"旁边的很多创业者都在拉我，觉得这样不合适，我的合伙人也一直劝我给对方个面子，可我觉得这种人不值得我给他面子，就算我今天给他摸，他会给我钱吗？他这样的人配有资产吗！女生有的时候确实应该强硬一点，后来不管在任何场合下，这个人只要见到我，就立马躲得远远的。

这种揩油的事情其实根本伤不到我，因为一般我都很强硬，但是后来有一件事确确实实伤害到了我的心灵，事情发生之后很长一段时间，我跟人讲起来还是会哭。有一次我去参加一个聚会，在场的有很多公司的CEO，这很明显是一个创业者和投资人的局，有一个女CEO为了拉投资，在KTV里面跳起了钢管舞，下面有不少人在起哄，我缩在一个小角落里抽烟，默默地看着这一切。

突然一个油腻的老哥凑了过来，他说："你怎么不喝酒啊？"我说："哥，我不太会喝酒。"他又指着跳舞的女CEO说："她在上面跳舞，你去唱个歌呗。"我说："哥，不好意思，我也不会唱歌。"他定定地看着我说："那你学狗叫吧。"在场的所有人都听到了我们的对话，有意无意地都看向我们这边，我感到一股热血从心底直涌上头顶，我忍住了要发作的脾气，端起了面前的满满一杯洋酒说："哥，我敬您一杯。"我酒量非常差，但那杯酒我还是一口气灌了下去，我感到无比的伤心，但我知道我不能哭，我一旦哭了，就输了，烈酒和眼泪一起，被我吞进了肚子里。回家后，我还是大哭了一场，这件事情以后，我知道了，要想真正强大起来，自己必须要往前走，一刻不停地走。

80 后的女性创业者，如果长得难看，就没机会进入这个圈，因为谁都愿意和一个好看的 CEO 聊天，样貌是块敲门砖，可能也是唯一被大众觉得的优势，但同时，她们又会遭受到各种各样的侮辱和侵犯，有时明明是你靠能力办成的事情，但别人在评判你的时候，往往会戴着有色眼镜。经常有人在网上查"施铉雨爸爸是谁""施铉雨老公是谁""施铉雨背景""施铉雨整容"，我有时候翻一翻这些词条，觉得还挺逗的，你以这样一种形象站出去，外界不了解你的人永远都不会对你有一个好的评论，一旦查不到关于你的资料，他们又会说："这女的不简单，你可得防着点。"

我的解释有用吗？我不知道，我也不屑于解释。我不想做主持人的另一个原因，就是我不想限定自己的人生轨迹。做生意起码有自由选择权，你尊重我，我可以跟你做生意，你不尊重我，那我就不跟你做生意。我在没有合伙人的情况下，辛辛苦苦打拼了三年才有了现在的结果，你却说我是靠男人得到的这些，我觉得这是对我最大的侮辱。经常有女性创业者对我说，谁谁谁跟哪个油腻男又怎么样了，我确实能够理解，这个社会就是这样，我阻止不了别人，只能保持自己的本心。

我们家是部队家庭，我的父亲从小把我当男孩来养，所以我的性格是很不服输的，一旦有人戴有色眼镜看我，就会伤到我的自尊心。每当我在外面受了气，就回公司抱怨，抱怨完之后撸撸袖子，反而更有干活的动力了。但这个社会也不是女权社会，我改变不了大环境，也不想把公司做成行业内的独角兽，但我能把这个品牌经营好，帮助到市场的客户，我觉得就足够了，这些跟钱都没关系。

我一定要在每周的某一天进行一次长时间的思考，现在真正能够把东西做出来的人都是需要个人思考的，在这个任何节奏都太快的社会，我们太欠缺思考了，就像机器人一样，每天被推着去赚钱，所以我会停下来，给自己一个思考的空间。这是我第一次创业，我觉得在公司管理和布局上，我需要系统地学习，管理好了，方向对了，游戏规则对了，这个公司差不了，所以我最看重的是一个企业的布局，只有布局，才是真正的商业，第二是管理，在管理上我吃的亏够多了，现在再不学就来不及了。

虽然我是一个 80 后，但公司里的员工基本上都是 90 后，90 后的思维模式不固化，他们善于创新，这个社会需要新的事物来淘汰掉旧的产物，90 后、00 后意味着新的希望，他们不会被 80 后、70 后的固化思维所影响。可能 80 后比 90 后唯一好的一点是，80 后比较稳重，因为他们在担忧，担忧自己已经老了，是不是不该去冒这个风险，是不是要走得稳一点儿。而且大多数 80 后都被家庭所牵绊，当一个人有了牵绊，就很难洒脱得去做事去冒险，他们害怕承担不起后果，所以 80 后创业相对会保守一点，在我看来，只有这一点是优势。

我更看好的是 90 后和 00 后一代，我并不觉得 80 后是多么创新、多么狼性的一代，我所接触到的 90 后，大部分都比我身边的 80 后更具有创新思维，更有干劲，我自己也经常提醒自己，不要被时代所抛弃，虽然我是一名 80 后，但在前进的路上，我或许还需要向 90 后学习。

参考资料

[1] [美] 艾·里斯、杰克·特劳特 . 定位 [M]. 北京：机械工业出版社，
2010 年 .

[2] [美] 克莱顿·克里斯坦森 . 创新者的窘境 [M]. 北京：中信出版社，
2010 年 .

[3] 周鸿祎 . 周鸿祎自述：我的互联网方法论 [M]. 北京：中信出版社，
2014 年 .

[4] 阿里研究院 . 蓝血 16 杰 [M]. 北京：机械工业出版社，2015 年 .

[5] 马化腾、张晓峰、杜军 . 互联网＋国家战略行动路线图 [M]. 北京：
中信出版集团，2015 年 .

[6] 高佳奇、金昊锋 . 从 0 到亿——诚信力价值经营启示录 [M]. 北京：团
结出版社，2016 年 .

[7] 付岩 . 社群思维 [M]. 北京：中信出版社，2016 年 .

[8] [美] 杰奥夫雷 G. 帕克、马歇尔 W. 范·埃尔斯泰恩 . 平台革命：改

变世界的商业模式 [M].北京：机械工业出版社，2017年.

[9] 路江涌.共演战略：重新定义企业生命周期 [M].北京：机械工业出版社，2018年.

[10] 董永春.新零售：线上＋线下＋物流 [M].北京：清华大学出版社，2018年.

[11] 王雷.变现：互联网时代的创富力 [M].北京：中国言实出版社，2018年.

[12] 王元福.风口上的70后、90后：当他们掌舵时，在想什么、做什么 [N].问道书院.2016年9月6日.

[13] 金昊锋：诚信实验——我见我思 [N].华龙网.2016年12月6日.

[14] 美索不达米亚社群 CEO 金昊锋：说高校职业规划教育 [N].中国新闻网.2016年12月7日.

[15] 肖明超.小文化、小需求、小资源：搞定90后必晓的3大趋势 [N].趋势观察.2017年1月25日.

[16] 永兆芸.90后创业者齐聚，美索不达米亚社群今夜昆明开篇 [N].网易昆明.2017年4月20日.

[17] 青年创造家社群启动大会在中关村智造大街举办 [N].北京市海淀区人民政府网.2017年4月24日.

[18] 上官艳君.易行网约车高新区分店开业，全职司机全城持续招募 [N].昆明信息港.2017年7月14日.

[19] 李晨赫.90后创业：敢作敢闯得益于国家强大 [N].中青在线.2017年10月14日.

[20] 赵英梓.90后海归已撑起半边天，创业追求理性发展 [N].央广网.2017年10月16日.

推荐语

创业先从失败开始，战略要自共演出发。

——北大光华管理学院教授、系主任、《共演战略》作者　路江涌

这位青年作者在少年时就与我认识，几年以来，我欣喜于他成长为一个有胆识、有判断、能坚持、懂感恩的年轻人，我相信具有这些特质的年轻人，未来不可小觑。

——优米网创始人　王利芬

失败不可怕，越难做的事情，才是民众最需要解决的问题。我认为所有的创业都是为了让生活更美好，而本书中草根创业者的故事，值得每一个人用心感受。

——人人车创始人兼CEO　李健

从 0 到亿

创业从失败开始

少年强则国强，国家未来的竞争就是青年创新创业的竞争。在中国，90后是集中接触全球文化和科技精华的一代人，是具有民族自豪感和文化自信的一代人，也是正在引领大规模社会化创新创业趋势的一代人。近年来，美索不达米亚社群深入一线了解 90 后创业者，并通过本书为读者解开众多密码，让更多人能够看到和理解他们的故事，为当下的新创业者群体带来宝贵的经验。

——阿里研究院双创研究专家　　崔瀚文

创业本不分年龄，强调的更多是一种敢于挑战自我和现有商业格局的勇气与信念。但是，创业者出生和成长的年代，必然会对他们的创业选择打上深深的烙印。本书为年轻创业者和中小创业者立传，佳奇生动的文笔、细腻的观察，必将帮助我们更好地理解中国新一代创业者的奋斗与追求！

——毕马威中国（KPMG）首席经济学家　　康勇博士

但凡创业者——小到只有几个人的工作室、大到 BAT，所有的创始人无不战战兢兢。从看见失败，到少走弯路，创业本就是一个解决一个又一个问题的过程，没有终点。

——知名 90 后创业者、美索不达米亚社群成员，花名：Louis、

福布斯 30 under 30、51 理财创始人兼 CEO、作家、公益人　　刘思宇

每个人都有失败的经历。找有失败案例的人一起分享，曾经的失败或许才是他通往成功的道路。

——90 后创业者、美索不达米亚社群成员，花名：丁叮、

丁叮集团董事长、叮叮短租创始人　　丁仕源